一春心事满庭芳

陆春祥

笔名陆布衣等，浙江桐庐人，一级作家、鲁迅文学奖得主，浙江省散文学会会长。已出散文随笔集《病了的字母》《字字锦》《乐腔》《笔记的笔记》《连山》等十八种。

陆春祥———

著

春意思

中国社会科学出版社

图书在版编目（CIP）数据

春意思/陆春祥著. —北京：中国社会科学出版社，2018.6
（2019.3 重印）

ISBN 978 - 7 - 5203 - 2564 - 6

Ⅰ.①春… Ⅱ.①陆… Ⅲ.①随笔—作品集—中国—当代
Ⅳ.①I267.1

中国版本图书馆 CIP 数据核字（2018）第 097995 号

出 版 人	赵剑英
责任编辑	郭晓鸿
特约编辑	席建海
责任校对	闫 萃
责任印制	戴 宽

出 版	中国社会科学出版社
社 址	北京鼓楼西大街甲 158 号
邮 编	100720
网 址	http://www.csspw.cn
发 行 部	010 - 84083685
门 市 部	010 - 84029450
经 销	新华书店及其他书店

印刷装订	北京君升印刷有限公司
版 次	2018 年 6 月第 1 版
印 次	2019 年 3 月第 2 次印刷

开 本	880×1230 1/32
印 张	12.625
插 页	2
字 数	263 千字
定 价	48.00 元

凡购买中国社会科学出版社图书，如有质量问题请与本社营销中心联系调换
电话：010 - 84083683

"春意思"是什么意思

（序言）

"春意思"是什么意思？

春日里表达的志向，春祥表达的意见。

就这两点意思。

一

春日里表达的志向，我脑中出现的第一个场景就是孔老师和他的学生在《侍坐》中的对话。

这是一场著名的对话，各人畅快地表达了自己的理想和观点。

子路拍着胸脯，自信地向老师孔子保证：

老师，您如果派我去一个内忧外患的中

等国家做第一把手，这个国家的财政状况又非常不好，经历着金融危机，差不多要破产了，就是这样的国家我也不怕。不出三年，我一定可以使人民振奋精神，使那里的精神文明再迈一个台阶。振奋精神的前提是什么？那就是人人安居乐业，精神面貌焕然一新。

冉有面对子路先声夺人的气势，不动声色地笑了笑：

假如让我去一个方圆六七十里或者五六十里的乡镇做第一把手，我想用三年的时间，让那里的人民丰衣足食，有吃的，有穿的，家家还有点小存款，这点我可以做到，至于精神文明搞得怎么样，那要等比我有水平的人来做了。

公西华面对子路和冉有的强大志向，显然有点不好意思：

我不能保证我能干成什么事，只是我比较愿意学习，对于不懂的事情，我会通过学习的方法尽量去完成。比如，在我们国家举行祭祀大典或者重要的外交活动中，我愿意穿着礼服，戴着礼帽，做一个小小的司仪。

听完三人的志向，孔先生捋须微笑，转头问曾皙：小曾啊，你也说说看嘛。

曾皙这时候正专心地弹瑟，听到孔先生问他的志向，他就让瑟声缓和下来，然后站起来回答老师的问题。

曾皙有点害羞：我没有什么理想哎，我能不说吗？

孔老师和蔼地笑笑：没关系的，各言其志嘛。

曾皙回答：我最大的理想是，暮春的季节，穿上散发着棉花气息的新春装，和一些朋友一起到清澈的沂水河中去沐浴，然后，到舞雩台上去沐浴春风，最好再弄点儿酒，带点儿花生米、茴香豆，一边喝酒一边赋诗，高兴时，还可以一边唱歌，一边跳舞，抒发心志，尽兴了才回家。

孔子听完，长叹一声说，曾皙的想法和我一样啊。

曾皙的"春意思"，至少表达了四层意思：

第一，喜欢新事物。他喜欢春天，喜欢在春天穿着新衣服出去游玩。喜欢新事物说明具有创新意识，这样的人一定能把工作做得很出色。

第二，亲近大自然。他要到河里去沐浴，他要到高山去呼喊。大自然具有无穷的生机和活力，你看那些画家、诗人，还有什么什么的各种家，有时写不出东西了，只要走进大自然，呼吸一下新鲜气息，就一定有了精神，不说像打了鸡血似的兴奋，至少他会说，找到了感觉。

第三，和群众打成一片。不管大朋友还是小朋友，他总能与他们和谐相处，这样的人具备良好的亲和力，能团结群众，在群众中享有崇高的威信，有很强的号召力，工作一定能顺利开展。

第四，懂得劳逸结合。喝酒赋诗，唱歌跳舞，样样在行，不会整天死板地工作又工作，能喝半斤绝不喝四两！

二

春祥表达的意见。

著名作家韩小蕙女士告诉我说，她采访 96 岁高龄的张中行先生时，张先生双眼已基本失明，但老先生仍然用清晰的思路告诫她：读书写作，最重要的是思想。

无论散文随笔，都要表达思想，只是表达的方式不一样而已。

本书《春意思》，就是春祥充分表达观点和意见的作品集。

第一部分，"一点意思"；第二部分，"两点意思"，基本上是直接表达，社会民生、政治经济、油盐酱醋、吃喝拉撒、天文地理、鸡毛蒜皮、现象和观点，或者说，病灶和药方，都一一开具，有好多是十几年前的老方子，对不对症，请大家评说。我看历代笔记，里面有不少陈年方子，虽然相隔几百上千年，但仍然是一种借鉴。我也希望，这些小方子还有一定的用处。

第三部分，"三点意思"，是借别人的作品，粗浅谈及文学和人生。这一部分，是替他人文集作的序或评价。春祥基本上是就作品谈开去，谈及自己，勾连历史，观照当下，少溢美之词，多如实评述，更多的是信马由缰的闲思，思古思今思他思己，甚至为百草忧春雨。

第四部分，"四点意思"，是两个比较长的演讲录，谈的是一点点经验和体会，谈得比较乱，比较杂。但是演讲的现场效果还可以，也比较实用，所以名曰"四点意思"，即多点意思。

三

曾文正公，有一自题联，我挺喜欢：养活一团春意思，撑起两根穷骨头。

春天，万物复苏，生机勃发。不管是顺境还是逆境，人的信念，都要像春天一样，朝气蓬勃，保持旺盛的生机。而且，春又是柔和的、包容的，她希望一切有生命的东西快快生长，因此也借喻为人处世要和谐包容，并随机应变。

这样的"春意思"，必须养活，要养得有足够的生机，才能在困苦中，挺直脊梁，经得起血与火、生与死的诸重考验。

我的《春意思》，和曾公的对联，也许就是巧合。如果您还能从春祥的几点意思，读出曾文正公的那团"春意思"，那我必须给您竖起赞赏的拇指，您真是一块读书的好料子！

四

眼下正是春的季节。

春季里读《春意思》，希望您在被各种混乱的信息诱惑逐渐沦陷的思想中，能擦闪出几朵有意思的火花。

呵，您不能要求春祥的每一篇文字都春意盎然。

《春意思》，就这点意思。

是为序。

戊戌初春

杭州壹庐

目　录

壹　一点意思

贰　两点意思

叁　三点意思

肆　四点意思

壹

一点意思

幸运的汪国真

汪国真是谁？一位20世纪80年代红极一时令许多少男少女为之动情的诗人。有媒体日前报道，汪国真沉寂了十几年后于去年复出，但出版的《汪国真诗文集》无人问津，近来以写招牌维持生活。

20世纪80年代我在做语文教师的时候，诗坛刮起两股强劲之风，一个是汪国真，一个是席慕蓉，记得我曾托人带过好几盘席诗磁带，既有课堂上用的，也有替学生买的。我的印象中，汪国真的诗属于浅白的那种，不像大部分诗人那样哲学艰深的。那时念诗和作诗都是很时髦的，显得很有文化的样子。可时过境迁，20世纪80年代以来的文化环境大大不同于现在，社会生活表面的多样性，实现个人价值表面上的多种可能性，使大众的心态远离了诗歌的语言节奏，于是诗歌变成像考古一样的东西；另外，从出版角度观察，诗歌在近十年成了最不受出版商欢迎的文体，没有人把关注中国诗歌的发展当作义务。

那么，现如今诗人靠诗还有没有生存下去的可能呢？不说奢侈地生活，清贫总可以吧。比如像国外一样，靠诗朗诵来赚外快，美国、德国的诗人朗诵一次起码要本国货币300元以上。然而我们这儿不行，起码现在不行。按现在文学作品改编成影视剧的红火劲，总有一些优秀诗作可能撞上大运吧，然而可能性又是极小，除了一些经典作品被分割运用外，你说有哪一部诗作如此走运？那些各式各样的商人想尽办法都无法制造畅销、无法跟市场衔接的时候，诗歌算是彻底遭遇"寒流"了，尽管是暂时的，但我相信这个阶段仍持续一段时间。

然而也有特例。我曾看过一篇报道，说北方有一位"诗人"，最多只算三流，为生活所迫，就在大街上替人即兴"写诗"，诸如将人名嵌入诗，或按卖者框定要求作诗，每首诗最少卖十元，最多可卖到三百元，生意相当不错，据说已赚了好几万元。

因此，汪国真写招牌不是先例，不是说有诗人已经在写招牌了，只是说有许多的诗人老早就开店、做房地产、办公司或改行写影视剧去了。席慕蓉给我们留下了一个美好的记忆，汪国真也应该是这样的，但汪诗人没有在高潮中谢幕，反而像乔丹那样再次复出，这就注定其前路不会是一帆风顺的，这自然也包括乔丹那一类人。

对于汪诗人来说，写招牌并没有什么可自卑的，因为这就是真实的生活；对某些喜欢炒作的媒体来说，汪国真靠写招牌为生，更没什么大惊小怪的，因为这就是真实的社会。

（原载《杭州日报》2002 年 3 月 22 日）

树起道德的旗帜

《"杭铁头"的困难政府管定了》（详见《青年时报》2002 年 8 月 1 日第 7 版），杭州将对这十年来产生的 201 位见义勇为的勇士的生活情况展开调查，这不仅是对那些勇士极大的一种人文关怀，更是在弘扬正气，大张旗鼓地树起道德的旗帜。

这 200 多位勇士，每个人的事迹都可歌可泣，他们为正义而"战"，他们为公德而"血"，他们的行为是对社会不和谐音符的抗拒和矫正。我们正是通过他们的行动转化为道德的"绝对命令"（康德语），让舆论和其产生的氛围来影响公众、激励公众，从而规范公众的心理、观念和行为。一般来说，在现代社会中，人们之间的关系是以公平、平等交往和交换为基础的，勇士们虽然是无私的奉献，但他们也应该得到回报，这和奉献并不矛盾。正因为如此，我们应该关注他们目前的生活困境。对勇士们的褒奖，各地都尽了最大的努力，例如考大学时加分，或给很高的荣誉，但由于一些原因，他们中仍有相当部分人的生活不尽如人意。这些问题不解决，势必影响许多见义勇为的人。换言之，见义勇为也需要一种良好的环境。

关注他们，并使他们得到一定的回报，这其实也符合公平原则。有一个奉献与索取的故事是这样说的：寒冷的冬天，众人围着一堆篝火都在烤火取暖，但就是不见有人添柴，结果可想而知，火很快就熄灭了。火烧不下去就是因为没有人添柴。这些见义勇为的人，从某种程度上讲就是添柴人，而对于勤劳的添柴人，我们没有理由亏待他们，应当为他们留一个位置让他们有火烤，而且还因为他们是添柴人，是劳动者，更有理由得到较好的位置。我是这样来理解好位置的：给他们一种起码的生存环境，以便维持生命；让他们有安全感；让他们拥有爱和交流；尊重他们的人格，使他们的精神得到愉悦。为什么？因为他们是辛勤的添柴人。

勇士们用自身的行动给出了道德的答案，树起了道德的旗帜。我们应该有一种机制确保扛旗人会前仆后继，更要让他们有足够的力量扛得动旗；另外，整个社会营造的扛旗环境也是不容忽视的。

道德是一面镜子，每个人都会在里面显现出来；如何对待见义勇为的勇士，也就是怎样从镜子里折射出我们的道德。

（原载《杭州日报》2002 年 8 月 1 日）

蚂蟥的 "力量"

金金明这样的忏悔我们不应该忘记：一些施工单位的项目经理、包工头和设备材料供应商，千方百计、无孔不入像蚂蟥一样"叮咬"我。我知道他们是冲着我这个"副总指挥"的头衔来的。但由于自己抵挡不了诱惑，把握不住原则，不该发生的事情发生了。

这段忏悔的心里话，可以从三个方面来理解。

第一，外部客观环境的挤压。市场经济中，总有那么一些人想走捷径暴富，这个捷径无非是钻一些他们认为可以钻的空子。他们会使出浑身解数，盯住目标，全方位进攻，大有不达目的誓不罢休之架势。

如果是使用正当的手段那无可非议，问题是他们动的都是歪脑筋。他们就像蚂蟥，遇皮肤即盯，随后在你毫无知觉的情况下悄无声息地攻入你的体内。金金明就天天碰到这样的蚂蟥。

　　第二，诱惑的多层次全方位，这仍然是外部环境方面的。除了一般的钱财之外，金金明还有一个爱好就是喜欢收藏古玩名画。这是近年来一些贪官受贿的新动向。一幅画要一万元，自然是太贵了，不能要的，但画是好画，心里还是很痒痒，这个时候，只要那包工头不是白痴，这点愿望会不让他满足吗？而这种爱好是会传染的，一传十，十传百，就像那胡长清，雅得很，他们以为这样子就不是受贿了。

　　第三，金金明主观意志薄弱是"呛水"的关键。如果主观意志坚定，纵然外部环境再恶劣，他也会迎风化雨，战胜钱魔的。贪官贪婪的本性是相同的，但个性却也各有特点。金金明喜欢打麻将和其特殊爱好——古玩名画是他滑入泥潭的两个致命点。赖昌星的名言是，就怕领导没爱好。是的，这个金总指挥喜欢打麻将，那么可以想见的是，一帮"铁哥们儿"就会迎其所好，继而心照不宣地变着花样让他赢钱。这个时候，只要他手中的权力不贬值，他在牌桌上的运气肯定顺得让人羡慕嫉妒恨，要什么牌就会有什么牌，想和多大就会和多大，结果一定是手气好得盆满钵满。而且，这种人玩麻将，一般不要什么本钱，无本生意，一本万利。对那些包工头来说，贪官有这种爱好简直是不攻自倒。

　　在蚂蟥多生地带，面对蚂蟥的进攻，一种生活常识是，在脚上或容易被蚂蟥攻击到的地方戴上套子，或者擦上让蚂蟥嗅了要跑的护肤油。还有，要时刻注意无孔不入的蚂蟥，一旦它吸上你的皮肤，就要毫不留情地用力拍打，蚂蟥再厉害，也只是蚂蟥而已。

（原载《杭州日报》2004 年 5 月 3 日）

集权的"小麻雀"

又一个专家犯了事，不过这回却巧得很，肿瘤专家！我们从肿瘤专家得"肿瘤"的过程可以解剖出，这是一个医疗系统集权犯事的典型。

吕桂泉的集权让人可怕：集党务、行政、财务、人事、设备、基建等大权于一身。有了这个前提，他当然喜欢揽权，在肿瘤医院，大小事情由他一人说了算。以此发展下去，凡是胆敢对他稍有顶撞的人，就会被排挤出去。因此，只要他说话，没有办不成的事。

据有关部门分析，医疗行业中领导干部职务犯罪主要发生在基建、采购和收费等环节，那些手握实权的院（站、所）长，通过基建工程发包、医疗设备和药品的采购等，大搞权钱交易，索贿受贿，中饱私囊。吕桂泉的钱有许多就来自医药红包和基建这两只口袋。因为他的集权，生意想给谁做就给谁做。

集权下产生的医疗行业不正之风和腐败现象，成了近年来群众反响强烈的一个热点问题——有一句在老百姓中间广为流传的顺口溜是："老百姓最怕上法院、进医院；进了医院才知道：死得起，病不起。"这特别能说明群众对医疗行业的无奈和不满。因为平民药房那时候开得很少，老百姓看病配药只能上医院，就算现在有很多的平价药店，医院照样是药商的重点进攻对象。从某种程度上说，医疗行业已经成了腐败的高发区，而且发"病"势头居高不下，浙江省检察院的一份调查显示，该院近年来涉及医疗行业的立案数已经占立案总数的43%。

高度的集权让吕桂泉的自我感觉非常良好，也就有了圈内人都知道的不成文规矩：到任何地方都要有名车接送，同时还得有人陪吃陪玩。如果他的派头只是在合法年收入高达20万元内自我创造的，也就罢了，可惜的是，这些都是他用权换来的。

解剖吕桂泉这只集权小麻雀是有深刻现实意义的。著名学者周国平认为，医疗腐败的滋生蔓延，"不是一个孤立的现象，毋宁说是中国转型时期权力与资本畸形结合的腐败现象的一个侧面"。医院领导权力过于集中，医药用品采购中不实行招投标，往往由院长、药房部主任说了算等情况是导致医疗系统职务犯罪的主要根源。因此，遏制医疗腐败，也是一个"系统工程"，而且要遵循综合治理的原则，实行标本兼治：一方面，加大查处和打击力度，查处一起处理一起，并对那些违法犯罪分子严加惩处；另一方面，兴利除弊，改革原有机制，实行体制创新，打断权力与资本的"畸形结合"，例如，公开招投标，而且不能走过场，应该公开、透明。

吕桂泉是咎由自取的，然而他过分的集权留给我们可资的话题却很多。

（原载《杭州日报》2004 年 5 月 4 日）

尴尬的 "环保"

　　浙北某县有一家企业，花两百万资金引进可降解快餐盒的生产线后，本想大赚一笔，不料事与愿违，环保产品并不被市场看好，目前六条生产线已停掉五条，企业正面临出售的困境。

　　此事中蕴含的道理应该说是比较浅显的，即这家企业的市场定位肯定出了问题，客户不买账嘛。但原因恰恰不是这样，因为他们事先做了详细的市场调查，有充分的理由：市场上绝大部分一次性塑料餐盒都是典型的 "白色垃圾"，国家迟早要彻底根除，现在只是囿于各种各样的原因而有些无能为力，但不会一直呈无序状态。从这个角度说，企业把新品开发定位在极具市场前景的环保产品上，是相当明智的。那么毛病究竟出在哪里？

从常识上看，顺理成章要赚钱的事有时恐怕赚不了钱。那家企业没料到客户不认账，没料到用户也不认账，更没料到那些不环保的产品竟会如此"横行"。这样的"没料到"太多了，这些"没料到"是不能简单地归咎于人们环保意识不强或觉悟不高什么的，这里有观念问题，更有难以逾越的经济障碍，当然某些部门还有不可推卸的责任。另外还可以看到，过分的超前带来的危害有时也不亚于滞后。市场经济最忌马后炮，跟在别人后面永远赚不了大钱，那些国内外一流的企业都是挺立在市场的风口浪尖的。但适度这个词也在永远地告诫人们，适可而止、量力而行，否则就要吃苦头。前两天，我还看到广东的一则消息，说某镇在规划自来水生产能力时，超前十五年，结果用水量和生产能力成了一对不可调和的矛盾，水价涨成了天价，自来水厂难以为继。不同的企业同样的遭遇，道理自然也有些相似，既是一种"科学"的无奈，更是一种善意的市场提醒。

幸好，浙北的那家企业还没有完全瘫痪，还有方法可以补救，但要破解那令人窒息的"尴尬"，还是要花些功夫的，因为理论归理论，及至真正治病，就会有天下无可依的感觉，因此，除却一些干扰经营的关键因素外，因地因时因人而异就显得极重要了。

（原载《杭州日报》2002 年 3 月 28 日）

聪明的"改改"

　　"改改"是陕西凤翔20世纪70年代初的一个弱智农妇。她在家门口的公路边卖水，2分钱一杯，但她不认识钱，就把买水人付的钱与她自备的2分硬币对照，1分硬币不要，5分硬币也不要。久而久之，当地骂人笨会说"看你笨得像改改"。今年春天，该县青年农民樊忠虎却反其道而行之，自行改名"樊改改"，并以"凤翔改改"为蒸馍店的店名，但在申请注册时被县市工商局先后驳回，随后，他起诉到法院，此事也成了陕西全省老百姓关注的热点。

　　前一个"改改"是愚憨，后一个"改改"却很聪明，他从中悟出了"改改"两字中蕴含着经商的智慧和道德。诚实经商不就是商界中"戒欺"境界的体现吗？

形象是可以改变的。如果说"改改"已成凤翔"愚憨"品牌的话，只要不是实在的不可救药，动动脑筋"借壳还质"，仍然可以取得意想不到的效果。"傻"并不可怕，美国的麦克米兰出版公司、IDG 公司出版了一系列的傻瓜读物，其中"笨蛋书"已出 373 种，"傻瓜书"已出 300 种，如《购买车辆笨蛋指南》《约会傻瓜大全》等都极畅销，1997 年，"笨蛋"和"傻瓜"年赢利均在 1.2 亿美元以上。你说，谁比谁傻？

由此说来，"凤翔改改"并不是一个简单的招牌问题，而是新旧观念的一次大碰撞。

按常规，当一件事物或一个观念被围于其坚硬的思想城墙之内时，很少人会再去问为什么，只会把它当作历史的标本来鉴赏，从而远离它。但谁能率先打破它的外壳，谁就获得了一种认识，表现在商业上就是商机。当广州美院的教师指着一只崭新的西班牙式柜子说"这个，过两年就扔了"，又指着一排乌沉沉半新不旧的古董低柜说"这个，一辈子也不会扔"，你不能不惊叹这种眼力，也许正是这种眼力，才使得樊忠虎如此胆大。落后贫穷的根源是什么？仍然是观念的僵化。

甲、乙两人分苹果，乙挑大的，甲则说乙不道德，乙反问甲让你先挑会怎样，甲说当然把大的留给别人啦，乙说现在不正是你要的结果吗？我们不能训斥乙是自私的或不道德的，市场经济已经教会了我们必须崇尚实干、科学，力戒空谈。如果死守那所谓"道德"，只会使"改改"再愚憨下去，而事实上，"改改"的蒸馍早已占领了凤翔县城市场，邻县、外地甚至香港都有人邀其去注册。

除了经营策略及观念对撞外，"凤翔改改"引发的注册风波还能告诉我们什么呢？

（原载《杭州日报》2002 年 3 月 25 日）

"反腐扑克" 到底能打多久?

邯郸邱县检察院为预防职务犯罪而制作的反腐扑克牌推出后,各地反响强烈,国家知识产权局授予外观设计专利,最近美国广播公司也对其极感兴趣,要求采访。这种扑克原理蛮简单,就是将检察系统管辖的职务犯罪共 52 种绘成漫画,加上锺馗画像的大小王,正好与扑克牌的张数吻合。虽然"反腐扑克"对预防犯罪及遏制腐败有些作用,但我仍有疑问,这种"反腐扑克"到底能打多久?

在时下社会中,有两点应该是有目共睹的:一是越来越多的腐败现象见诸报端;二是反腐败的力度及深度前所未有。"反腐扑克"就是其体现及做法之一。此前见诸媒体的新方法还有："反腐灯箱"，在主要街道两旁的灯箱上写上各类反腐标语，供行人学习反省；"廉政台历"，将有关教导印在特制的台历上，供一定级别的干部使用；"581账号"，让某些人的不义之财交到国库；前两天，柳州还启动"反腐公交车"行动，在公交车里设了"举报箱"，要求人民大众举报腐败。可以说，各地各级领导都在绞尽脑汁地想招数反腐败。这些招数有一个共同的特点，即宣传面很广，受到教育的人很多，但不知为什么腐败分子还是源源不断在产生。说得不中听点，每一种招法的出台，反而让腐败分子更警惕了。

再说"反腐扑克"。虽然它是娱乐的好形式，但总不能经常上班时间组织打扑克吧，如果不常打，那些条规又怎么能熟记？不从文件或书本上学条规而非要坐在一起打扑克学，不仅场面滑稽，也极容易让人误解干部们的理解能力。我于是这样推测制作者及大力推广者的心理：对于任何一个运动（完全可以将反腐败看作一场声势浩大的运动，也只有这样的运动才能使腐败有所遏制），必须找准抓手才能使运动有成效，而有时巧妙的杠杆往往能四两拨千斤，"反腐扑克"就是这种杠杆之一。这种心理包含着无限美好的主观愿望，至于主观愿望在客观实际中能产生多大的效力，则没有多少人考虑，就如那签名，要搞什么大活动了，弄一卷长布，放上几支粗笔，让过往行人使劲往上写，名字写得越多，说明活动越有效应。这都成为某些人的工作思路了，人们也习惯了，然而效果呢？

这样怀疑"反腐扑克"之类的做法可能有些悲观，也可能会招致某些人的白眼，但这些做法及以后还可能不断翻新的新招的确有不尽如人意的地方，有的甚至和法律法规相悖，有文章就讲"581"会成为某些腐败分子的避风港。因此，"反腐扑克"到底能打多久就不仅是我的疑问，也可能是许多读者的疑问。

我曾记起某个被揪出的腐败分子的"牛栏关猫"说，意思是讲，牛栏空隙这么大，猫在里面进出是很自由的，哪里还关得牢？这个"反腐扑克"，看起来也有点像"牛栏关猫"，形式上的栏是有了，但起不了太大的作用。所以，不让猫们犯错误的最好办法是，将猫从牛栏里牵出来，并给它扎个像样的猫笼。

（原载《杭州日报》2002 年 6 月 21 日）

"不平衡心态"的平常事件

　　一位法学教授分析他所接触到的一千余件贪污受贿案例中，发现有 80% 的犯罪分子是在"不平衡"心态的驱使下走上犯罪之路的。吴新星也没有走出这个例外："我哪一点不如他们了？"因为他只用 11 年时间就从一个普通大学生成为一个副县长，但无量的前途被"不平衡"绊倒了。

　　穷怕了的人对财富的渴求，就像饿极了的人看见美食，只要不把肚皮胀破，总会贪婪地吃个不停。随着经济的发展，社会财富的普遍增加，一些意志薄弱的国家工作人员，看到那些他们不屑一顾的老百姓一夜之间成了腰缠万贯的大款，看到他们一掷万金的消费，看到他们驾着豪华汽车招摇过市的气派，再想想自己两袖清风、穷斯滥矣的穷酸相，心里会生出一种不平衡感来。尤其是看到那些平时匍匐在自己脚底下的小人物，现在像瓦块有了翻身之日。而自己虽当着官，倒过来却要仰人鼻息，巴巴结结地傍着人家求取施舍了。这心中的不平之气，无论如何都难以咽下，于是筹划起自己的生财之道。吴新星三年间批出的 2000 万度统配电，有许多就是在不平衡的心态下用来交易的。

当然，人的心理总是不平衡的。开车的时候跟你在下面走路的时候心态就不一样。走路的时候，一辆车，特别是高级跑车，从我们旁边开过去，溅了一身水，一般人都会跳了高地骂："你有什么了不起的?"但当你开车的时候，又是另外一种心态，这些都很正常。但面对客观存在的差距和不平等，为了给自己不平衡的心绪找一个出路，从而铤而走险，则另当别论。堂堂一个副县长，为了买间门面房而"如此拮据"，自感很失颜面，心理的天平一下子失去了平衡。于是就攀比，于是就抱怨，于是将吃一点、用一点、拿一点都视为正常，于是不该办的事办了，不该收的钱也收了。同时，吴新星老婆的抱怨和不满也是这种不平衡的助推器，她简直是来者不拒，甚至越俎代庖。

80% 的腐败缘于"不平衡"，这个"不平衡"难道这么难治?

其实不然，福建省委书记宋德福的一段话可以给这种"不平衡"疗伤：要教育我们的干部一定要心理平衡。有的干部心理不平衡，收入和个体户比，而不与多数人比，这样一比，心理自然就不平衡了。有的干部，人家送钱被他拒绝了九次，最后一次收了，就栽了下去，后悔都来不及。有一天，我到火葬场参加一位同志的遗体告别仪式，那天进行遗体告别的有四个人，其余三个都是 55 岁以下去世的。我给一些干部讲，参加几次这样的遗体告别仪式，你就什么问题都想得通了。争了半天，最后什么也带不走，为什么不把权力用在给老百姓多干一点实事上？给后人留下一点值得敬仰的东西？

想想吴新星及许多类似的贪官经历，想想宋德福那语重心长的教诲，知足者常乐吧。

（原载《杭州日报》2004 年 5 月 3 日）

"家庭旅馆"为啥中途夭折？

前两天，《都市快报》报道了杭州家庭旅馆目前已经悄无声息。消息分析个中原因是生存环境先天不足，其中手续太烦、利润太薄为主要因素。看起来蛮好的事情为什么做不下去？仔细想想却自有它办不下去的道理。

当两年前第一个五一黄金周到来之时，全国的旅游形势一派大好，不是小好，而是极好，当时有消息说，某个聪明的杭州人，在西安从晚上六点一直到十二点都找不到旅馆的情况下，灵机一动带着家人住到了医院。杭州的家庭旅馆就诞生在这样的土壤中。大家都天真地认为，我们这么美丽的天堂，可以发动千家万户办旅馆，这样不仅景区会赚足钱，就是家庭旅馆也会赚得盆满钵满。但两年的运行事实粉碎了我们的梦想，这既有自身原因，如申办手续太烦琐，满觉陇村曾打算开 55 家假日旅馆，在询问了有关手续和费用后，最终还是放弃了这个打算；更有利润太薄的主要原因，假日旅馆一年最多只能营业 21 天（有关部门规定只有在假日才营业），按有效入住率，再扣除有关税费，所得的利润还不如房子出租划算。当然市场原因是重中之重。但不管有多少原因，我想这利润是最重要的一条，没有利润这个动力，加上烦琐的手续，家庭旅馆不短命才怪呢。

这不是说家庭旅馆办不下去了，或者以后不能再办了，关键是要因地因时制宜。多年以前，我就曾在黄山脚下的家庭旅馆住宿过，那与国营旅馆截然不同的风格让人难忘；前年到张家界，家庭旅馆给我的感觉仍然很好。杭州的家庭旅馆以后肯定还要办，但它短期夭折至少告诉了我们两点：一项措施出台前应当慎之又慎，不能仅凭某一点或几点就决定，更不能盲目跟风；市场永远是残酷无情的，它不会跟任何人一厢情愿。

（原载《杭州日报》2002 年 5 月 22 日）

让举债树形象止步

　　《人民日报》昨日刊发消息说，安徽省最近出台了"禁止乡村为树'形象'而举债"的规定，乡村严禁举债搞建设。我认为这是大快民心的大好事。

　　为树"形象"而举债的弊端是显而易见的，综合各地实例，至少可排出几十种，但"寅吃卯粮"的害处，最主要恐怕还是百姓得不到较好的休养生息。除了少数富裕地区，极大部分地方的财政（尤其是乡村）都不会很宽裕，但一些最最基础的，比如中小学危房改造、乡村道路、水利设施、卫生健康，等等，总还是少不了的。建设和吃饭，永远是一对不太容易协调好的矛盾，今天集资，明天捐款，总是要老百姓提高觉悟，过紧日子，"人民的教育"要由人民来办，"人民的道路"也要人民来建。如此无穷尽地扰人，搁谁身上都受不了，这已经不是什么觉悟问题了。

究竟什么原因使得这个顽症难除？我想归根到底也只有一条：那就是树"形象"能得好处，所谓吹驴者得驴，吹牛者得牛，人们自然拣大的吹。平心而论，乡村干部也不愿意去做老百姓都反对的事，然而得好处的人多了，大家也就前仆后继，乐此不疲。样板路、样板街、样板房，各地都有，河南某地搞"千村千万工程"，结果是工程没搞好，整个市乡镇财政负债高达 6 亿元，本身底子就薄的地方，老百姓今后还怎么过日子啊。

这里还必须厘清一个模糊认识，即从来就没有多少干部认为这样树"形象"有什么不对劲的地方，为民办实事，态度粗暴点，负担重点，总归是为他们好，老百姓到时会理解的，可事实上许多老百姓不仅不理解，反而让乡村干部"听取骂声一片"。如果一定要弄清建设和吃饭的关系，我只能说恰如其分、因地制宜的"举债"必须以量力而行为前提，这和保守是两个概念，如若不然，就好比栽下一棵没有根的树，没有根的树是摘不到果实的。

"民为贵"当是民本思想、民本关怀之根本，举债树形象，不做也罢。

（原载《杭州日报》2001 年 12 月 17 日）

"麦德龙"的明细票

　　麦德龙杭州商场开业不久，就让一些购物时喜欢开"办公用品"的人和单位吃了瘪：到麦德龙购物，发票都要列出商品清单。他们说，这是规矩，全球的连锁商店都采用详细发票。

　　从某种程度上讲，钱就是发票，发票就是钱，那些大大小小的案子，有相当多是出在发票上，但"办公用品"类的发票是不大会出问题的，其中的猫腻许多人都心知肚明，群众和干部甚至纪检部门有时也只能望"票"兴叹。因此，就事论事说，麦德龙这种明细票就好像是一种制度，一种能管得住堵得死某些漏洞的好制度。

　　延伸开去，麦德龙的明细票也挺像我们

的民主监督的。清单上列出的东西是要一样一样清点的，揩油也就不好意思了，总不能堂皇地将食品当成办公用品报销吧，再说那些大件的东西会引起群众注目，"失踪"太多会引起怀疑，一般来说，有签字权的大小领导不会这么傻。

进一步说，麦德龙的明细票对政府和社会也都有积极意义。政府采购、政务公开，所有的一切都是在追求"透明度"，越透明越能赢得群众的信任；如果都能开具明细票，市场规范程度肯定会大大提高。

当然，麦德龙这种明细票能否一直坚持下去，我还没有完全把握，因为既然明知有诈还多年坚挺，说明普通发票的土壤广阔而深厚。在这种形势下，麦德龙自然就成为众矢之的，并成为其他商家要打的七寸。届时由于生意不好，它会不会也入乡随俗地开起"办公用品"发票？如果是那样，不能不说是一种悲哀。

（原载《杭州日报》2001 年 11 月 16 日）

三大纪律八个注意

北京娱乐信报的消息说：昨天，北京市朝阳文化馆开展了"民工学习雷锋公益互助活动"，这个活动的一个亮点就是由民工演唱《民工兄弟三大纪律八个注意歌》。歌词中有以下内容："第一，小农意识要去掉，说话粗鲁让人受不了。第二，装修进了房主家，手脚不净就要犯事了……"

这两天，各地都在学雷锋，但看了一些报道，我觉得有新意的不多，更有一些敬老院、福利院竟然容纳不下蜂拥而来的学雷锋志愿者。想想也是，一件事情要么大家都不关心，要么大家都来关心，而需要关心的大家又都认为只有这么几家，敬老院之类的地方于是就一路行俏了。相比之下，北京朝阳区的这个创意还是有些新意的，至少它给了我们另一个新思路。

前两天本报刊登过一组反映"公交车让座"的稿子。报道反响很大，因为这是个很老又很新的问题。说老，是因为自有公交车开始，这个问题就存在了；说新，是因为每到一些时候，总有一些人或部门想解决这问题。本报这次讨论同样有许多意见，给布衣印象较深的是，大家都认为要给一些特殊群体让座，但都有不同的看法，其中最尖锐的一条是有人竟指责那些身体好的老人，说他们因为坐车便宜，于是专门在上班高峰期出来凑热闹。我不想做过多的评论，只是觉得，说来说去，关键还是需要沟通和理解。因为事情不是绝对的，身体差的年轻人有时不一定要让座给身体硬朗的老人。

再说民工。这又是个老话题，但又是个不断需要完善的新问题。还是上面那句话，需要充分理解和沟通。城里人不要以为有了城市户口就是主人了，城里的哪一样事情少得了民工？当然民工也要提高自身的素质，"三大纪律八个注意"就是自律的好方式。

自觉是进步之母，什么事情大家互相自觉了，这个社会就和谐了。

（原载《杭州日报》2004年1月29日）

"温柔"的空混气

前天凌晨，杭州刀茅巷一带空混气发威，沿路几百米的百余只窨井盖飞起，1600多家用户断了燃气，还好，只有一辆夏利被砸坏，一位老人的左耳被震坏。

这当然是一场挺大的突发事故，但布衣对有关责任人的解释却百思不得其解。这位燃气公司的领导在开完新闻发布会后对记者说："最新消息，泄漏点刚刚找到，是在凤起路上，晚上大家再听好消息吧。"话语说得很轻松，不知这"好消息"指的是什么，大约是一种没有死人的侥幸。于是布衣不得不朝坏的方面假设：假如这些空混气再在地底下等待一会它们的兄弟姐妹，也就是它们将队伍再集合得多一些，然后选择一个时机，只要是车水马龙的时机冲出来，那情形完全就变了，到底会惨成什么样，布衣不敢想象，那时，这位领导大概就不会说什么"好消息"之类的话了。

然而，这场事故完全是可以避免的。正如众多媒体报道的，爆炸发生前的两三天，有居民就反映燃气泄漏，也反映到了12345，燃气公司也排查了，但没有结果，市民再次反映，得到的答复是：这属于正常现象，只是你们对煤气常识缺乏了解罢了。这又让人费解：这种"正常现象"不知参照的是什么单位的标准？这种煤气常识不知刊登在哪一本科普书上？到底是谁缺乏"常识"？

还让布衣担心的是，燃气公司的领导说，查找空混气泄漏是一件难度很大的事，有一次在体育场路上查找一个泄漏点一共找了15天。他还说，他们每天都在抢修，去年抢修达9926次，今年抢修已经突破1万次了。天哪，这么危险的东西当初是怎么引进来的，我们在做一件事的时候难道没有充分论证过它的安全性吗？检修这么难，只能说明两点：要么我们公司的技术不过关，要么这个项目还没有到成熟使用的时候。我们总不能拿老百姓的性命开玩笑吧。

布衣说这一次的空混气是"温柔"的，是因为它没有致人死亡。但这次空混气是第一次发脾气，而且只有十个月的使用时间，而且只有6万用户。如果——，下次——，实在不敢假设。

（原载《每日商报》2003年11月19日）

"我是我自己的"

　　媒体前几日报道了一位 35 岁的昆明女士，因被人议论作风不好要做处女公证。事过一天，一位 50 岁的女士发表声明说，做处女公证，她才是昆明第一。这位女士做公证的动因与前面那位如出一辙。此事过去也就罢了，不想昨日又出公证处女的大新闻。

　　这到底是怎么回事呢?《信息时报》的消息说，广东 85 岁终身未嫁的五保户曾老太在与邻居争吵时，被人骂曾与人发生性关系并且打过胎，老太一气之下将邻居告上法庭。历经博罗县法院和惠州市法院的几年审理，今年 5 月 15 日，打赢官司的曾老太终于为自己讨回了公道。

　　处女问题，事关贞洁，几千年来一直受

人关注。因此，三位女性为着同样的原因做公证，也就不能一笑而过了。

究其原因，主要有两点：

一是很无聊的社会舆论。有些人就是喜欢背后议论人，一天不讲都难过。公民个人选择生活方式是她的权利，她结不结婚，也是她的权利。只要她不违反法律，她就是自由的，法律并没有规定作为公民的她必须结婚，也没有规定她必须在哪个年龄段结婚。看到人家 30 多岁甚至 50 多岁直至 80 多岁未婚，就背后议论，说人作风不好，说轻点是不负责任，严重点是要负法律责任的。

二是人们仍有一定的处女情结。虽然性观念日渐开放，但事关名节，忽视不得。如果没有这种情结，这些人根本不会这么议论，三位女士也就不会这么在乎了。

另外，专家告诉我们，从医学角度讲，有些女性一生下来就没有处女膜，有的处女膜在剧烈运动中会撕裂，但这并不说明她就不是处女，同时，处女膜完好也不能完全证明她没有性经历。前些时候，修补"处女膜"不是风行一时吗？

不要以为耄耋老太公证处女就失去意义了，假如老太碰到和陕西泾阳少女麻旦旦一样的麻烦，其作用也是相当大的，拿出了处女证明，派出所也就不会再坚持说她是"处女嫖娼"了。

最后，布衣向广大女性（也包括所有的男性）推荐并重温一句"五四"新女性的独立宣言："我是我自己的。"

（原载《每日商报》2003 年 5 月 22 日）

"笑话经济"

假日经济，彩票经济，注意力经济，经济之风狂刮。又有一阵经济清风袭来，这回叫"笑话经济"。

《北京晚报》近日的消息说，山西运城市万荣县县长一行专程到深圳，向海内外华人推荐该县让世人捧腹的民间艺术笑话。据说，素有"笑话王国"之称的万荣目前正将笑话作为产业来发展，已推出"万荣笑话"系列光盘、磁带、明信片及精粹图书等，去年，该县仅出售笑话光盘就达 500 多万套，"笑话经济"效益达 9000 万余元。

这样的消息在正和全国人民一同奔小康的布衣听来，无疑是一股春风。春风暖的是人心，鼓的是信心。

都说钱难赚，但有些脑子灵活的人却不这样看，他们说，就看你怎样赚。确实如此，市场经济发展到眼下，已经相当细化了，虽然暴利的行业所剩无几，但赚钱的空隙仍然很大。有许多人是等到别人赚了钱才感觉到要去赚钱，那时往往就有些迟了。万荣这个地方也许不富裕，可有资源，这个资源如果不去挖掘并进一步开发，也只是有些名气罢了，不会产生多大的经济效益，但换一种思路，就会有天阔地宽的感觉。为什么会这样呢？因为物质生活丰富起来的人们正在追求生活的质量，而这当中，文化需求又是首选，有消息说新浪、搜狐等网站每天的笑话订购量都在 20 万条以上。如此看来，笑话既能养生修性，又能快乐生活，还能拉动经济，岂不是美事？

如果说假日经济之类的经济还是一种浅层次的赚钱经济的话，那万荣的"笑话经济"则显然要高一个档次，因为它属于智力经济。智力经济是需要智力来支撑的，万荣人的聪明不仅仅是推销了他们的笑话，更是一种倡导，一种提醒，在我们民族深厚的文化底蕴中，有许多东西是可以和经济发展结合起来的。

捧腹，拊掌，喷饭，布衣非常看好万荣的"笑话经济"。

（原载《每日商报》2003 年 4 月 16 日）

"一元价"忧思

新华社有消息说，某地有个新开发的溶洞，最近的门票价格创下了历史之最，由十月黄金周的 35 元降到 1 元。

板子必须抽往"重复建设"。旅游这个行业大概是这几年比较赚钱的，从山、水、石、树到花乃至草，自然景点被开发得淋漓尽致；仿古、冒险、回归自然，牛车、马车、水车，车车尽有。有资源的开发，没资源的也在开发，就如上面所说的溶洞，我们浙江扳着指头数都数不过来，出了一个"大峡谷"，翻版的就有三十多个，如此竞争，就只能是价格的竞争了。

客观分析，责任又似乎不全在景点投资者身上。一个景点从设计、立项到建设、营业，必定要经过多个部门，投资者看到景点开发有利可图完全无可非议，不仅不会阻拦，反而会多多鼓励。问题是，在做市场风险预测时，往往有许多问题被忽略，导致结果常常自酿苦酒。"一元"票价，即使是商家炒作也实属无奈。

更为重要的是，有限的资源到处开发，小而散，本来总量就不大的客源被瓜分得四分五裂，越想赚钱越赚不到钱，遑论多大的投入、多么上档次！恶性竞争就在情理之中。最近张家界被世界文化遗产组织黄牌警告，已痛下决心整顿治理，资源从这个角度讲就具有了世界性，是人类的共同财富，只不过是归你使用罢了。不可再生的资源是经不起重复建设折腾的。

票价低对游客来讲无疑是件大好事，然而缺少创意的人工景点实在粗糙倒胃口，因此，无论投资者抑或决策者或是别的什么跟旅游有关系的，都应在票价中醒悟。

（原载《杭州日报》2001 年 11 月 20 日）

变着法儿要出差？

布衣昨天接到一位热心读者的电话点题。他说，现在春节快要过完了，少数人又开始变着法子到各地出差，你能不能写一写？我说，这是个老话题了，但他却非常执着地要求，于是我无论如何都要说一说。

仔细梳理一下，能变着法子出差的，一般都是些有一定职权的人。在那些时不时像候鸟式飞来飞去的人看来，什么时候想出差就可以出差，什么地方新鲜往什么地方赶，开会、研讨、考察、商务，等等，没有理由也可以造出理由，理由不充分也可以变得很充分，总之，这趟差非出不可，不出差就会大大影响工作，真是出差无难事，只要肯找寻。

少数人变着法儿出差，有两个结果是非常明显的：一是98%的差都让2%的人给出光了。如果说出差是一种学习考察的话，普通老百姓也应有这样的机会。就领导的水平和一般群众相比较，这样的机会应该更多地给老百姓，说不定某群众工作了三十年，一次差都没有出过。二是老百姓对出差回来的人的表现不是很满意，这是比较客气的评价。不客气地讲，变着法子出差的人，要么是对出差的地方满口的羡慕，从口气上看，简直是几十年赶不上；要么是生搬硬套照搬照抄别人的现成经验，不伦不类。从实质上讲，花公家的钱来满足自己的出差欲，这也是一种让群众痛恨的腐败。

布衣从来都不反对正儿八经的出差，因为出差是开眼界学经验的好方法，但现在信息发达，有的事情一个电话、一个传真能够解决的完全没有必要花几千元甚至上万元跑去出差。群众不满的正是这一点。

再回到标题。一个"变"字，说明让老百姓痛恨的现象越来越少了，但既然能"变"会"变"，就说明某种制度还是有漏洞可钻，比如公私界限模糊，比如缺少约束。英国首相布莱尔有次公干，顺便让夫人和孩子搭了座机，不想连遭群众的攻击，因为这超出了纳税人给予他的权限。

布衣这样说，不知有没有起作用，也不知热心读者满意不满意。

（《杭州日报》原载 2004 年 2 月 3 日）

擦鞋经济学

一些城市的擦鞋大军一般由两部分人组成，一是窜来窜去死盯着行人双脚的流动擦，一是在闹市口守株待兔式的固定擦。关于擦鞋的价格，前者是后者的一半，至于两支队伍的生意，在以下枯燥的对话中，可以有个大概的了解。

问：一天大约能擦多少？流动擦：多时五十，少时三十。固定擦：多时四十，少时二三十。问：要交什么费用？前者说不用交管理费，后者说要交几块管理费，再加少量定点摊位费。

再用笨办法比较一下他们的收益：流动擦的成本支出和劳力付出几乎是固定擦的倍数，而收益却明显不及固定擦。那么是流动擦脑子不好使不会算账吗？不是的，只是为省几块钱的管理费，还因为能擦到鞋的可能性太小（要是穿皮鞋的都来擦那问题就不存在了），他们需要不断地寻找才能赚到钱。但不可否认的是，固定擦毕竟领先了一步，他们抓住了人流量这个最大的因素，又愿意做些投入，再加上擦鞋工具、着装等硬件配套，于是他可以少付出力气和成本，得到同样甚至超过流动擦的收益。

这种现象也表现在流动菜贩们身上，为省一点管理费，他们东躲西藏，反而得不偿失。我曾对一名固定擦主说，有没有想过在摊位边竖一小牌，上书：名牌鞋油，仅花2元，足下生辉。我还建议将价格再降四分之一，以便和别的固定擦竞争。不知道那名固定擦主有没有采用此建议，采用建议后生意有没有好些。

（原载《杭州日报》2002年3月6日）

春节消费之坏感觉

　　大过年的，说春节消费的坏感觉好像有点不合时宜，也不利于拉动消费，还扫大家的兴，不过根据这两天在家的感受，有些话还是要吐一吐。

　　春节的总体感觉（相信也是大部分人的感受）就是吃吃喝喝，而吃吃喝喝造成的直接恶果就是肠胃负担过分。平时粗茶淡饭惯了的肠胃，这几天一直不太好，原因布衣自己也知道，都是春节闹的。何必这样折腾呢？不为什么，我们的春节就是这样的，年年如此。当然物质十分匮乏的年代除外。

　　除了吃喝，其他各式各样的消费也高居不下，单说炮仗。自大年三十开始，那经久不息的炮仗就闹得喜欢清静的布衣"不得安宁"，神州大地可以说是处处"火树银花不夜天"，大人孩子在极度兴奋中将一张张人民币送上天，而那炮仗回报给我们的却是支离破碎的垃圾。在农村，这些春节的"纪念品"会长久地留在那里；在城市，这两天的环卫工人回收人们的快乐也真是够辛苦的。虽有"爆竹声中旧岁除"的古训，但布衣却固执地认为有比爆竹消费更需要用钱的地方。

因为布衣的大人辈分比较高，于是这两天家里就热闹得不行。干什么呢？拜年。一伙人哄地一下进来，掼下两个"包头"，然后又一路奔波到别处，当然"红包"是不可少的。幸好，布衣的许多亲戚并不指望布衣一行去拜年，要真的不能免俗，布衣有限的几天假期就会这样玩完。布衣对周边的人有个不完全的小调查，几乎所有的人都不喜欢这种方式，因为大家都累。但令人想不通的是，既然原先挺好的内容只剩下一种形式，而且只是一种形式时，为什么大家都还这么"乐此不疲"？

不说了，再说下去，明天会有许多"不同政见"者要"举手发言"了，布衣肯定应接不暇的。

（原载《每日商报》2003 年 2 月 4 日）

点"废"成金

上海宝钢集团马上要发点小财了。因为他们脑筋转得快，又因为是典型的化废为宝，所以值得一说。

事情很简单：美国世贸中心双子大厦估计有 40 万吨的废钢，这些钢材都是 20 世纪日本生产的精钢，宝钢是国内唯一参加收购的企业，也是世界上最早的一批收购者。宝钢以每吨低于 120 美元的价格购进 5 万吨钢材一定让许多商家眼红。他们除了炼钢外，还打算将一部分废钢制成世贸大楼的模型出售。

宝钢的做法使我马上想起三十年前的同样事情，也同样发生在美国。麦考尔公司的董事长将几个月没人理的"垃圾"——自由女神像翻新扔下的堆积如山的废铜料、废木料等看作宝贝，用了不到 3 个月的时间，就让废料变成了 350 万美元。他将废铜熔化做成小自由女神像，把木头加工成底座，废铅、废铝则做成纽约广场的钥匙，甚至连自由女神像身上扫下的灰尘都包装起来出售给花店。

有人说垃圾是放错了地方的宝贝，何况废钢、废铜等并非垃圾。就宝钢而言，只要在设计上再动动脑筋，虽不能盆满钵满，但估摸着也能好好赚上一笔。

在激烈的市场竞争中，有人抱怨生意难做，有人可能因点钞票而累得气喘吁吁。其实大家的脑子都差不多，只不过有人勤用脑罢了。

（原载《杭州日报》2002 年 3 月 10 日）

对职业乞丐说不

几乎每个人在等车或逛街甚至在小饭馆吃饭时都会碰上不屈不挠的乞讨者，所有顽强的手伸过来的目的都一样。但人们在给钱的同时也有着种种的不情愿，不情愿是因为有许多只手是具有劳动能力的青壮年。从今天起至春节前，这种现象将有所改观，杭州五个城区都将派"救助流动车"上街巡逻，对职业乞讨者说不，并劝导乞讨人员接受正规救助。

我们的市民并不缺乏同情心，只是不想让这些同情滥施。据民政部门调查，流浪乞讨大军中，有相当一部分人是职业乞丐，他们有劳动能力，甚至幕后操纵未成年人或残疾人强讨强要，市民善意施舍的钱财，大多落入这些人的口袋。这种所谓的"乞讨",实质上属于好逸恶劳,不想付出,只装可怜、博取同情的"敛财"方式,对这类敛财者,任何人都没有施舍的义务,因为对这些人来说,乞讨不再是一种求生手段,已经蜕变成一种不正当的致富骗技。

不仅如此,职业乞讨还会以团伙的形式出现,这就滋生了一系列的社会问题。为争夺乞讨地盘,两帮乞丐大打出手,少则几人,多则十数人,直到一方被打得落荒而逃才罢休,这样的场景并不仅仅出现在影视的镜头中。从这个角度说,对职业乞丐说不,劝导乞讨人员接受正规的救助就不是一件简单的事了。

我们只是鄙弃不劳而获者。

当今社会所提倡的价值观是劳动光荣,如果允许一部分人依靠行乞来发家致富,那就是一种极大的不公平,是对人们善良、仁爱之心的侮辱和利用,其结果只会使良好的社会公德和人们的善良品德遭戏弄和亵渎。

值得注意的是,我们的整治只是一段时间,但职业乞丐的治理绝不是一蹴而就的,因为它已成为一个新的管理盲区,标本兼治方是良策。

(原载《杭州日报》2004 年 1 月 13 日)

尴尬的泔水

　　小问题常常会弄出大麻烦。在大麻烦发生前，小问题能够按照一些规律自生自灭，但人们往往对容易忽视的小问题越积越多时，麻烦就会接踵而来缺少警惕。这些天，杭州菜馆里的泔水泛滥成灾，店家贴钱也没人要，有一个老板甚至有了这样的主意：员工每人发一袋泔水带回家处理。

　　这个泔水是泔水油（地沟油）的娘，许多人对其恨得咬牙切齿。虽如此，但泔水不见得就是个坏东西，养殖场里那些可爱的猪是很喜欢的。因为猪们喜欢，以前的泔水就行俏得很，收泔水的农民每年要交给店家一定量的食物如猪肉、火腿等，生意好的酒家一年的泔水就可以赚近万元钱。那么，是什么使得泔水的身价大跌呢？就杭州说，猪场远迁、车子进城不易是主要原因。因此，养殖场觉得进城来收泔水不划算，这笔生意他就不会去做了。从这个角度看，泔水成灾是市场经济的必然结果。

于是问题紧跟而来。不仅仅是会产生泔水的店家麻烦，更要命的是因泔水而造成的环境污染。能自觉地将泔水处理好的往往是那些觉悟比较高的店家，少数素质比较低的就会千方百计怎么方便怎么处理泔水，比如混在垃圾里，没人看见就倒进下水道，甚至趁夜黑直接往路上泼。这样一来，我们保护环境的成本就高了许多。

布衣谈的这个问题，绝不仅仅是杭州有，其他大城小城同样存在，只是程度不同而已，这是城市发展中的一个新问题。我不知道人家是怎样处理这个头疼的泔水的，但只要有人关注，并认真开动脑筋，泔水就不会困扰我们的环境，因为这个问题的解决毕竟不像人类要登火星那么难。

（原载《杭州日报》2004 年 3 月 1 日）

给公交车消消毒

偶尔到杭州,对公交车的认识,只是看得多,坐得少;在杭州工作后,几乎每天都要坐一回,对公交车也就有了比较全面的看法。实事求是讲,杭州的公交车还是很不错的,线路多,车辆密,设施好,司机也负责,大部分都带"K"字头的车,让人在夏天不再因坐车而汗流浃背。然而我们也有了更高的要求。

这个要求缘于前段时间看的一则新闻:深圳的公交车每天都消毒。于是类推:杭州的公交车能不能消消毒?

消毒虽需要一定费用,但我想社会效益起码有三点是明显的:一是大大降低传染病在公共场所的发病率。车上虽整洁,但从早到晚那么多的人上上下下，每一只扶手，每一段扶杆，都会留下污垢，有的看得见，大多数却看不见，一般的清洁可能不起作用。二是能大大提升杭州的城市品位。当外地游客在美丽的天堂饱览完美景坐上公交车时，看到醒目的"消毒标志"，心里会升腾起一股什么样的感觉呢？一般情况下，他会对杭州的印象更深，肯定还会回去口耳相传的。三是一种具体的人文关怀。对人的关心既有物质的，也有精神的，而给公交车消毒这样的事是物质和精神兼而有之的。这也是目前我们在搞的"清洁杭州"行动的具体体现。

虽然消毒要给有关部门增加一笔不小的开支，但为市民健康计，为风景旅游城市计，我还是提出了以上建议，希望有关部门不要怪我多管闲事。

（原载《杭州日报》2002 年 6 月 13 日）

挤呀挤呀挤公交

　　我一直认为，没挤过公交就不能真正算生活在城里。这个挤不仅仅是出差在外的偶尔挤一次，也不是某地领导为体验民情上班时去挤一下（严格来说应该叫乘），而是实实在在的，每天上下班都要坐这个交通工具的挤。

　　在本城生活的我挤过多路的公交，因为住处换过几个地方，城东城西城北城南的线路都坐过，有一般的挤，有还可以忍受的挤，也有不能忍受的挤。

　　布衣的观察，挤车是需要一定技巧的，高峰时往往每辆车前都是伸得长长的脖子，车慢慢挪近时，一定要紧贴着车门，如果只在后面随着大流往前挤，那就永远别想挤上车，虽然也随大流挤过几次，因为有人发议论说，最后一个上公交的，一定是风格最高尚的，但经过了几次挫折后，一般的人也就顾不得那么高尚了。前两天刚下车，在不该上车的车门前突然冲上一群大妈，我诧异，这般年纪了气力何以如此之好？她们狂喊：再不上就来不及了！

还得要说一说挤车人的心理状态。挤的时候，司机往往会大喊：上下一趟，下一趟！我看见那些挤车者的难受状，也在默念：上下一趟吧。可下面的仍然不遗余力地往上挤：往里挤挤，往里挤挤！不挤上车，誓不罢休。

再说让座。一般到了学雷锋或者讨论文明程度的时候，往往要提及让座问题，这大约是检测一个地方文明程度的重要标尺之一。如果单纯站半个小时，还能忍受，但要在挤或者极挤的状态下站半个小时（有时是几无立锥之地），让这个座还是需要一定勇气的。这的确是两难的：让吧，自己得受罪；不让吧，看着白发苍苍或颤颤巍巍的老者，实在于心不忍。

说了这么多的挤，不是说本城的公交有什么不好，而是在说城市的一种生活现状。挤是正常的，不挤反而不正常。说实话，本城的公交还算好的，线路也多，许多还带"K"字，但仍然解决不了这个挤字。

是城市发展太快了？是城市人口太多了？是公交车辆投放太少了？是，也不全是。因为挤的现状是不容否认的，那布衣只能认为一定是某个环节还存在问题。

（原载《杭州日报》2005 年 3 月 14 日）

记挂浙医二院

2003 年 5 月 9 日，因为杭州发生的第四个非典病例与浙医二院有着直接的责任，造成了 500 多户的留验和隔离，浙江省卫生厅为此发表了措辞非常严厉的通报。布衣记得通报除说了三个当班医生的责任外，还特别指出：浙医二院领导负有不可推卸的责任。请注意，责任前的修饰语是"不可推卸"。

这样的修饰语是很重的，一般的读者都能够掂出它的分量。当时猜测，这样的雷声，接着肯定是会有倾盆大雨的。然而，一直等了七天，大雨仍然没有下，想是雨过天晴了。

这里想说说全国的形势。到目前为止，因为抗非典不力而被撤职的干部可能已经上干了，仅以昨天的消息，江苏查处失职人员 122 人，湖南处理 207 名国家工作人员。这些人中，大至部长、市长，小至防疫站长、乡镇卫生院长。被撤的情节有轻有重，有的在平时看来简直都不算什么事情，喝一次酒延误了几小时算什么错误呢？打几次电话不接又算什么责任呢？然而，在非常时期，法律条文上明确规定，有责任。

在这个非常时期，我们经常能够听到"问责制"这个词。先说"问"。问谁？谁问？很显然，问的是相关责任人，问的是直接的领导；上级领导要具体问，人民群众也有权问。次说"责"。这个责当然是责任，领导的权力有多大，他的责任就有多大，否则党凭什么把重要位置交给你，而你又凭什么轻松做官？这样的官谁不会做？再说"制"。制是制度、法制，承接前述，负责任是制度所规定的，传染病防治法就对领导的责任有明确的规定，这已经上升到法律层面，换句话说，不是哪个领导要和你过不去，是法律要和你过不去。可以这么说，在这次非典中落马的官员，都是碰到了"问责制"这座铁壁的。

那些被免职的官员平时可能是干得不错的好官，这一次做差了，就不能原谅？不能原谅！法律就是这样规定的，一次也不能做差，做差了就应该引咎辞职，不愿辞职就要被免职。

布衣不是以将浙医二院的领导拉下马而后快，只是替老百姓记挂这件事。老百姓关心的事布衣不关心，那还关心什么事呢？

（原载《每日商报》2003 年 5 月 18 日）

靠沙吃沙

　　人类避而远之的沙漠也有开发利用的价值。

　　《经济日报》近日载文说，内蒙古的"沙产业"透出光芒：一批企业不是简单地以绿色画句号，而是对锁控沙源的各种人工、天然经济类沙生植物进行适度产业化开发，使沙漠增绿的同时还带来了牧民增收、企业增效、国家增税，比如沙柳造纸做饲料，苁蓉酿酒销路俏，仅阿拉善盟苁蓉集团就有苁蓉药酒300吨、养生液100吨的生产能力。据初步匡算，"十五"期间内蒙古"沙产业"新增销售收入将超过30亿元，利税超过10亿元。

　　靠沙吃沙其实是靠山吃山、因地制宜的

具体实践。我们常说办法总比困难多，但往往说起来容易，做起来难，它起码有两个关键前提要把握：一是与时俱进的观念。有了这种观念，就会始终挺立在市场经济的潮头，即使身处"陷阱"也会柳暗花明又一村。内蒙古自治区要面对的是4000公里的沙长城，如果悲天悯人，消极被动，只会坐以待毙。二是百折不挠的穷则思变精神。有时理论上明明可行，实践中却总是碰壁，如果就此灰心丧气，肯定也是白忙乎一场，只是这种精神必须建立在成就一番事业的责任心上才有永恒的动力。

当然，靠沙吃沙还得防止一种过度的倾向。过犹不及，若开发利用过分，反而会适得其反，比如治沙，这是种派生出来的附加产业，它的主旨应以治理为主，如果为经济利益一时迷惑，则又要走令人难堪的老路，届时遗留的问题恐怕会更加棘手，像广东"十五"期间治污就得花1500亿元，真是"过度"造的孽啊。

至于怎样去靠沙吃沙，那不是这篇小文能够说得清的，只有有劳各位八仙过海了。

（原载《杭州日报》2004年4月4日）

没有机会学雷锋？

按照惯例，一般的单位这几天都会安排一次学雷锋活动。因为要学雷锋，于是就会设计出各种学习的载体，这些活动归结到一句话就是"做好事"。

做好事当然好，如果大家都来做好事，我们这个社会就会和风惠畅，但问题也恰恰出在"做好事"上。昨天的《金陵晚报》报道说，南京某区开展"续写雷锋日记"活动，某三年级小学生整整找了一天的机会想做好事，可就是没有机会"下手"：想坐汽车和雷锋叔叔一样在车上帮助老弱病残，爸爸说得赶快回家做作业；想帮妈妈摘菜，妈妈笑着打断说快看书；吃完晚饭想洗碗，妈妈说你还要练琴，不要帮倒忙。

也许这样的好事并没有挟泰山超北海那么难，于是在学雷锋的时候，做好事的想法就会相对集中。前年学雷锋的时候，上海的孤老张老伯差点被集束炸弹般涌来的幸福弄昏了头，原来，好几个单位组织学雷锋，不约而同想到了张老伯，不约而同想到了要给老人洗个澡，结果老人一天之内洗了五次澡。

小学生没机会做好事和大家都要给老人洗澡，听起来像笑话一样有趣，仔细体味就没趣了，甚至很沉重。难道说学雷锋就这么简单？雷锋只在3月5日才被人想起？

过来人基本都有这样的学雷锋经历：下午一放学，就去街上推板车（或者别的什么车）；一见老人过马路（或者提东西），连忙跑去打招呼；只要捡到钱，哪怕一分钱，也要交到警察叔叔手里边；好事做完了，回家写日记；日记写好了，交给老师看。小学生最积极，初中生次之，高中生、大学生更次之，成人呢？许多时候，都是小学生成群结队挥着小红旗要大人遵守交通规则。为什么会这样呢？因为小学生有做好事的动力，就是盼望老师的表扬，而大人恰恰缺少这一动力。不是说我们没有这种机制，只是太少了。

孩子没有机会做好事令人同情，张老伯一天洗五次澡是个特例，帮人推板车、牵人过马路、捡钱交警察仍然需要做，学雷锋的机会多的是，只是好事的概念要大大延伸，内涵要多多扩大，从物质拓展到精神，唯此才会自觉形成一种道德规范。

（原载《杭州日报》2004年3月2日）

省略阳光

阳光虽非须臾不可离，但也是省略不得的。

前两天就读到一则因为省略阳光而让人吃足苦头的消息。中国的蕨菜在日本市场上一直很受欢迎，食用方便，味道也佳，可最近几年日本却停止了进口，是什么原因呢？皆因蕨菜的采摘和制作都十分考究，最佳采摘时间只有十来天，过早过迟都达不到鲜嫩可口的标准。而且蕨菜采摘后，一定要反复翻晒，直到阳光将菜中的水分晒干才能打包装箱。可生产地的农民为了多采多卖，就直接用火烘干，于是，本来要三四天才能晾干的菜，两个小时就足够了，况且外表与阳光晾晒过的菜没有什么区别，但食用时，区别就出来了，这种蕨菜在水里不管怎么泡，都像老树根一样，又老又硬。自然，精明的日本人再也不上这个当了。

工序省了，时间省了，反而赚不了钱，因为蕨菜的鲜脆可口及野味清香都在那不可省略的阳光里。

其实，聪明反被聪明误或搬起石头砸自己脚的事情在我们身边屡屡发生，只不过是形式不同而已。市场俏销，头脑更要冷静，不说竞争对手虎视眈眈，就是普通的消费者也不会多次上当的。这种事情，从轻处言是不懂市场规则，往重处讲就是缺少生意人最起码的诚信，极不道德。你想，消费者尝着那变了味的蕨菜时会是怎样的一种愤怒，说句更难听的话，咱们整个中国人都有可能来背这个黑锅。

但愿省略阳光只是个案，但愿我们能从个案中得到更多的教训。

（原载《杭州日报》2002 年 3 月 28 日）

泰国汉语布告的警示

　　媒体近日披露了一则泰国旅游区张贴的汉语警示布告，布告是由一位到那旅行的读者告诉我们的：泰国南部某自选商场有醒目的用汉语制作的白底红字标语提醒中国人，比如走廊上有"请勿乱丢果皮纸屑"，荷花池边有"不能在这里洗手"，土地神前的象、马雕塑旁有"不能坐在大象和马的背上"，就连厕所里也有"请保持清洁"等。

　　我想到泰国旅行的不光是中国人，肯定还有大量的其他国家游客，但为什么单单用汉语提示，中国去旅行的人多自然是主要原因，但也不讳言，一些国人的素质或者说文明程度确实让泰国人头疼。

　　把脸丢到国外，原因不外乎两种。

其一便是难改的习惯。比如随地吐痰，有调查说，有80%的国人改不了这种习惯。再如对垃圾的处理，常见外国环保使者在咱们国家忙东忙西，福特公司在中国首设的环保大奖就达百万元之多，英国人林赛12年前就牵头搞起了长城上捡垃圾活动。想想也真惭愧，自己家里的卫生都要人家来搞。

其二便是文化的反差。物质进步和文明程度并不是同步发展的，有消息曾披露某企业代表团到法国，对排队看景点公然非议，并在公众场合将埃菲尔铁塔说成"烂铁塔"，将蒙娜丽莎像贬成"烂婆娘"，弄得导游都脸红。

没有一定的文化素养，就不必混充高雅，在这件事上至少可做得有涵养些，虽然文化素养高低和文明程度没有必然联系。

（原载《杭州日报》2002 年 2 月 24 日）

我想当幼教

　　萌生这个愿望是因为昨天本报的一则消息：上海市自上周发出今年幼教缺口人数和培训招聘消息后，连日来，市托幼协会办公室的电话响个不停。但占一定比例的报名参加培训的男生却遭到了工作人员的善意劝退。据说，目前上海全市幼儿园里的男幼教不超过 10 名。

　　为什么不接受男幼教呢？有些家长认为男幼教和女孩一起游戏、生活很不方便。布衣认为，这是观念问题。看看别的国家吧，国外男幼教非常普遍，日本幼儿园园长几乎全是男性，美国幼儿园男幼教比例为 10%，而我们只有深圳等南方城市幼儿园能保证一定比例的男幼教。

不知道我们这座城市里有没有男幼教，要有也肯定是凤毛麟角。产生这个观念的原因有两方面，一方面如前所述，整个社会还没有男幼教生存立足和发展的氛围和环境；另一方面出自男教师本身，好不容易当上男幼教，但因为稀少，本身也成了新闻，逢年过节有时七报道八报道，反而弄得很没面子，于是仅存之硕果也就流失了。两方面互为因果，但前者更重，环境的影响更大。

其实，所有不如意的细节都可以如意。现在终于有些观念被改变了，幼儿园不再是简单的陪玩，更不是识字什么的，男幼教至少可以展示给孩子阳刚气和果断勇敢，当然还有其他的儿童教育理念。从这个角度说，幼教这个行业的前景广阔，它的发展需要广大的男大学生、大专生及其他一切有志幼教事业的男生，而不是清一色的阿姨。当然，这里有准入的尺度，还有政府的调控等诸多问题，但为了下一代，必须要男幼教。

布衣虽然和当幼教的年纪有些不相称，但很看好这个事业，文章的标题就算是一种呼吁吧。

（原载《杭州日报》2005 年 3 月 30 日）

心静如水

今天是教师节，在广大教师喜气过节的时候，布衣却要说"心静如水"，不是给老师说大道理，而是有感而发。

缘于两件和教师有关的事。一件是，某省的记者资格培训班上，大学里来上课的老师都是开车来的，车的档次还挺高；另一件是，某重点中学有几位校级领导，平时在饭店里经常会有他们的身影在觥筹交错。前一件可以这样解释：高校教师待遇高，或者该教师水平高，拿的钱自然就多，开个好车来上课不算什么；后一件事可以那样理解：学校小社会离不开社会这个大环境，一些必要的应酬联络还是需要的。

可布衣不这么认为。布衣昨天看了某报

关于学生心目中的优秀教师的标准后，更加不这么认为。用难听点的话说就是现在少数教师也比较浮躁，怎么浮躁？不是一天到晚跑场次想着法子赚钱，就是一天到晚想着当官。这当然都是极小的一部分人，但这些人的影响却不小。爱学校、爱学生，对本职工作的敬业，这都不是浮躁的人能够做到的。

教育发展目前还存在着极大的不平衡，一个明显的特征就是，经济条件好的地方，教师待遇自然也好，而那些经济条件相对较差或极差的地方，教师的待遇却无法言说。上月底的《南方周末》刊登了一篇《教师举债"赎校"》的报道，读后真是触目惊心，河南省鹿邑县穆店乡徐楼村小学的全体教师，用自己微薄的工资，集体从个体户手里赎回了学校，因为他们对学校的感情太深了，他们很看重教师这个职业，他们很在乎老师这个称号。

将以上这些话连起来，心静如水就好理解了。这里的心静如水，其实就是一种境界，一种教书育人的境界，这种境界不仅做教师需要，吃布衣这类文字饭的人都应具有。而在这些行业里的名家大家，几乎都具备这样的境界。

心不为物役。要么不从事这个职业，既然做了，必须心静如水。

（原载《每日商报》2003 年 9 月 10 日）

欣闻证监会开"杀戒"

  在依法治国不断完善的进程中，布衣又听到了一条利好消息：中国证监会首开"杀戒"，责令关闭大连证券公司。《新民晚报》昨日披露了这家公司违法违规行为严重，并且已资不抵债，不再具备继续经营的条件。于是，大连证券就成为第一家被中国证监会做出取消证券业务许可并责令关闭的证券经营机构。

  这家 1988 年设立的公司，证券业务一度发展较快。但由于法人治理结构不健全，内控制度不完善，少数高管人员缺乏法律意识，才导致了今天这样的局面。可以这么说，这是因少数高管人员违法违规经营而走到破产边缘的典型案例。

春意思

在布衣看来，中国证监会这次痛下"杀手"，警示作用是明显的。

其一，依法经营是证券市场健康发展的重要保障。布衣虽然不做证券生意，但也知道一个基本道理，即证券市场交易必须依法，才能推动证券市场的健康发展。如果证券公司都暗箱操作，那吃亏的不仅是广大的股民，更会扰乱整个证券市场，甚至还会引发更大的危机。"蓝田神话"就是一个极惨痛的教训。

其二，规范运作是证券市场成功壮大的必要基础。结束不久的"两会"上，政协委员们空前关注证券市场，中国证监会就收到了近三十件这方面要求承办的提案。委员们要求规范上市公司的信息披露，建立上市公司流通股董事制度，使期货市场进一步规范，进一步加强上市公司重组工作，等等，归结到一点，就是希望我国的证券市场能规范运作。道理极简单，只有规范，才能发展壮大，才能对我国的经济发展做出应有的贡献。

以上两点可以归纳出一个通俗的前提，那就是经营者的素质至关重要。办好一家企业需要全体员工的努力，搞砸一个企业，只要几个人甚至一个人就足够了。

布衣在欣闻此消息之后还有一种担心："大连证券"是空前，但会不会绝后？

（原载《每日商报》2003 年 4 月 7 日）

新闻廉政

山西繁峙金矿爆炸事故，绊到了 11 名记者。

前两天的评论都将矛头对准在"为何不公布记者的名单"上。2003 年 9 月 26 日，新华社公布了 11 名记者的名单及纪检部门处理的结果，新华社还向社会发出意味深长的郑重承诺：坚决抵制有偿新闻和虚假报道。新华社发出承诺，是因为下属的山西分社有 4 名记者也在其中，而且有的情节严重。

我们终于有些欣慰。因为我们不再为犯错误的记者讳，为有责任的媒体讳。

批评报道是一件难事，任何领域任何单位的任何人一般不会为批评报道而欢呼喝彩，而且还要千方百计隐瞒，不能隐瞒则想尽办法大事化小，小事化了。故而我们对诸如"有关部门""某某人"等是极大的看不过瘾，总想知道是谁谁。同样地，这 11 名记者在尚未公布名单前群众也是百般不解，以为新闻单位要做这样的事那是太方便不过了，而且又都是同行，干吗相煎太急。然而，我们最终还是看到了处理结果，而且是严厉的。我想那些涉事单位，也一定会像新华社那样引以为戒的。

我关注的是，承诺以后我们更应做些什么。毫无疑问的是有力的措施必须跟上，这个措施就是教育和惩罚相济，而且要强化事前的监督。

实事求是地说，新闻系统从来都是将坚决抵制有偿新闻、坚持新闻的客观公正当作从业人员的头等大事来抓的，媒体一般都会向社会定期公布自己的监督电话，接受社会的监督，然而不可否认的是，新闻系统也不是圣洁之地，也会有这样或那样的问题，这既有从业人员的自身素质问题，也有单位的监督缺失，原因多种多样。辩证地讲，出问题并不可怕，如果严重，开除就是了，可怕的是不正视，而且掩盖问题，那样就会由一家媒体引发群众对整个新闻队伍的不信任，从而也会极大地损害党在群众中的威信，后果是极其严重的。

面对快速发展的新闻事业，面对急速增长的新闻队伍，面对经常出现而且影响极大的假新闻，面对极少数害群之马，新闻队伍的廉政建设比任何时候都严峻。己不正，焉能正人？新闻队伍的道德建设任重而道远。

（原载《每日商报》2003 年 10 月 7 日）

选举最不满意的官员

布衣是没有权力选举最不满意官员的，虽然心里老早就有了这样的想法。现在终于有地方这样做了。江苏省泗阳县今年1月举行了一次特殊的"行风评议"：对全县执法和经济监督部门及所有官员举行大规模的投票，选出"人民不满意的执法单位"和"人民不满意的执法官员"，结果有两个单位和九名官员"高票当选"。处罚自然是重的，比如那些官员就受到了停职半年、减薪九成等处分。

昨天下午，在全市领导班子和干部队伍建设大会上，也有三家不满意单位被亮相，且对领导班子处罚的力度加大。此前96666热线"绊倒"的官员就达144名，这些事激起的涟漪实在不小。

这种公开令政府官员颜面扫地的行动还是比较少见的，不过效果却是出奇的好。泗阳的老百姓说，现在政府官员的态度都很好，办事的速度也快多了。确实是这样的，1103 名干部的姓名、职务、执法范围连同照片和编号都公之于众，而且接受的是无记名的"对口评议"，也就是说，这个干部一年来的所作所为基本上会得到比较真实的反映（执法严格而得罪人另当别论）。布衣认为，只要出于公心，群众自然会公平待你。

这个方法对许多久治不愈的顽疾疗效甚好，它使一些干部终于明白了他是在吃谁的饭，要为谁办事。毫不客气地讲，一些干部的头脑里根本就没有纳税人的意识，以为自己天天在吃天上掉下来的"皇粮"呢。吃了太多的"皇粮"，有了衙门里的老爷作风也就不奇怪了，这样的干部你能指望他为老百姓办事情？不去扰民就是谢天谢地了。如果他老早晓得年底要评选满意不满意干部，只要头脑不出问题，一般来说总会干些事情的。

这个方法实际上就是我们说了多年用了多年的民主监督。

都说要搞监督，但搞什么、怎样搞、搞得彻底不彻底，效果是大不一样的。万物生长靠太阳，把那些见不得人的事放在明亮的太阳光下照一照，自然就一清二楚了。

（原载《每日商报》2003 年 2 月 18 日）

学习型假日

国庆长假适逢新西湖全面开放，不仅外地游客蜂拥而来，就是杭州市民也耐不住纷纷前去探鲜。虽有阴风细雨，但整个杭州仍然沉浸在节日的欢乐中。

然而也有一批人，他（她）们在众人的喧哗中另外寻找一种学习的快乐，书店、图书馆等地都可见到他们埋头苦读的身影。这样的人为数还不少。是的，他们是将这样难得的长假当成一个极好的充电或梳理的机会。

布衣之所以重提学习这个老话题，是因为一个人、一个城市要不断进步必须不断地学习。学习是为了创新，创新是一个民族进步的灵魂；创新更需要学习，学习是创新的成功之母。学习和创新，两者互为基础，相辅相成。

因为时代赋予我们学习的重任，不学习就无法跟上时代的步伐。现在把"不懂电脑基本操作也叫文盲"，这样的消息会让许多人大吃一惊，原来在不知不觉中，自己已经陷入文盲的队伍中去了，如果承认这条标准，那就意味着在北京那样经济文化发达的地方也有百万文盲。这种被称为功能性文盲的人，虽然暂时还无生活之忧，但的确是远远地被时代抛在了后面。

其实，我们这个快速发展的社会，所需要掌握的远非电脑一项。每天扑面而来的许多新东西，如果不努力地适应，就会整天坠在云里雾中，连适应都难，遑论创新。然而有些人却大不以为然，比如有许多产品基本内销的中小企业主就认为，目前的入世与他们关系不大，反正又不赚外国人的钱，没有必要去熟悉那些繁多复杂的入世规则，产品内销难道别人就不来抢你的饭碗？

所有的一切障碍，只有通过学习这根杠杆才能扫除，因此，主动的自我学习就变得相当重要。我们不能仅仅要求孩子学习好做国家的栋梁，从某种程度上讲，成人的学习至少有两大好处，一是使自己永远处于不败之地，二是为孩子们创造良好的氛围，就如那犹太人，一个对学习如饥似渴的民族，注定了它会成功。

至于那些有忙不完的应酬、喝不完的酒很忙很忙的主儿，这里的学习则另当别论。

（原载《每日商报》2003 年 10 月 4 日）

医院不肯打针

  医院不肯打针的前提是：患者从平价药店里配出的针剂，一连跑了六家医院都不肯打。

  《都市快报》昨天的消息说，杭州侯女士的老伴需要长期注射提高自身免疫力的胸腺肽。今年，胸腺肽被划出医保，得自掏腰包，侯女士这才发觉医院和药店的药价差距很大——一支50毫升的胸腺肽医院卖50多元，而天天好大药房只卖6元。于是，侯女士从一家区级医院拿出处方，在天天好大药房买了10盒胸腺肽注射液。接下来的4天，她和老伴儿跑了6家省级、市级和区级医院，都拒绝注射"从药店买来的针剂"。

  医院拒绝的理由为：医院注射室对外来

患者自带的针剂一般不提供注射服务，除非患者在医院重新检查过，医生确认患者能用自带的针剂才行。

表面上看，这大约就是问题的症结所在了。医院得为患者着想，否则，一旦出事，到底是医生的错还是药品的问题，很难说清。但仔细想想，事情却不这么简单。如果按医院的说法，患者可能不会四天里跑这么多的医院，检查确认的时间总不会很长吧。六家不同级别的医院这么异口同声，一句话，病根出在利益上。一支针剂竟然有 8 倍的差价，明眼人一看就知道问题出在什么地方了。

在我们这座不是十分大的城市里，大型的平价药店倒是一家接一家开出来了，据说生意不错，但医院的生意也没有什么明显的不好，原因是有些生意基本上是独家的。而独家的生意往往比较好做。

布衣在以前的文章里也讲过机制、体制等问题，但实在想不出解决这类问题的好方法。不过有一条真理，就是老百姓看得起病吃得起药的前提是价格便宜。既然问题出来了，而且还比较典型，就要想办法将它解决。

以前好像也讨论过饭店里不准自带酒水的规定，有人就问是什么部门的规定，有关部门说，他们什么也没有规定。医院不肯打针不知和不准自带酒水是不是相像，布衣也不敢确定。

（原载《每日商报》2003 年 8 月 7 日）

照顾名单也要公示

昨天本版的《上千家长持医院证明要求孩子中考照顾?》一文引起了极大的反响,虽然是一则辟谣性的新闻,但一些中考生的家长仍然纷纷打电话了解情况,这些电话的主题似乎只有一个:他们想知道哪几位学生受到了照顾。

布衣很理解家长们的心情,因为布衣自己也是个考生的家长,对这样的事情都是当作国家大事来关心的。个中道理太简单,那些要求照顾的学生想上的只是重点高中,而重高的名额是极有限的,照顾了这几个名额,说不定另几个本来能上重高的就拦在线外了。有的考生为了一分半分的体育成绩,1000 米要跑上好几次,分数实在来之不易。

因此这样的事情不弄清楚不行。

教育局说，具体的政策还未出台，不过市政府规定的优惠对象是很明确的：必须是直接救治非典病人的一线医护人员。请注意，是"直接救治"。按这样的规定，我们广大中考生的家长应该放心了，它并不像"优秀学生干部"那样模糊，也就是说，浙江一共只有4例非典病人，虽然大家都在忙着抗非典，但真正和病人零距离接触的，数字恐怕也不会太大。那些硬要从医院弄证明的，就要有自知之明了，否则的话，布衣也是为抗非典出过力的，而且天天熬夜，做抗非典报道也是一件很吃力且危险度很高的事情呢。

要把好事做好，否则就会失之于公正，而要做到公正，就必须公开。怎样公开？有关部门说了，到时会在媒体上详细地将照顾的细则公布。布衣在这里提醒，光有细则是不够的，因为现在少数人的能量大得很（绝非指医护人员），钻政策空子很有水平。其实特别简单，就是在把紧关口的同时，最后将受到照顾的名单在媒体上公之于众，让大家监督，看有没有猫腻。

布衣（也大胆代表那些有强烈愿望的考生家长）拭目以待。

（原载《每日商报》2003 年 5 月 30 日）

尊重斑马线

5月1日交通新法规上路，带着对生命深深的尊重。新条例中有许多是对司机的，但对行人也有了严厉的约束。这里单说斑马线。

前两天看了一篇好像跟交通有关的小说，小说写一个从农村来的人在过城市的马路时，找来找去找斑马线，然而一直没有结果，被他问过的行人都告诉他，我们这里过马路根本不管斑马线也没有斑马线。

然而，马路上的斑马线是用来保护行人的，这一点，那位努力想寻找的乡下农民确信无疑。我们的一位实习生，下班回家过马路时，走的是斑马线的边缘，不幸的是一辆快速而过的车撞倒了他。在定责任时，他的一副摔在斑马线上的眼镜很有力地证明了他是遵章而行的。

寓言式的小说说明了一个普遍的道理，那就是交通规则的遵守中，司机行人是互动的，所有的交通参与者都必须遵守规则。从血淋淋的事实看，有许多车祸都是因为行人不遵章引起的。而有不少行人在车潮中仍然我行我素，想在哪儿穿就在哪儿穿，想什么时候穿就什么时候穿，移步换形，环顾左右，接二连三，"法"不责众，车没有胆量碰他，交警也无可奈何，至于是否高峰期等，他考虑得很少。在他眼里，斑马线只是一种交通标志，红绿灯只是一种符号，只是一些要别人遵守的规章而已。

如果一项规则只是对单方面起制约作用，而作为参与的主体之一却游离于规则之外，那不是规则本身出了问题，就是制约的力度欠火候。好的制度使坏人变好，坏的制度使好人变坏，用在这里也是可行的。

当然，交通规则的遵守，还必须加上行人的道德自律。一个人自律了，会带动一群人自律，一群人自律了，那些视规则为儿戏的人也就不得不守规矩了。

（原载《杭州日报》2004 年 4 月 29 日）

吃来吃去

春节这段时间，这个时间一直要从猴年持续到鸡年的元宵过后，这个时间应该是个以吃为主，兼顾玩乐的时间。这个时间，有许多的会要开，联欢会、茶话会、恳谈会、答谢会，会会离不开吃，会开完了，总要吃一餐，领导致辞，群众讲话，一杯一杯碰下去，一圈一圈敬下来，先是不断觥筹交错，继而忽然杯弓蛇影；真是吃来又吃去，吃去又吃来。

吃来吃去，能不吃吗？肯定不行。不少人说，这个时间最担心的就是吃，吃了吐，吐了吃，胃出血了挂了盐水继续吃，一年下来，人家要答谢你，能拂意吗？不来就是看不起，不来就是不重视，重要客户你能不请吗？来年还想不想做了，不敢不请；下级不请上级，你还懂不懂规矩啊；你请了我，我不回请你，行吗？既不懂礼貌，更不利于关系的融洽。机关部门要请，乡镇部门也在请，就连村里也少不了这个请。请柬满天飞，这是个请来请去的时间，这是个吃来吃去的时间。

吃来吃去，都吃谁的呢？大家笑说，布衣真是明知故问。就时间段来讲，猴年末请的大多数是公家或企业，鸡年初请的可能有亲朋好友，但也不排除前者的请。说实话真有那么大方就好了，人们的钱包是鼓了，但也是贼精贼精捂得挺牢的，吃自己的，没有一点决心还能行吗？但这么吃来吃去，有一点却是要提醒的，不是布衣提醒，是纪检委的同志经常在提醒，是我们党的文件经常在提醒：当心噢，前车可鉴，有许多人就是这么吃来吃去吃进去的，有的吃就像是鱼钩，不，简直就是鱼钩，有倒刺的，一步一步往里吞，再也吐不出。

话说回来，新春佳节，国俗民风，来来往往也是一种气氛，但须有度。布衣文章实在微言，因为在我写文章或者读者读文章的时候，又有一大批人要吃来吃去，套用一句时髦话就是：不是在吃来吃去，就是在吃来吃去的路上。

（原载《杭州日报》2005 年 2 月 3 日）

贰

两点意思

"跨采商机"变"危机"的警示

世界各国人民的生活注定要和"中国制造"紧密地联系在一起。因为美国印第安纳州立大学教授凯文与妻子、专栏作家萨拉于去年做了一年的体验：没有中国造产品的生活将是什么样的？他们体验的结果表明，"没有中国产品的生活一团糟"。这不，新华社昨天的消息就说了，一掷数亿美元的"伊拉克重建采购团"和美国"新奥尔良重建采购团"又看上"中国制造"了，在上海举办的大型跨国采购洽谈会上，近千家中国企业蜂拥而至。

然而，巨大的商机和我们众多商家美好的急切的愿望却成了反比。一个典型的例子是：南京某家具企业的产品质量、价格让一家美国客商比较满意，美商希望进一步商业谈判，没想到的是，急于成交的家具企业，竟然马上说可以给其4.2折优惠。美商得知优惠情况后却怀疑这家企业的诚信，于是决定放弃合作，一场原本美满的跨采配对就此流产。

专家指出，"跨采会"上的"商机"，恰恰凸显了我国中小企业发展的"危机"。有这么可怕吗？是的。

两大突出问题让中国企业在外商眼中的形象、信誉扫地，把商机酿成了危机：一是企业之间无序竞争，定价随意，争相降价；二是不遵守国际惯例，对国际商业规则没有足够的了解，企业运作极不规范。我国加入WTO已经好几年了，但在经济领域，仍然有许多的不适应。企业之间的无序竞争已经让我们的许多企业吃足了苦头，你便宜，我比你更便宜。如果说这种便宜是以保护自身应有的商业利益为基础的，那根据市场原则，无论中外，都应该是好事，可惜不是，这种便宜有时是建立在以牺牲资源、质量和本来就低成本的劳动力为代价的基础上的，而白白让人家占了我们的便宜，难怪有人要说我们倾销。你既然可以优惠4.2折，那为什么不直接把价格定位在这个价位上呢？一个显而易见的原因：这是咱们国内很普遍的价格操作方法，最典型的要数旅游产品市场，一个几十元的东西，竟然敢定价数千元上万元甚至数十万元，一次性生意观带来的恶果是自毁诚信形象。

"跨采会"上的"商机"变"危机"，从另一个角度而言，也在提醒我们的有关部门，有许多的规章需要制定和完善，比如设定参加"跨采"企业在规模、质量和价格上的基本门槛，有序竞争；比如培训企业跨采专业人才，应熟悉跨采的基本运作和规则。可以预测的是，现在或今后的很长一段时间内，"中国制造"对世界各国而言都是极具诱惑力的，而且，"中国制造"在世界各地普受欢迎的事实也足以说明，"跨采"会越来越多，而且，"中国制造"还可以细化为"浙江制造""杭州制造"。

因此，一次"跨采"的"危机"并不可怕，凭中国商人的精明和"中国制造"的优势，应该会从中吸取足够教训的。

（原载《杭州日报》2006 年 4 月 3 日）

比邻而居，是一种缘分

　　2005 年 10 月 23 日至 30 日，杭州八城区的许多社区里，邻里的友爱在快乐地传递，友爱中有沟通，友爱中有理解，杭州市文明办举办的"城市邻居节"使我们邻里的心情在愉悦在舒畅。

　　我们对昔日弄堂大杂院里和谐融洽的邻里关系有着美好怀念，我们同样对生活在今天钢筋水泥丛林中的邻里真情有着热烈的渴望。

　　因为建设杭州，我们从五湖四海来到了杭州；因为杭州的建设，我们来自城市的不同角落。现在，为了一个共同的目标，我们比邻而居。远亲不如近邻，这是一种缘分！

　　然而，许多不和谐破坏了我们比邻而居

的和谐：楼上的浇花水和空调水把楼下晾晒的衣物弄脏了；楼上的住户往下扔垃圾、泼脏水；楼上的住户将鸟笼挂在窗外，鸟粪污染了楼下的生活空间；楼上卫生间的脏水渗到了楼下而又不配合物管的维修；楼上架设的晾衣架挡住了楼下的视线和阳光；楼下的油烟味深深钻进了楼上的私人空间；夜深人静的夜半歌声搅得四邻不安——楼下是楼上的楼下，楼下也是楼下的楼上，不管楼上还是楼下，你一定是在某种细节上损害了别人的利益。因为你的利益被人损害，你就损害别人的利益，于是纷争竟起，于是恶性循环，于是冤冤相报。其实，那些冲突并不是什么世仇和宿怨，有时只是一个小小的细节，小小的细节在良好的沟通下，在和谐的交流中，在换位思考的前提下，一切都会迎刃而解的。

有个小区组织了一次让居民互相认识的联欢会，却没几个人到场，可小区内一个人组织了一次"狗联欢"，却来了好多养狗人。听到这样的消息，我们一定会唏嘘不已，我们也一定会感慨万千。我们真的不需要邻居了吗？我们为什么变得如此冷漠？我们需要一种什么样的邻里关系？我们有必要认识所有的邻居吗？邻里交往是应该"点到为止"还是"串门互访"？如今的近邻为什么不如远亲？知情不报是有难不帮还是见死不救？关注邻居家庭的打闹争斗是多管闲事吗？邻里关系应不应该提倡"零距离"？许多的问号足够让我们所有的邻居和有关部门反思再反思。我们太需要把这些问号一一拉直了。

"百万买宅，千万买邻""邻居好，赛金宝"，说的都是邻居的重要性。西谚"爱你的邻居"也是告诉我们对邻居要施以友爱。道理其实很简单，人人为我，我为人人，社会越是文明、越是进步、越是发展，人与人之间的依赖关系也就越突出。说俗了，谁也不敢保证一辈子不求人。

抛却腼腆，鼓起勇气。陌生的邻居我们可以相识，相识的邻居我们可以更熟悉，熟悉的邻居我们可以更亲近。一个微笑，一句你好，一次握手，便能浇融我们老死不相往来的冷漠坚冰，便会清除我们不慎结下的胸中块垒，这样，自然就会营造出我们邻里之间愉悦和谐的灿烂天空。

琪花瑶草，惠风和畅。因为，我们比邻而居；因为，比邻而居，就是一种缘分。

（原载《杭州日报》2005 年 10 月 24 日）

不妨将此"家法"推而广之

　　求是星洲小学六五班的家长邬先生，估计会在西湖区家长学校开展的首届"智慧家长"评比活动中胜出，因为他们家诞生了一部很老套又很有新意的"家法"，据说解决了他们家庭管教中的最大难题，不仅女儿遵守得很好，全家人也都遵法守纪，邬先生无比快乐。我建议不妨推而广之。

　　他们的"家法"共有两部，一部叫"家庭宪法"，应该是他们家的根本大法，另一部是具体执行的下位法——"家庭环境卫生管理法"，家庭问题最多的地方大概就是这方面。

　　应该能想象出邬先生当初的用意，管教孩子估计碰到了麻烦，孩子不听话啊，你要她往东，她偏要往西。其实我们许多家长都心知肚明，邬先生的烦恼不仅是他个人的烦恼，也是大多数家长的烦恼，怎么孩子就是不听话呢？怎么就统一不起来呢？前天《都市快报》上刊登了一位父亲和一个成绩很好的女儿，因为话不投机，女儿就将热汤泼在父亲身上的事件。这几天的"两会"都在抨击应试教育和教育乱收费现象，乱收费只要下狠心治理，估计在不久的将来肯定有所改观，但这个应试教育恐怕就没那么简单了，伤筋动骨的，在一系列措施没有完善之前，要想治理好应试教育，恐怕也是天方夜谭。应试教育和孩子的教育都是超级难题，但难题并不是不可破解，只要有人想破，只要有人愿意去破，就一定能找到突破口。

邬先生的家法之所以能够执行得较好，我想主要有两方面原因：一是这个家庭人人都参与了"法"的制定工作，也就是说它代表了全体成员的利益，人人都签字的，既然有承诺，那就一定要执行了；二是法中之规定是大家特别是小孩子也能够做到的，不会是挟泰山以超北海之类的难事，能够做到的为什么不做呢？两者相辅相成，前一条是关键之关键，如果只是大人单方面的强制行为，这个"法"肯定不会长久，法律面前不允许有强势的力量出现，谁都不可以凌驾于法律之上，后一条是执行之保证，因为孩子知道一个文明人是必须具备这些基本素质的。

我们不妨将邬先生的"家法"看作是一种道德规范，一种隐性的法律。这部也许并不那么完善的隐性法律可能是目前构建和谐社会的有效助推器之一。社会最小的细胞和谐了，它的影响辐射功能是极强的，一个孩子会影响一群孩子，一群孩子会影响一个班级，一个班级会带动整个学校，学校就会影响整个社会；同样简单的道理是，在"家法"约束下的家长也会受到环境的熏陶，家长会影响单位，单位会带动行业，行业可以影响整个社会。在"家法"中成长起来的孩子，一定是个明事理的孩子，也一定会将整个社会的各项法律法规执行得很好。

当然，许多家庭其实都制定有各式各样的"家法"，有些是口头的，有些甚至是几代流传的，就像央视刚刚播完的《乔家大院》里有规矩甚严的家法，这些家法使他们的一代又一代在健康成长。

因此，邬先生家的"家法"可以推广，但更重要的是执行和执行中言传身教的示范，如果脱离了这个，即便是再精细再完善的"家法"，也只是一纸空文而已，若此，就不用费那个劲了。

（原载《杭州日报》2006 年 3 月 13 日）

从诺奖到神六

　　连续揭晓的诺贝尔各项奖在全球刮起一阵阵强劲的旋风，即将上天的"神舟六号"飞船也将国人的眼球紧紧地吸引。

　　就整个诺贝尔奖而言，我们也许记不太清获奖者的国籍、姓名和他们的主要成就，也许注意力并没有集中在那隆重的颁奖现场，也许有叹息，有羡慕，但不能忽视这样一个现实：每一次诺奖的颁发，它一定是科学家或文学家的某项成果惠及人类，对推动人类社会发展有重大影响的发现与创新，既是对获奖者若干年（有许多是终生和毕生）努力的肯定，更是诺贝尔精神向世人的再次昭示。2005 年的物理学奖授予两位美国科学家和一位德国科学家，以表彰他们把现代量子物理学应用于光学研究，推动了激光、全球定位系统（GPS）和其他光学仪器技术的进步；生理学或医学奖得主马歇尔和另一位医生莫里斯，为了获得幽门螺杆菌致病的证据，亲自服用幽门螺杆菌进行实验……对于那些获奖者，历史会像记住诺贝尔那样地记住他们。

从杨利伟上天到即将发射的神六，虽然只有短短的两年，但我们的进步却是飞跃的：从一人到两人，从 23 小时到 5 天——我相信还有更多的数据会公开，因为这并不是我们的最终目的，我们正是带着对外层空间未知世界的强烈探索精神和求知的欲望，从而显示我们的科技进步和经济发展的。这是综合国力的具体体现，它会大大激励全民族的探索精神和创造力的提升。

从诺奖到神六，还有许多启示。

一是基础和应用的结合。诺贝尔奖以前一直强调基础，从去年（2004 年）开始则强调了基础和应用的结合，这正顺应了现代科技发展的趋势。与此相对照，我们的应试教育确实应该好好反省一下了，比如"奥数"。专家指出，奥数奖牌多多，并不代表就是数学强国，只能证明考试能力。虽然前些日子媒体对扼杀人天性的奥数口诛笔伐，教育部门也发出停办奥数的指令，但如果仍然把奥数当作选拔人才的一个重要途径的话，奥数仍会以别的名义变相生长。历史证明，应试教育恰恰是诺奖和火箭上天之类的天敌。

二是对科学探索的执着精神。每年的诺奖大多颁给了白发苍苍的老人，这并不是简单的迟到的安慰。此次获化学奖的

63 岁的美国科学家格拉布说："获得诺贝尔奖是那些你的一生中都无法期待的事情中的一件，你只是执着于科研。"同样，那些为了我们航天事业努力奋斗的许多科学家，一辈子都在和枯燥的数字打交道，几十年都工作在艰苦的环境里，如果浮躁，有了一点重大的突破就想着什么时候获奖，或者刚有了不错的成果就去津津乐道于仕途，别看职称很高，头衔很大，文章排名很靠前，要获诺奖还是很难的。直面名利的诱惑，科学家的成就才经得起时间的检验，才不会为了验收与获奖而突击完成任务或弄虚作假。

独立的思考，科学的创新，执着的追求，淡泊的名利，正在颁发的诺贝尔奖和即将发射的神六飞船，带给我们的启示还有更多。

（原载《杭州日报》2005 年 10 月 10 日）

当"讨薪"成为运动

"讨薪"正成为一种运动,一种到年关就要掀起高潮的运动,一种让少数人难堪多数人拍手的运动。

2005 年 11 月 17 日,省劳动和社会保障厅、省建设厅、省总工会联合发出 81 天的"春雨行动"专项检查,要求确保农民工在春节前按时足额领取工资,不发生新的拖欠而引发的重大群体性事件。前几天,本报及杭州的另外一些媒体也相继刊出了本市各级劳动监察部门为民工讨薪的举报电话。据介绍,今年 1—9 月,全省共追讨回民工欠薪 3.5 亿元。

说民工"讨薪"成为运动,是因为这是个久解不顺的结,也是个足够让有关部门年年头疼的结。仅以本市为例：杭州市从 2000 年到 2004 年，每年为民工追回的拖欠工资分别是 1043 万元、1879 万元、2552 万元、4108 万元和 6500 万元，2005 年 1—9 月追回拖欠工资 7716 万元。数字的背后当然有着相关部门的辛勤和汗水，但同样不可否认的是，问题是越来越严重了。每年全国为民工"讨薪"的数字越大越令人不安。

世界上没有哪个国家有 1 亿多的农民工大军，也很少见到劳资纠纷中出现过总理讨薪、人大代表讨薪、吊塔讨薪、堵路讨薪、杀人讨薪、自焚讨薪等让人记忆深刻的新闻。我们的许多媒体到年底都会开设"为民工讨薪热线"，政府成了为民工讨薪的主力军，法院也在为民工讨薪，前年总理帮重庆农妇熊德明"讨薪"成了全国知名的公众人物，而且是"感动中国"的十大人物，既鼓舞人心，其实也是一种辛酸。

干活拿钱天经地义，拖欠就是侵权，为什么民工讨要工钱却如此艰难？农民工为什么老是被欠薪？

有专家指出，我国的法律制度对农民工工资方面的规定多是以部门规章等形式出现，虽说不怎么完善，但在覆盖面上还是比较宽的。如果这些法律规章都能得到有效实施，从理论上来说，民工工资问题还是可以解决的，起码不会像现在这么严重。按说约束和规范的东西有了，权益应该有所保障，但恰恰保障不了，这意味着执行的力度和持久度还欠缺火候，这也是每到年末"讨薪"成为运动的真正症结所在。还有，尽管获取劳动报酬是每位公民的法定权利，但对于民工而言，他们的这种权利却难以获得司法救济的最终保障，这种缺位其实也是导致民工欠薪问题难以根治的重要原因之一。

百度"讨薪",零点几秒跳出528000,且在每时每刻快速增加,这说明治理它是个系统的综合工程,说明有关部门目前的责任还很重大。

头痛医头总归不是办法,从长计议,要使"讨薪"不成为运动,不成为问题,一定得依靠法律而不是行政手段,健全完善法律法规,并执法必严违法必究,"讨薪"一定不会成为运动,不管在什么时候。

（原载《杭州日报》2005 年 12 月 13 日）

剑阁去碑启示录

剑阁是四川省的剑阁县。碑是政绩碑。去掉一块碑不稀奇，值得一说的是剑阁一下子去掉了 184 块反映政绩的碑。

《京华时报》昨天的消息说，从 20 世纪 90 年代中期开始，这个县开展的许多活动和建设的重点工程，逐渐向国道两旁集中，并以钢筋、水泥、瓷砖建成展示成果，形成大批政绩碑、形象碑、功德碑等。160 公里沿线道路两旁，树立了 184 块反映各式政绩的碑，这些碑被砸，老百姓拍手称快。

为什么会有这么集中的政绩"碑林"呢？

一个工程完工了，应该记下点什么，比如什么什么"示范点"，以示重视，省里到市里搞，市里到县里搞，县里到乡里搞，就是乡里，也会到村里搞出个像模像样的示范点。示范点并没有什么不好，问题出在一定要把这个示范点的功劳记在领导身上，一定要让老百姓永远牢记领导的好处，于是就产生了"碑"。因为有了这个"碑"，也就有了许多的好处，老百姓记牢不说，关键的是可以给上级领导看，领导看了满意，其余的话就不用多说了，不然的话，为什么这些工程会集中在公路沿线？难道那些领导不知道这么做会影响交通、违反公路法规？难道那些不是公路沿线的地方不需要示范？显然是政绩的需要嘛。

对广大的干部及所有公务员来说，为民办事是基本职责，办好了应该，办不好反而应该"问责"。

经常有各种各样重大事故的披露，看到这样的消息，总觉得有许多话要讲，可又不知从何说起。从报道的内容看，事故发生后，各有关部门都会积极地应对补救，有关领导的心里也一定非常沉重。我以为，沉重是应该的，毕竟是几十条上百条鲜活的人命，毕竟是有干系的领导，总不能将采取的积极措施全部当成成绩来报吧，总不能轻描淡写地总结一番后就万事大吉吧，总不能以后事情照样出，官照样当或照样升吧。从这个角度说，那些做不好的事反而应该立个"碑"，立个"什么什么教训或耻辱碑"，以警示所有人，尤其是有关系的各级干部。可惜啊，这样的碑很少，少到几乎没有。

常说百姓心中有杆秤，对于那些真正的民心工程，老百姓会从心底感激，百姓会在心里立碑。但这并不是说，你那里的群众没有到过天安门广场，于是就耗资5000万元建个仿天安门广场，弄个华表还号称世界第一，这样的做法群众仍然不会买你的账，这难道是为群众着想吗？这不是形象工程又是什么？不要老是把自己当成救世主，当成恩人，居高临下地施舍，你是公仆，百姓的仆人啊。

这几年杭州共征集为民办实事的金点子近 25000 条，采纳率高达 80% 以上。是啊，老百姓太需要这些实事了，因为实事会使我们的生活更加美好，工作更加舒畅。

我们的各级干部都希望能在自己的任上为民办多多的实事，但一定要体恤民情，量力而行，剑阁那些劳什子的"政绩碑林"和实事毫无关联，不树也罢，拆了更清爽。

（原载《杭州日报》2005 年 12 月 5 日）

将盐加在可口的菜肴里

今年的全国两会上，胡锦涛总书记强调的"八荣八耻"，是衡量真善美、假恶丑具体而细微的精确标尺。3 月 17 日，刘云山在中宣部、中央文明办召开的树立社会主义荣辱观座谈会上又强调，要把社会主义的荣辱观作为思想道德建设的核心内容，贯穿于精神文明建设的全过程，体现在经济、政治、文化和社会建设的各个方面，使之成为引领社会风尚的一面旗帜。如何使"八荣八耻"的宣传深入人心并成为人们的行为规范？只有将盐加在可口的菜肴里，才会取得如期的效果。

现代医学证明，一个人每天要摄入 3 克盐才能保证健康，但是这 3 克盐应该如何摄入呢？正常人一般不会空口吃盐，但在宣传教育上往往会将盐单独喂给受众吃，结果咸得无法入口，如果我们的思想道德教育仅仅停留在说教的层面上，就会和空口吃盐一样，明智的做法当然是将盐加在可口的菜肴里，让人体充分吸收。

这里的"盐"是指"八荣八耻"，"可口的菜肴"有两层意思：一是指如何以有效的方式方法去宣传；二是指通过宣传的潜移默化，将社会主义荣辱观贯穿于人们的生活和工作中，从而化为人们具体而自觉的行动。胡锦涛强调的是要引导广大干部群众特别是青少年树立社会主义荣辱观，这就是说，我们的宣传对象有一般也有重点。就青少年的道德教育而言，有许许多多的方式方法，不拘形式，能起作用就行。前几天的报道说，新加坡8万名中学一、二年级的学生，人手一本名为"日行一善"的小册子，小册子记录自己所做的小小的"善行"，如果一年之中有了80个"小善"，便可获得一枚铜质徽章，佩戴于衣领之下。我们可以想象，获得徽章的孩子一定会受到鼓励，以此为荣，那枚徽章也时刻在提醒他处处"与人为善"。提倡"日行一善"，是因为我们这个社会很需要"善"。

此外，要将那些"耻"，不断地晒在阳光下，只有这样，"荣"才会理直气壮。这几天，我们的网站上就可以看到如下的"耻"：女孩铜像被盗、网上出现"景点逃票路线集"、社区搞科普教育竟遭迷信阻力、患肺癌老人公交车上苦苦哀求无人让座、妇女捡万余元现金归还失主遭周围人讥讽、公交车投币箱假币残币防不胜防、男子清晨街头裸奔"练胆"暴露下体、欧典地板德国造——这样的"耻"还有很多，而且短时间也不会一下就消失，但纵然是一匙污水，也是要污染一桶酒的。因此，必须将"耻"拿出来暴晒，不随它，容它，尽它，让它，帮它，而是说它，羞它，辱它，骂它，毁它，再过几年看它，它一定少了，肯定少了！

西哲说过，看一个社会的成熟，不是视其有多少位伟大者，而是要观察其普通民众的品行锻造到何种程度。"八荣八耻"荣辱观的提出，旨在摒弃和铲除各种丑恶现象，制止道德缺失，一定能使全民的道德品质提升到一个新的高度。坚持"八荣"，改变"八耻"，再将其融入我们可口的菜肴里，我们的体质一定会更加健壮。

（原载《杭州日报》2006 年 3 月 20 日）

今天是最后的日子

大过年的，说点什么不好啊，非要搞得这么危言耸听，但事实的确如此。新华社昨天的消息说，美国第二大汽车制造商，福特汽车公司，23 日公布的业绩报告显示，2005 年，福特盈利总额为 20 亿美元，较前年大幅减少了 42%。这掉下去的 16 亿利润主要在北美市场，当天，福特公司还宣布，作为扭转北美市场严重亏损计划的一部分，福特公司将在 2012 年年前在北美市场关闭 14 家工厂，并裁员约 2.5 万至 3 万人。

企业今天开业明天歇业，生生不息，实属正常，但在商海大潮中，也有久经沙场之百年老店，不断创新，管理有方，历久弥新，极为坚挺，个中缘由可歌可书。福特就是我心目中的百年老店，可老店也有新问题，虽非不可收拾，却也令人胆战心惊，如此航母，也要如此裁员，也真是不得已而为之。我不知道，那些现在还如日中天的企业 CEO 们看到这样的消息会有怎样的感觉，一定比我有更深的理解；我也不知道，那些企业里的员工会有什么样的感觉，但肯定有许多人在为年终奖的多少而欢喜着或埋怨着。

然而，一定有人会有"今天是最后的日子"这样的感觉的。

这也是一个有趣的命题。

今天如果是最后的日子，我们会干什么呢？盲人会说，给他一天光明，他会享尽光明的乐趣，无怨无悔；死囚会说，再让我活一次，我会彻底重新做人；白发老翁说，让我再回到 18 岁，我会成为什么什么。可惜时光不会倒流，今天只能是最后的日子。今天如果是最后的日子，我们会想些什么呢？环境保护者会再次告诫，一直强调保护环境就是保护自己，你们偏不听，现在终于尝到恶果活不下去了吧；资源专家会叹息，老早就说要节约资源合理开发，现在煤也挖光了，油也抽尽了，水全蒸发了，我们还能活吗？与上面不同的是，这样的日子还没有来临，现在重视还来得及，绝对来得及！以色列不是把沙漠弄得像绿洲，日本资源贫乏不是也照样做大事吗？

我想引一个极具象征意义的场景来增加这种恐怖：

一个昏暗的日子，大批工人垂头丧气地离开了工作多年的飞机制造厂，厂房上挂着一块"厂房待售"的牌子，扩音器里传来"今天是波音时代的终结，波音公司关闭了最后一个车间。"——这是世界最大的飞机制造企业、市场占有率在60%以上的美国波音公司，于1990年为自己摄制的一部虚拟电视新闻片的场面。

波音公司真的很有战略远见，把今天当作最后的日子，就是不让最后的日子提前来临。

（原载《杭州日报》2006年1月26日）

就当它是一种娱乐

当"胡戈馒头"在苏州的两家自助餐厅免费给客人品尝时，我真是佩服它的始作俑者——苏州某传播公司的策划总监，这位总监向记者说了他的动因：看完《一个馒头引发的血案》，我们就想，为什么不能有真的馒头呢？于是他们在本月20日就向国家工商总局商标局提出"胡戈"商标的申请注册。

我估摸着，这个牌子的馒头，如果能批准的话，肯定是徒有虚名，不会有真正的市场，权当又多了一种娱乐的谈资吧，你看，连胡戈本人听到这样的消息也只是淡淡地说：希望该店赶紧送几笼馒头给他尝尝。

如果以娱乐的心态分析或欣赏一些和

"馒头"类似的事件，我们就不会被娱乐的手牵着鼻子走。

"超级女声"的创办者之一、湖南广电局局长魏文彬，昨天在京参加媒体论坛时大胆预测："'超级女声'的生命周期大概是五年，第三年会是一个鼎盛期。"按照如此推算，今年将会是"超级女声"最鼎盛的一年。许多传播者都把该预测当作一则重要的娱乐新闻在报道，我看了很不以为然。这又是在设局，在向广大的纯真的观众，在向众多的欲分一杯羹的商家暗示：虽然说生命期只有五年，但这两年还是很有市场的，你们的投入一定会有巨大回报，要投资赶紧投资吧。不知策划者有没有想过，现在有些事情就是这么奇怪，当初并没有料到会这么火的时候，它突然之间就火了，但真正把它当作一件大事认认真真操办时，就是火不起来，主观愿望和客观效果大相径庭的事情还少吗？当全国人民都在热衷"超女"的时候，我们家却非常平静，我甚至没有完整地看过一场，虽然被笑为老土（因为我很迟才知道诸如"玉米""PK"之类的意思），但我还是逢人便宣传或推荐，那是一种非常好的娱乐方式。当然，我很敬佩它的策划人。

如果以娱乐的心态看一些突然间冒出来的娱乐新闻，就会显得很理性。

去年12月中旬，当我读了《三联生活周刊》中《相声界的草根英雄——郭德纲访谈》的报道后，先是惊诧，后是感慨，一个典型又要诞生了。果真，此后的媒体是全方位轰炸，将郭德纲捧到了天上。我看了几段他的演出录像，感觉在当前相声不景气的时候，斜刺里杀出了这样一位草根，有些新鲜，但我深知，谁都经不起这样的"捧"，可我担心的事仍然在发生，郭德纲日前通过经纪人宣布，要闭关两个月，在此期间不再接受任何媒体的采访，因为已经有人开始从"歌德"到"倒德"了，说他有不少问题：经济问题，公费报销自家装修费；操守问题，违反行规三次"跳门"；诚信问题，不可能会600段相声。我相信，随着"倒德"的深入，他肯定还有许多"问题"被揭出。这是不是又是一场娱乐？我很想把它当作娱乐，不管怎么说，郭德纲还是给不少人带来了快乐。

不管是外地的本地的娱乐或类似娱乐的新闻，不管是陈凯歌还是胡戈，不管是李宇春还是宋祖德，也许因为职业的缘故，我基本都带着一种本能的警惕，但绝对不是怀疑一切，只是不想太累，太较真，我们的工作和生活已经不轻松了，多点娱乐，多点娱乐的形式，有什么不好呢？我就这样娱乐，行吗？就当它（他/她）是娱乐，行吗？

（原载《杭州日报》2006 年 2 月 28 日）

两件小事

　　两件小事。两件关于孩子的小事。两件关于孩子教育的小事。

　　头一件。《钱江晚报》昨天的消息说，温州的柴老师反映，他去市区学院东路一家打字店印材料，看见两女一男三个中学生正在叫打字员打印成绩单，成绩单上有各科成绩，有 70 多分、80 多分、90 多分等，上面还有"学习认真、对同学友好、对老师尊敬"等评语。一了解，原来是这几个学生，因考试成绩不好，有不及格的功课，因此重新打印一份成绩单，瞒骗家长。

　　另一件。《都市快报》这几天连续报道了桐庐 10 岁单亲孩子范范希望给妈妈找个做小笼包子师傅的事情，范范坚定地认为，妈妈手艺好了，小吃店的生意就会好起来，妈妈就不用这么累了。结果，杭州乃至浙江的民间小笼包子高手纷纷出手相助，生意果真大好，做包子的和买包子的都被孩子的真情感动。

前一件事已经不怎么新鲜，他们所用的手段可以说是雕虫小技，比他们小的小学生也会干，涂改成绩啦，雇人冒充家长开会啦。比他们大的大学生更会干，有的高手几乎把四年来所有成绩都改一遍，还要加上许多的荣誉，于是一个班会有数十个班长，几十个班干部，无数个学生会领导。小孩子大孩子做这些干吗呢？有用啊，没用弄那些干啥？家长看了高兴，高兴了就有奖励，说不定就奖辆宝马什么的，再不济也会过年弄个像样点的红包啊。用人单位也需要，一看是学生会领导，再看是多年的班干部，可能就会认为这个学生能力一定很强，至于真的强不强，先混进单位再说。这样说来，作假的和信假的、用假的都有责任，你需要什么，他就会提供什么，尽管他提供的是不劳而获的成绩和荣誉，但在良好和健全的考试机制和用人机制建立之前，你不要奢望他们一定会感恩，一定会诚实。

后一件事更不新鲜，但这样的事每天都在发生，无论中外，它都会使社会更加和谐，甚至成为推动社会前进的动力。范范这样的孩子，一定是个品学兼优的好孩子，他整天都在为妈妈的生意担心，他怎么会去改成绩单上的成绩呢，哪怕是一次考不好也不要紧，考不好有什么关系，想想父母的艰辛，一定会加倍努力的。这几天，"感动2005——中国十大真情故事"候选人，15岁的温州男孩徐建威的孝行感动中国，他为救身患绝症的父亲，从6岁起就学会辨认百余种中草药，9年来爬遍了家乡的大山，用自己的爱延续了父亲的生命。是的，在他们幼小的心灵里，他们可能只知道感恩，但他们绝不仅仅是为了报答父母的养育之恩，他们是在用自己的真情唤起别人的真情。

对于那些已经改、正在改或将要改成绩单的各类同学来说，改改成绩单之类的小事也许觉得眼下并没有损伤什么，但积小垒大，当信用消失的时候，肉体也就没有生命了；对于像范范、徐建威那样的好孩子，你一定要相信，你不是孤单的，你背后有一堵堵温暖的爱墙在强力支持着你们。

两件小事，诚实是一种责任，爱心及传递爱心也是一种责任。

（原载《杭州日报》2006 年 1 月 23 日）

绿色经济核算是一种国家战略

　　国家环保总局局长解振华前日在九寨天堂国际环境论坛上，就中国经济快速发展背景下的环境保护战略发表主题演讲。解振华说，今后 5 年，我国有望采用绿色经济核算方法，将环境保护作为各级政府政绩考核的重要内容之一。就是要研究综合环境与发展的国民经济核算方法，将发展过程中的资源消耗、环境损失和环境效益纳入经济发展的评价体系，并以这个体系全面评价国家和地区的综合实力和发展潜力。

　　在环境保护问题上，许多地方都走过一些弯路：20 世纪 70 年代是"只顾金山银山、忽视绿水青山"；80 年代是"既要金山银山、也要绿水青山"；到 90 年代是"有了绿水青山、就有金山银山"；如今许多地方都认识到，"只有绿水青山、才有金山银山"。

的确，"金山银山"和"绿水青山"，已经不单纯是两个抽象的概念，而是深深植根在人们头脑中的一道"经典选择题"，回答老师时的答案无疑有些冠冕堂皇，但在实际执行过程中往往会出现偏颇。等到选择题变成现在的逻辑条件假设时，它证明国家的环保政策深入了人心，因为它已经变成我们生存和发展的必需了。

先哲说，不要过分陶醉于我们对自然界的胜利。对于每一次这样的胜利，自然界都报复了我们。每一次胜利，在第一步都确实取得了我们预期的结果，但是在第二步和第三步时却有了完全不同的、出乎预料的影响，它们常常把第一个结果又取消了。

是的，因为我们经常看到这样的文字见诸媒体：花 500 亿元治理淮河，花 50 亿元治理滇池，等等，还有一个事实，沙尘暴不断威胁北京，最近的沙漠离北京只有 70 公里了。不容否认的是，长期对自然生态的破坏，已严重制约了当今许多地区的经济发展，有的地区甚至因为生态条件恶劣而制约了经济建设的顺利进行。用绿色经济核算，它的效益应该是负数，一个大大的负数。

最新消息说，未来 5 年，全国环保总投入预计将达到 1.3 万亿元。这是一个惊人的数字，这个数字一方面表明了政府在环保方面的铁定决心；另一方面同样显示，政府要花大成本为那个巨大的绿色负数买单。

　　昨天的本报消息报道，洋溢着绿色海洋的杭州，森林面积已有 104.6 万公顷，森林覆盖率达到了 62.8%，城区绿地总面积 10201 万平方米，绿化覆盖率为 37.07%。这是一个骄人的数字，但绝不是说杭州的环境已经无可挑剔，而是说"金山银山"和"绿水青山"两者在杭州处理得比较和谐，我们在这个过程中一直比较强调生态建设和环境保护，强调处理好经济发展与人口、资源、环境之间的关系，才会有今天的绿色大都市，生态新天堂。

　　人人都希望工作和生活在一个环境的天堂里。

　　我们有理由相信，绿色经济核算一定会使资源消耗、环境损失和环境效益几者关系得到进一步的平衡，因为它是一种国家战略，保护环境就是保护我们自己。

（原载《杭州日报》2005 年 11 月 1 日）

让我们尽享社科的盛宴

　　杭州武林广场前日一场热闹的咨询会，拉开了本周我省暨杭州市 2005 社会科学普及周的大幕，公众可以尽享这场盛宴带来的人文社科大餐。

　　据介绍，本次科普周省市县三级错时联动，全省有 53 个县（市、区）参与这项活动，各种各样的科普讲座、报告、研讨会达到 780 余场，广场咨询 40 余场，科普展览 40 余场，文艺演出和人文社科普及电影 1590 场，是历届科普周中规模最大的一次。

　　2003 年的一个调查数据仍然让我记忆犹新：浙江省公众人文社会科学素养水平指数为 7.5%，即每千人中只有 75 人达标。

而在我们这个文化大省，一个显而易见的事实是，公众对公共文化设施和场所的利用状况有些令人担忧。我们有着良好设施和丰富展物的博物馆或展览馆去的人并不是很多，图书馆或阅览室端坐着的可能就是那些正在求学的青少年，许多书店的人气绝对不会像茶室和饭馆那样火爆，杭州红星剧院的大师班音乐讲座经营惨淡，即使免费也不会有一半的入座率，等等，人文精神领域发展的相对滞后，显然成了浙江经济长足发展的短腿。

然而调查同时给出的信息是，绝大多数公众对学习人文社会科学知识都表示出了浓厚的兴趣，尤其对经济类、法律类和教育类知识的普及教育有较大的需求。既然有这样内在自发的渴求，这一场社科盛宴一定会使那些翘首以待的公众饱餐一顿，武林广场220个展位上700余名专家面前攒动的人头便是一个很好的例证。

提高全民族的哲学社会科学素质与提高全民族的自然科学素质同样重要，因为公众的科学素养对国家和社会发展以及人自身的发展具有重要意义。在知识经济时代，我们已步入一个以满足自身发展需要的"学习型社会"。学习和不断提高自身素质将贯穿我们生活的全部领域和人生的全过程。知识的生产、传播和应用的各个环节，只有具备相当水平的科学和人文素质的人才能胜任。难以想象低素养水平的公众群体，能够承担起快速发展的浙江经济建设的重任。

幸好，浙江是文化大省，在我们这块土地上，有深厚的人文积淀，有人文之乡、才子之乡的美誉。而且，许多地方都建有一流的文化场馆，相关部门为提高公众的人文素养数年在不遗余力着。我们有理由相信，脑袋鼓了，钱袋一定会更鼓。

话说回来，观千剑然后识器，素质的培养绝不是一朝一夕一蹴而就的。据我观察，现阶段的人文社科知识普及只局限在知识层次浅、相对容易的实用型和普及型的范围内，公众知识的掌握远没有转化为能力的培养，和发达国家的公众人文素养也有很大的差距。因此，场面大的盛宴只是有效形式之一，公众更多的是需要持久的润物细无声。

（原载《杭州日报》2005 年 9 月 26 日）

素质是这样炼成的吗？

这是个关于教育的老话题，重提是因为又听到了孩子作业负担重和题目难做的事。

朋友 L 的孩子读小学二年级，上的是花钱比较多的重点小学，平时住校，双休日回家，总要带上一叠各式各样的综合试卷。做做也就罢了，还要掐着时间，也就是说做一张试卷一定要在规定的时间内完成，超时就算不及格。可时间并不是那么好掐的，因为中间有难题啊，比如 $X - 2 = Y - 3$ 等，这些题目会让孩子费思量，不仅孩子弄不太清楚，就是他这个大学生家长也坠云里雾中。做完几张试卷后，孩子终于愤怒了，撕毁卷子，踢翻垃圾桶。L 说，他很难受，也很难堪。

朋友 C 的孩子刚上小学一年级，两件事让他焦头烂额：一个是孩子的作业每天要检查和签字；另外每天要背一段《论语》，他说，这都是老师要求的啊，《论语》他以前也没有背过，现在每天要和孩子一起背，孔夫子的话好难理解，他得先理解啊。

孩子的作业为什么那么重？这恐怕和"作业多，学习就好"的思维有关系。一个老师几道题，几个老师就是十几道题，某个老师多了几题，其他老师就感觉吃了亏，因此，哪一所学校哪一个年级的作业都少不了，晚上回去不让你写到十来点不罢休，节假日更是成了作业日。于是，"花钱雇人做作业"的怪事发生了，小小年纪从两眼到"四眼"也不奇怪了。如此大的作业量对小学生的生理、心理产生了消极的影响。上海市的一项调查表明：小学一年级睡眠不足的学生为 44.4%，二年级为 44.2%，三年级为 48.5%，四年级为 52.9%，五年级为 58.7%，有 1/3 的小学生感到学习负担很重，学习很累。而新华社昨天的消息说，10 岁以下孩子的睡眠每天应该在 10—11 小时。

孩子的作业为什么那么难？

帮孩子辅导作业，我相信许多大人都是有恐惧心理的，一不小心就会在孩子面前变得很弱智。不说那些令人生畏的奥赛了，只说著名作家王蒙对孩子作业之难的感叹。他帮孙子做的是语文中的阅读题，你想想，这么有名又有功力的作家，做语文题，而且还是阅读题，应该是小菜一碟，不想孙子拿回的作业本上却被老师打了好几个红叉。这下老王只好感慨万千了，因为这个阅读题目的材料是他自己的作品啊，自己的作品怎么都理解得不正确呢！人家把最复杂的问题用简单的语言说清楚，可这些题目却把简单的事说得天花乱坠。真的难为那些出题目的老师和让他们出题目的学校了，他们也是无奈吧，他们要时刻关注排名啊，他们也要年年去"接轨"啊，小学和重点初中接轨，初中和重点高中接轨，高中呢，当然是为了和高考接轨，现在已不是拼大学的升学率了，而是拼重点大学的升学率！拼有几个全市全省全国的尖子！

作业的数与量成怎样的比例才是科学？作业的结构应该怎样调整？如何走出"作业多，学习累，效果差"的怪圈？如何让孩子快乐地自主地学习？这些问号还可以继续问 N 个。

但是，事实已经充分证明，题海和难题绝不是素质教育。

（原载《杭州日报》2005 年 11 月 14 日）

我们需要对法规的敬畏

想脱就脱，想躺就躺，想抽就抽，想拉就拉，内地一些游客在香港迪士尼乐园内的一些不雅行为，成了这些天媒体和网站的热门话题。报道称，标榜整洁、秩序、完美的香港迪士尼乐园，在首日入场的 1.6 万名游客中，三分之一来自内地，他们带来了一幕幕的"文化冲击"：有小男孩在浪漫的睡公主城堡前，光着屁股撒了一泡尿，有大叔在非吸烟区吞云吐雾，有人脱鞋横躺在长椅上，或累极蹲在地上……

此前，类似的镜头我们仍然记忆犹新：泰国等一些旅游景点单单用中文提示要注意文明，内地人的排队加塞"传统"从国内自然而然地带到了国外，餐馆就餐喉咙最响的当数内地人，等等，说起来真让人有些脸红。迪士尼又带来了一场针对"素质低下的内地人"的文明批判！的确令人脸红，但我们每个人心里都清楚，被批判的不仅仅是那些到迪士尼乐园"脱躺抽拉"的游客，被批判的应该还有我们自己。那些被媒体批判又批判、被众人讨伐又讨伐的现象为什么屡屡不绝呢？因此，迪士尼引发的文明拷问，其实是对法律和规章的拷问。

排队加塞、过马路闯红灯、随地吐痰、公共场所抽烟、大声喧哗……日常生活中，我们许多人的确是那么的"不拘小节"。有人说，需要法规，需要重罚，文明是罚出来的。其实，我们不是缺少法规，而是对法规缺乏一以贯之的严格和自觉的执行。我上班乘坐某路公交车，高峰时往往车前人头攒动，人挤人，如果你文明一点，半小时内根本别想上，其实那是公交起始站，也有等车排队的护栏，可是没人在护栏内等，不是不想等，是大家不愿在那等。如果排队上车，速度也是很快的，但大家习惯了挤。

法规制度被人漠视，继而糟蹋，后果是恶劣的，会导致公众头脑中的公共意识不断缺乏和公共道德不断偏失。本市公交一公司近日出台的"碰到行人穿斑马线要停车，离站点 30 米内不准超车，一旦违反规定，司机将被处以最高 1 万元的罚款"的制度，我希望执行有力，约束有力。约束软弱无力，痛苦就会横行无忌。

另外，恒久的教育也是法规制度得以牢固执行的重要保证。

　　教育有两方面，一方面是社会有关方面要有持久性文明氛围的营造及引导；另一方面是公民逐渐树立起的自律及内省，明信知礼，并成为一种生活方式和习惯，这应该是和谐社会的基本元素。我们每个人都需要被教育，只是程度不同而已。

　　尽管有人说不文明现象的出现与迪士尼设施的不完善有很大的关系，但我始终认为，那些在乐园里"脱躺抽拉"的缺点不容掩饰，那是糟蹋法律和规章的结果。

　　我们需要对法规敬畏，一种深深的敬畏。

　　　　　　　　　　（原载《杭州日报》2005 年 9 月 19 日）

我期待物管立法的关键

　　三则和我们息息相关的住房新闻引发了文章的标题：2 月 28 日，浙江省要举行物管立法听证，听证的三个焦点是公用设施维护、住房装修监管、业主如何投票；二是杭州拱墅永宁坊春节巨型烟花引发高楼火灾损失谁来赔偿问题；三是北京美丽园小区业委会日前成功地挤掉了物业费里的水分，按照北京市第一中级人民法院2005 年 12 月下达的终审判决书，在原价每平方米 2.72 元的物业费中，被挤出的"水分"多达 1.14 元。

　　之所以要听证，之所以赔偿引发争议，之所以能挤出大量的水分，都是因为还没有一个统一的规范，即使有了统一的规范还会引起各种各样的争议,何况没有统一的规范?于是争议不可避免。

说来说去,都是钱的问题,这是关键的关键。

北京的这场诉讼被舆论视为"揭开了物业收费的黑幕"以及业主理性维权的胜利,我认为的确是这样。业主不是不愿交费,而是要交得明白,但业主和物业公司为什么会有这么大的差距呢?是因为他们看出了物业公司在收取费用上的许多破绽,有破绽当然要搞明白了,这年头大家赚钱都不容易。据业委会计算,仅电梯运行费、维护费、检测费,物业公司一年即可获毛利约160万元:根据小区内电梯实际电费缴费清单,一部电梯一年的运行费约为1600元,而物业公司则按照每台10530元收费;电梯维护费,具有一级资质的电梯维护公司说,维护一部电梯的市场价为每年3000—4000元,而物业公司按照每台每年9210元收费。这些数字真是让人大开眼界啊,在这里,非常感谢美丽园业委会的较真劲儿。

于是像我这样的许多住户可能就会问了:美丽园小区业委会可以腰斩物管费,我们的小区为什么就不能挤挤水分?

是的,并不复杂的费用核算,现在有许多的物业公司却将它搞得无比复杂。无论从什么角度讲,广大的住户都是弱势群体,既然是弱势的一方,那就随时存在着被人宰割的危险。缴纳房款时,要缴一笔公共维修基金,数目还不小;拿房子钥匙时,马上要缴全年的物管费用,尽管你没有入住(也不可能这么快入住)。而这些物业费中,仍然包括"电梯和水泵的中修和大修,房屋的中修和大修",不知道那个公共维修基金是怎么使用的。有电梯的当然要比没电梯的贵许多，但他也不告诉业主电梯费用如何收取，是无人驾驶还是有人驾驶。

我还有许多的不明白：新建成的小区，一切都是新的，共用部位、共用设施设备都是新的，而且有开发商和设备厂商保修，日常运行维护费用低，绿化、卫生的费用低，但物管费用为什么那么高呢？我交了停车费，但晚上回家迟了总是找不到车位，车多位少物业管不管呢？估计管不了，他也不可能弄个空中车阁给我停啊！总之，弱势的一方有许多的为什么得不到解释，而物业公司（往往是房产公司的子公司）则理直气壮地告诉你，我们的标准是经过政府批准的（意味着不是乱收费），我们的《物业管理守则》是具有法律效应的（实际上很多的守则都是他们自己定的，虽然有参照，也只是一种约定俗成）。

回到正题上，我期待物管立法的关键就是，一切为了住户，从买房子起，住户就应该是那个小区的"上帝"，应享受一切售后服务，这个服务不仅要细致周到，还要人性化，烟花烧了他的房间，车被碰了偷了，是物管的原因，就应该痛痛快快地赔偿，赔偿仅是一种手段，目的是教育所有物管部门时刻牢记自己的职责。

再说得简单点就是，我要交纳明明白白的费用，我要享受体体贴贴的服务。这些话就是我代表我省150多万户家庭向近千家物管公司及相关部门说的，权且代表一下，仅此而已。

（原载《杭州日报》2006年2月13日）

无聊的"千人大阅读"

前两天，本城某区的一所小学搞了个盛大的"读书仪式"：上千名小学生聚在一起读书，这些孩子在老师的安排下，神情专注，有的坐着，有的趴着，有的托着下巴，放眼望去，一片黑压压的脑袋，甚是壮观。一家媒体的报道还说，受孩子们的感染，几位老师也在认真地看书。

阅读无可非议，只是这种仪式不伦不类，有些无聊。

孩子们一定是很听话的，学校有这个要求，只要你组织，他们肯定认真参加，就是没有什么兴趣，在这种盛大的仪式上，也一定会装作很有兴趣的样子。

读些什么呢？我猜测一千多个孩子所读

的书肯定五花八门，因为现在书店里的书要多少有多少，听说要搞什么阅读仪式，家长们一定很激动，这下好了，孩子要读书那是好事啊，于是会马不停蹄地跑到书店采购，一买一大摞，至于孩子以后看不看那是另外的事，只要孩子高兴，只要孩子在阅读仪式上读的书能亮眼。如果家庭实在没有能力买新书，那也不要紧，孩子你只要拿上课本就行了，既然是搞仪式，时间肯定不长，也不会查得那么细，录像拍完就行了。

然而，我们是不能怪这所学校搞"千人阅读仪式"的，因为他们是想让孩子感受一下阅读的氛围，培养孩子良好的阅读习惯。所以，我更关注这一类事情的普遍性。换句话说，是因为这样的事情太习以为常了，而这种习以为常可能基于这样的思维：如果不举行仪式，就显得不隆重，而不隆重，关心的人就不会多；如果不举行仪式，有关领导和单位就上不了镜头和版面，而对有些领导来说，这样做事就等于没做一样，而做了等于没做一样的事，功劳簿上就没有印记，领导的领导或上级的上级就不会重视，如果领导的领导或上级的上级不重视，这样的事干了也就没有多大的劲头。比如眼下寒冬腊月的送温暖活动，某捐赠单位运去了一车棉被，却随车带去几个礼仪小姐，一定要搞一个捐赠仪式，还要请领导参加，不光是接受捐赠时要搞仪式，有的单位发车时也搞。对于少数人来说，搞"仪式"真是习惯了，习惯得简直上了瘾。

与此相类似的还有，一些地方，每逢什么重大活动，非得要弄一些人来"列队欢迎"，这些人中有些是老人，有些则是停课的学生。"列队欢迎"之类的仪式有些人喜欢，喜欢的人走在"列队欢迎"的队伍中往往气宇轩昂；有些人不喜欢，但不喜欢也不会明确拒绝，人家都"列队欢迎"了，我又不比别人差，为什么不能享受？我担忧的是，如果没有明确的甚至坚决的规定，"列队欢迎"这种仪式还是会大量出现的，一是下面的人不敢不列队，二是列队了总比不列队好，礼多人不怪嘛。

要戒除"千人大阅读"这类空而无用仪式的关键是，让那些喜欢搞"仪式"的人得不到好处，不仅得不到好处，还应受到相应的处罚。如此，"仪式"自然就自己跑掉了。

（原载《杭州日报》2005 年 12 月 12 日）

武小锋卖糖葫芦的三个理由

　　一般的小商小贩卖糖葫芦不需要什么理由，满街串大声吆喝就是了。但武小锋卖糖葫芦是需要理由的，因为他是名牌大学毕业生，而且是堂堂的北京大学毕业生。

　　和上次北大学子陆步轩卖肉一样，这次武小锋也在短时间内成了新闻人物。曾以辽宁普兰店市高考理科状元身份走进北京大学的武小锋，毕业后求职屡遭失败，每天务农在家串糖葫芦卖。虽是无可奈何，却也有足够的理由。以下是本评论员替小武的理由设想。

　　一个是，俺是高才生，但不知怎么社会就是不需要俺，俺只好卖糖葫芦。俺知道，如果俺是一般的高校毕业生，恐怕不会引起这么大的新闻效应，只是俺们北京大学太有名了。在公众眼里，你们已经把俺们那些名牌大学的学生先入为主地定为"人才"了，人才去当屠夫、去串糖葫芦，这不是浪费吗？俺们从进入大学那一天起，所有的同学都和俺一样，从来没有为以后的就业担心过。俺那些乡亲们说得好啊："他是俺们方圆几百里的骄傲啊，考上北大那还了得，毕业还不上国务院工作啊。"可现实并不认俺这个文凭，北京留不牢，省里找不到，大连也找不到，那就回家跟爹串糖葫芦卖吧，这玩意儿俺小时候就会，省力省心。人才嘛总会有人找上俺的，不急。

二个是，俺性格内向，社会不适应俺，俺只好卖糖葫芦。俺学习很用功的，高中时代异常努力，成绩在全年级数一数二，不然怎么会成为理科状元？大学时期俺也是两耳不闻窗外事，一心只读医学书的，俺确实不知道怎么和同学交往，俺从来就没有参加过那些社会活动啊，不是俺不参加，是俺性格内向，怕啊，俺怕人家笑话，这个社会也真是太复杂了，怎么这么不宽容呢，现在性格内向难道俺以后不会外向吗？人家说，世事洞明皆文章，可这样的文章俺还没有开始读啊？等俺以后参加工作慢慢读还不行吗？俺不理解，俺真不理解。

三个是，俺是靠人家资助才完成学业的，不让俺工作对不起资助人啊，俺只好卖糖葫芦。俺家只有几亩薄地，上面还有一哥一姐，是大连和普兰店市的两家企业资助了五万多块钱才使俺一点不愁地读完了大学。比起那些背着母亲上大学的同龄人，比起那些一天到晚既要学习又要勤工俭学的同学们，俺是幸运的，虽也是勤俭，也终究是衣食不愁啊。真是没有面子啊，考上好大学，读不起书，是媒体帮了俺，现在毕业了，找不到工作，也只好借助媒体了。俺知道，只要媒体一说俺，保准找得到工作，因为俺大师兄陆步轩就是典型的成功例子，他不但找到了工作，去年还出版了《屠夫看世界》，从结果看，不仅没有给母校丢脸，还名利双收。

果不出小武所料，这几天就纷纷有伯乐来相千里马了，结果肯定会让小武满意的。在他工作没落实前，本评论员有个建议：不要着急去上班，不如索性做糖葫芦生意，自己不会做不要紧，有人会帮你做的，不信啊？等着瞧吧。

（原载《杭州日报》2006 年 1 月 16 日）

咬文嚼字"煮"春晚

　　我敬仰的《咬文嚼字》杂志，一直在为祖国语言文字的纯洁规范当先锋，国内多家著名报纸都先后成为它的靶子，这次，它又先"礼"后"兵"，春节前就宣布要"咬"2006年的央视春节晚会，现在结果"出炉"了。《新民晚报》前天的消息说，经过全国广大观众和读者的认真"咬嚼"，今年的中央电视台春节联欢晚会被找出28处文字差错。据认定，除去演员的口误等一般问题外，可以确定的差错，在央视春晚上平均每10分钟出现1次。

　　迅捷发展的传媒时代，媒介物出现少数差错实在难免，人们对偶尔发生的差错已能容忍，许多报刊还专门开设了"差错更正栏"，有奖捉错。但如果差错高频率出现，就像这次春晚一样，平均每 10 分钟出现 1 次，那就有些不能容忍。尽管央视肯定有严厉的措施来扣罚相关责任人，但作为国内影响巨大的春晚，其"祸害"程度一定不小，因此，无论扣多少奖金，都不能挽回它已经产生的恶劣影响，好好的一碗米饭，掺进那么多粒沙子，一定倒人胃口。

退一步讲，28 处差错，其中有许多差错是很低级的，许多有识别能力的观众一眼就看出来了，而且，央视春晚经过《咬文嚼字》狠狠"煮"过一次后，下次它一定会大长记性。

我不担心下次的春晚（如果还有下次）还会有 28 处差错，一定不会的，我倒是担心和春晚一样的现象。假期我读了著名诗人北岛《时间的玫瑰》的随笔后，和他一样深有感触的是目前的一些翻译作品，"眼见着一本本错误百出、佶屈聱牙的翻译诗集立于书架上"而无能为力。翻译在今天的确成为一个问题，这是一个如此粗暴而缺乏耐心的时代，许多译者见谁译谁，对翻译的责任完全无知，那种"只有与被译者的内心达到彻底的契合时才可译之"的老一代翻译家的风范已荡然无存。两年前我曾经写过《名著是这样译成的》的杂文给予抨击，然而，这种现象至今有过之而无不及。与此相类似的还有，大中小学生的参考用书、复习用书，甚至课本，也常有大错误出现，工具书也有不少不能容忍的差错，而这些书都是外表装饰漂亮，有的来头还蛮大，但一样误人子弟。

诸如此类的差错，在一篇小文里是枚举不下的，有心的话，绝对可以编辑成书，甚至可以分类成册，电视里的、报纸中的、杂志里的、互联网上的，一定洋洋大观。

　　繁杂的差错现象决定了解决问题的过程不会简单，但我以为，要使差错出现在人们容忍范围内的关键不外乎这么几点：规范健全的措施和制度，从源头上堵住（比如盗版就是差错的祖宗），去除一些浮躁等，有必要的话，可以上升到法律的层面加以治理，因为民族语言的纯洁规范需要捍卫，千万不能看作小事，这和创新是两码事。

　　　　　　　　　（原载《杭州日报》2006 年 2 月 6 日）

用科学的方法做生意

上海大众出租公司的臧勤师傅，这几天成了上海和网上的名人，因为他给上海的微软高管上了堂"MBA"课。出租车司机凭什么给这些高管上课？因为他用独到的经营理念和不菲的营业数据，证明了开出租车月收入8000元并非"天方夜谭"。原定20个人的小型"经验交流会"，居然来了50多名微软员工，他的讲课8次被微软员工的掌声打断。

臧勤凭什么每月能收入8000元？他用方向和位置控制自己的客源，每天开了多少里程、拉了多少客人、加了多少液化气，一一记在本子上，"每到月底自己轧一轧账，做多少就清楚了，每个月基本都在16000元左右"。这个臧勤，他好像不是在开车，像是在经营一项事业，同时担任成本核算师、统计员、会计师、风险评估师，身兼数职。这大约就是他能长久保持这种赢利模式的科学方法了。

从臧勤身上，我们至少还可以看到两点：

一是什么事情都有空隙。这个空隙就生意角度而言就是机会，就出租车司机而言就是哪儿有更多的钱赚。可以这样说，每个司机都有自己比较独特的生意经，哪儿能拉到生意，什么时候能多做生意，什么时候能节约成本，他们每天都这样工作着。但为什么大多数人不能做到臧勤这样的水平呢？为什么很多人干不下去了呢？一般的原因不外乎三条，全国各地都一样：私家车多了、公共交通更发达了、马路更拥堵了。生意实在不好做，因此这里面太有学问了，臧勤师傅却游刃有余，因为他找到了市场的空隙。

二是快乐的心境。这大约是臧勤能做成这样生意的关键。微软有位女员工问他，工作不顺利心情不好，如何才能让自己快乐起来？臧勤告诉她：你可以倒一杯咖啡，站到你23楼办公室的窗口，然后俯瞰徐家汇，欣赏下面的美景。然后你要想，你之所以能够欣赏到如此美景，是因为微软给了你这样的工作环境，才能站得更高看得更远，才能欣赏到更美的景色。你想想，有这样的胸襟，什么事做不好呢？他会非常珍惜大众公司给他开出租车这个机会，他会很耐心地对待城市拥堵问题，他会想尽办法为客人排忧解难，当然，他也会每天很快乐地数钱。

有些环境的外在因素是比较难改变的，但心境却可以培养修炼。

臧勤师傅用科学的方法做生意，在我看来，他更像是一个懂得生活的哲人。他的世界观、人生观、价值观，他的价值取向和行为准则，对我们每一个人，都有非常积极的现实意义。

（原载《杭州日报》2006 年 3 月 27 日）

这个冬日里的心灵感动

感动的事，接踵而至。感动的人，纷至沓来。这个冬日，我们被感动所包围。

感动的事：新华社昨天消息说，中国大地上延续了 2600 年的"皇粮国税"——农业税，有望在 2005 年的最后几天被彻底取消；本报前几日的消息，时任省委书记习近平 19 日在全省经济工作会议上宣布："从明年秋季开始，全省城乡义务教育免收学杂费。"还有此前众所周知的，自明年元旦起，个调税提高至 1600 元；这几天不断掀起高潮的杭州市"春风行动"捐款，短短数日已超 1800 万元。

感动的事都事关物质，跟钱有联系。

是的，不管是大钱小钱，都是国计民生

之必需和基础。中国农民彻底告别"皇粮国税",不仅实实在在地减轻了负担,也有利于加强农业的基础地位,提高农业的竞争力,更有利于城乡统筹发展。若干年前我就发过牢骚,我妈是农民,一辈子都要交税,什么福利都没有,我爸是干部,一辈子却有工资拿,什么福利都有,虽然同样是老年人。现在看来,像我妈这样的 9 亿中国农民这个负担(其实浙江今年就不交了)可以重重地卸下了。浙江的百姓同样可以受益的是孩子上学学杂费的免除,不要小看数百元钱,对于许多土里刨食或比较困难的家庭来说,它也是一笔不小的支出。缴得起个调税总是件光荣的事,但起点的提高也是国家对咱们纳税人的一种关怀,不能让老实人吃亏嘛。"春风行动"有那么多的人想着困难家庭,也是这个冬日里让人很欣慰的亮点,众人添柴火焰高啊。

感动的人:央视的"感动中国"每年都在这个时候感动许多人。令我感动的比如:贫困大学生洪战辉带着捡来的妹妹求学 12 年;完美表达内心世界美丽语言的"观音姐姐"邰丽华;在温州务工的河南青年李学生,用生命从火车轮下救出了两名儿童,他去世后,家里留下未成年的女儿和 64 岁的父亲;还有用"智行救助体系"救助了 3000 多名艾滋孤儿,成为民间艾滋救助力量中最正规、最有效楷模的杜聪,等等。昨日本报消息说,"浙江骄傲"2005 年度最具影响力人物评选,参与投票的人数就达二万五千多人。

我们的感动并不是一个廉价的赞美,也不是对他们行为的一种恩赐,而是我们对他们行为的发自内心真心的理解。他们

春意思

都是普通人，我最感动的是他们的胸怀。洪战辉说，我只是尽一个普通人的责任，我需要你的帮助，而不是捐助；邰丽华说，我希望你们不是因为看到我们残疾而哭泣，而是因为看到我们的艺术所感动。是的，说出这样的话，做出这样的事，需要一种胸怀，更需要一种境界，这大概就是他们虽是普通人却能感动别人的根本所在吧。无论他们的身份、背景、经历有多么的不同，但在即将过去的一年里，他们的行为却感动了公众。他们或者用自己的力量，推动社会的进步和发展，诠释着一个人对国家、对这个社会，应该担当的责任，以坚强的民族精神挺起国人的民族脊梁；他们或者用自己的故事，解读人与人之间应该有的情感，带给人们感人至深的心灵冲击……

对于感动的事，政府的关怀一定会激发民众巨大的力量，从而更好地建设美丽的家园，温暖爱心的互相传递，一定会使不断发展的社会更加和谐；对于感动的人，他们的精神会让我们泪流满面，他们的力量会让我们信心倍增，他们的人格会驱使我们不断寻求自我完善。

感动你我，这个世界有爱才转动；你我感动，这个社会有爱才永恒。

（原载《杭州日报》2005 年 12 月 26 日）

终身学习：21 世纪的生存概念

人人终身学习的时代已经到来。前日，吴山广场举行了杭州市"全民终身学习周"的启动仪式。昨日，下城、江干、西湖区等地有关活动相继火热开展，桐庐县近日也再次举办了"学习节"。本月 15 日至 21 日，全民终身学习的一系列活动，为金秋十月开幕的西博会又添了份精神大餐。

"终身学习"其实是一个并不新鲜的概念，也不难理解，只是时代的需求，才使我们现在更需要它。1994 年，在罗马召开的首届全球终身学习大会上，欧洲终身学习促进会，为会议准备的报告提出了一个重要的观点：终身学习是 21 世纪的生存概念，这也许是对"终身学习"概念的最准确和最深刻的阐释。

就整个国家和民族而言，终身教育、终身学习应当成为一种国家策略。

十六大报告将"形成全民学习、终身学习的学习型社会、促进人的全面发展"列为小康社会的一个重要目标。知识经济的来临，进一步促使终身教育成为当代世界的重要思想潮流，一些国家已将终身教育制度化、法制化。就个人来说，道理也极为简单，全球化的潮流不断地冲击着各个角落，影响到政治、经济、社会、文化等各个层面，乃至每个人的日常生活，人才需求日趋旺盛，这种现实要求，使我们不仅要培养青年一代适应未来发展的需要，更重要的是促进各种年龄的社会成员都终身学习，更新知识，以适应社会的巨大变化。

有许多社会成员已经深刻认识到"终身学习"并在躬身践行中尝到甜头，许多地方都出现了学习型城市、学习型单位、学习型社区等学习型组织，但这离全面建设学习型社会还有不小的距离，有的只停留在概念的宣传和形式的热闹上。从现在的趋势看，将终身教育、终身学习立法化已经很有必要。制度鼓励追求新知，制度认可学习成就，才会激发民众的学习潜能。制度的强制性和社会成员的高度自觉性相结合，才会逐步形成全社会积极良好的学习风气，从而达到全面提高社会成员素质的目的。

把人的一生机械地分为学习期和工作期，前半生的时间用来积累知识，后半生一劳永逸地使用知识，残酷的现实完全击碎了我们脑中的固有观念。如果一个人的工作被技术的发展所淘汰，对他个人而言，其后果是灾难性的。但是，在未来的岁月里，生产、工作的技能过时将会成为很普遍的事情，我们的生存权利会经常性地面临挑战。因此，终身学习是保障我们基本生存权利的战略性举措。

先哲亚里士多德说过：我们每一个人都是由自己一再重复的行为所铸造的，因而优秀不是一种行为，而是一种习惯。但愿终身学习能够成为我们每个人的生活习惯。

（原载《杭州日报》2005 年 10 月 17 日）

最怕打着"科学"旗帜的骗局

　　我们常常被骗人的人和骗人的事撞腰，纵然媒体不断提醒，纵然已经睁大双眼。《北京科技报》这两天的年度盘点中，列出了 2005 年国内十大科技骗局和国际八大科学骗局，再一次使我们警醒，要时刻提防骗局，更要注意打着"科学"旗帜的骗局。

　　列队欣赏一下这些以"科学"名义出现的人和事。国内：泰山老虎人间蒸发；贝加尔湖水调到北京；"全息生物学"成"诺奖之星"；3 万元兜售"院士"；甘肃农妇胳膊长字；八卦预测第十大行星；2 亿年前的化石有鞋印；哈佛戴高乐增高神话；外星人驾 UFO 来新疆；地球人买卖月亮土地。国际：天王星引发印尼海啸；黄禹锡干细胞造假；美官兵在百慕大三角神秘失踪；印度"科学神童"谎言骗全国；120万元可冷冻复活人；艾滋病不治而愈；美国科学课讲授智能设计论；巴基斯坦妇女活埋64天奇迹生还。

十八大骗局中，我相信大部分仍然有印象留在我们的脑子里，或许我们当时就有疑惑，只不过大家都这样说，才不由自主相信了。骗局既已揭开，想想它真的就是骗局。泰山出现老虎，我就很相信，因为生态好了，很正常啊，但又说没这回事，幸好这样的事不太会影响我们的社会发展，估计又是一种炒作，因为现在旅游生意难做，适当炒炒还是需要的，前两年就有人说在长沙找到了马王堆辛追夫人的108代传人，某景区弄几个男女裸体洗澡说是"天体浴"，结果呢？天晓得，全是胡扯！南亚地震后，45岁的巴基斯坦妇女纳克莎·比比成为各大媒体的主角，她被认为是南亚地震后最后一名幸存者，更令人匪夷所思的是，她竟然在废墟中整整生存了64天！事实上，比比在震后第二天就被救出，但因受惊过度，行为变得古怪，无论如何也不愿意住进临时搭建的棚屋，坚持回到瓦砾堆中居住，"生还奇迹"就这样迷了全球人的眼。想想也是，医学上不是常常说人几天不喝水就无法生存吗？怎么她能生存64天呢？

综合一下还可以看出，无论国内国际，所谓科技骗局，其实科技含量一点儿也不高，但为什么就成功地骗了很多人呢？因为虽然我们已经在用科学武装头脑了，但还不够，又因为骗子抓住人们的各种心理，环环相扣，层层设局，太巧妙了。就说那个哈佛戴高乐增高，弄个哈佛做背景，说是投资几个亿，再请著名主持人主持新闻发布会，然后请一大串政要、专家出席，最后揭露的谜底竟是：这些国内外"嘉宾"居然全是找来的群众演员。因为有许多青少年和青少年的父母太想在一个星期内明显增高了！还有3万元的"院士"也是，院士可是个很荣光的称号啊。那些上当的知名人士、企业家、名校教授也不想想，咱们国家什么时候评选两院院士收过钱啊？何祚麻先生不是常常对那些走关系评选的人和单位发难吗？当然，像干细胞造假之类，我是一头的雾水，只知道一些"克隆"的概念，这个只有拜托一些有良知的科学家和有关部门了。

浮躁、虚荣、冷漠、妒忌、贪婪，这些大概是骗局产生和生存的基础，明年这个时候，也许2006年国际国内十大科技骗局依旧会诞生，我不怕骗局，可依我有限的科学常识，还是最怕打着"科学"旗号的骗局，但我仍然坚信，不管什么骗局都不会开出灿烂鲜花的。

（原载《杭州日报》2006年1月9日）

松花江污染三问

　　昨天傍晚 6 点，黑龙江省省长张左己喝下了松花江恢复供水后的第一口水。哈尔滨的三百多万居民终于告别了停水之苦。

　　可以肯定的是，随着江面越来越宽阔，治理时间越来越长，被污染的程度肯定越来越轻。然而，松花江污染事件还是需要三问。

　　一问事发。事发是偶然的，但必须要有应对是必然的，这种应对要以对人民群众生命极度负责的精神为重要前提。综观整个事件的发生，仍然有漏洞。13 日事发，到 24 日才召开新闻发布会认定"属重大环境污染事件"。此前的消息更让人费解：据吉林省环保局 23 日早晨提供的材料，截至 22 日晚，吉林省境内松花江干流所有监测面的苯类污染物，全部低于国家《地表水环境质量标准》限值（11月 23 日新华网）。真是笑话，上游如果没有污染，下游又怎么要停水，难道是几百万哈尔滨人民集体讹诈中石油不成？如果一开始就把真相告诉下游，我想哈尔滨不会仓促到要连夜掘百余口井的程度。

二问现在。这里有两层意思，一是吉林石化双苯厂的现在，那里有没有恢复生产？防范措施有没有到位？还会不会发生下一次？下一次真的发生了会不会还像这次？二是哈尔滨的现在，从今天开始，哈市的老百姓一定很开心，一定会有一种如释重负、如饥似渴的感觉，今晚要好好洗个澡了，但几天瓶装水喝下来用下来，这笔增加的费用谁来承担？还有，哈尔滨处理整个污染带来的影响和清洁污染的费用将会是多少？再有，污染物是不是一次性随水冲走了，会不会沉淀，怎样处理污染的后遗症？

三问将来。每一次重大事件后，我们都会痛心疾首地总结教训，就中石油来说，上次重庆开县的"井喷"已经够令人扼腕了。就水污染来讲，我们被污染的江河实在是太多了，只是还没有像这次松花江这样严重，常看见电视画面上鱼塘里的鱼儿突然全部翻白，我就想那一定是喝什么水死的。松花江被污染再次充分证明，我们已经变得很脆弱，如果没有足够能力的应对，那么，由此及彼，一只病死鸡可以造成一次禽流感，一次台风可以使整个城市的电力瘫痪、下水道瘫痪，一次地震更可以让许多人猝不及防，因为在我们的工作和生活中，这样的"一次"说来就来。

　　松花江被污染，吉林省、中石油已经分别向哈尔滨人民道歉了，但我希望不仅仅是道歉，还应该有诸如责任追究和承担、经济赔偿及承诺什么的。

　　　　　　　　　　　（原载《杭州日报》2005 年 11 月 28 日）

以制度制衡权力

　　我不知道张昆桐是第几个落马的交通厅长，反正他不是第一个，也不是最后一个。屈指算来，已有 13 人从"交通厅长"的宝座上下台，原因也大同小异，均是"经济大案"。

　　是什么造成张昆桐的"前腐后继"呢？

　　客观条件之一是大权在握、钱财甚多。交通厅长掌握着一省的国家交通建设资金，掌控着省内交通系统大小工程，人权财权集于一身，求者甚众，钱财甚多。客观条件之二是所谓的"行业惯例"。尽管是一个大省，能在省里挂上号的建设企业或者保护企业毕竟只是有限的那么几家，而这之间的竞争，在很大程度上取决于取悦主管领导的能力。想拿下一个项目，必须先意思意思，否则，只能眼巴巴地看着别人"白花花的银子"往家运。"行业惯例"在潜移默化中就形成了，一任交通厅长下了台，下一任再上来，还是同样的权力，同样的位置，要做同样的事，自然就要"入行随俗"。

交通领域建设的红红火火，交通厅长的炙手可热，让想借此发财谋利者趋之若鹜。在这种情况下，光让权力部门的头头靠良心、靠信念来支撑，确实不太现实。资金流向何处、项目能否成立、工程由谁承揽，虽然有各种各样的环节在牵制，各种各样的制度在运行，但从许多情况来看，最后的决定权非交通厅长的"一支笔"莫属。张昆桐面临各方面的"围追堵截"却缺乏监督和制约，纵然他向省委立军令状，纵然他提出响亮的口号"要让廉政在全省的公路上延伸"也无济于事，遮掩不了他挪用公款 10 万元，收受他人贿赂款物 68.48 万元人民币、4 万美元的事实，铮铮誓言最终变成了谎言！

好的制度让坏人变好，坏的制度让好人变坏。对贪财落马者，除了其本人的思想素质有问题外，更重要的是从体制、机制、制度和监督上找原因。2001 年 5 月，广东曝出"5·28"大案，交通系统 89 名干部被牵涉。原开（平）阳（江）高速公路项目总经理由于在深汕高速项目上涉案仓皇外逃，不得不停工 4 个月。几年过去了，开阳高速的审核结论是颇"出人意料"的"两高两廉"：高质量、高效率和造价廉、干部廉，做成了绝对没有腐败的"阳光工程"。这说明，只有可能的发生，没有必然的发生，关键在制度。在某种程度上来说，以行之有效的制度管工程、管干部，比权力管干部还容易。工程腐败说到底是一种非法交易行为，而所有交易，无论合法和非法交易均以互惠为前提。制度制约就是让人有权工作，无权搞歪门邪道，人家行贿也不敢要，想行贿也找不到"码头"。

尽快实施项目、资金、市场的互相分离，彼此制衡，我再也不愿看到交通厅长或者别的什么厅长局长的"前腐后继"了。

（原载《杭州日报》2004年5月1日）

闯世界须防洋骗子

随着 WTO 的日益临近，不少中国医药企业都把目光瞄准了美国市场，FDA 即美国食品药物管理署则是他们打入美国市场的最大障碍。若通过它的认证，在某种程度上就相当于获得了世界很多国家的通行证。美国中皇集团说，它能够帮助中国医药企业做这件事。于是，花上一二万美元，就得到了认证；再于是，包括北京同仁堂、吉林敖东、广东潘高寿等 500 多家企业近 500 种名优中医药品和保健品"果真"得到了认证。

然而，4 月 23 日，FDA 的高级官员约翰·斯蒂吉发表声明：保健食品进入美国市场根本不需要 FDA 认证，中国没有一种中草药得到过 FDA 认证，FDA 从来没有授权任何第三方发放任何证件允许中国保健品或中医药品进入美国市场。

我们以往经常可以看到某部门的某领导赴某国考察不幸上当的报道，这期间除了指责无知外还会牵涉到腐败什么的，见多不怪。但 500 多家企业齐齐落进"中皇"的陷阱，这笔学费可真昂贵。我想这其中相当多的知名企业，也不乏贤达精英，竟然没能发觉，于是只能怪中皇人太狡猾，怪有关部门一直蒙在鼓里。还怪什么呢？怪我们的急躁心理，怪对国际惯例的缺乏了解。媒体说，美国市场是事后监督，进入不需要经过 FDA 认证，找到经销商即可。可惜这提醒稍微迟了些。

500 多家著名的或不太著名的企业可能再也忘不了 FDA。依我看来，这笔学费就是不交给"中皇"，迟早也要交给别的什么人，因为太想得到 FDA 的认证，就给了人家可乘之机。就如那泰国的"山洞藏宝"骗局，连总理他信都亲自前往考察以致出了洋相，因为有"500 亿美元的黄金债券"在诱惑啊，谁能不动心？昨天刚好读了一则"揭穿洋骗子五大把戏"的报道，其中讲到洋骗子正是利用"外国人看中国人都一样，中国人看外国人都一样"的错觉来行骗的。这种错觉别说还真有一定的共性特点，假美元、假支票或不值钱不能兑换的外币，懂的人警惕性高的人能识破诡计，只认蓝眼高鼻梁或一味从众，难免跌进陷阱。从这个角度讲，著名企业遭巨骗和普通人街头被骗的道理都是一样的。

　　专家指出，中皇行骗手段极巧妙，他们凭一张破纸至少赚了 500 多万美元，而你又很难诉诸法律，自己磕掉的牙只好往肚里吞。然而，这记重锤难道仅仅是砸向中药企业的吗？

　　　　　　　　　　　（原载《杭州日报》2001 年 5 月 16 日）

怎一个"地"字了得！

昨天到某县公干，当地一些领导正被上访的农民弄得焦头烂额，有七百多村民涌进了县政府，他们上访的理由是：土地被征用，费用不合理。粗略了解了一下，是农民不能接受每亩一万元不到的价格。又是土地！这样的事情自然是不能报道的，但这样的现象在许多地方却很普遍。

还是土地问题。《21 世纪经济报道》近期报道了一则消息：温州海螺集团遭遇失地农民。这是家水泥公司，是浙江永嘉县 2001 年招商引资的第一大项目，计划投资 3 亿元，实际投资 1.3 亿元。2001 年施工伊始就不断与村民发生矛盾，累计至少 13 起，多次发生流血冲突。为此海螺集团三换其帅、码道村委会三易其人、村支书辞职。表面看来是污染引起的，但污染只是导火线，海螺与村里僵局的症结在于失地。因为这个有 2600 户村民的村，农民人均土地只有 3 分，修高速公路等七征八征，已经所余无几了。

土地的纠纷，简直是举不胜举。小到几分几厘，大到几十上百公顷，为了半间房，官司可以打上几十年。各地不断上升的"民告官"案件中，和土地有关的总要占到十分之一多。昨天的《中国青年报》说，北京百余居民手持新宪法组成人墙抵制强制搬迁。据称，这是修宪后北京市第一例抵制强制搬迁的事件。抵制干什么？还不是因为土地的问题没有处理好。为了土地，可以拼命。

土地会引起这么大的纠纷，只有一个原因，那就是它越来越值钱，因为越来越稀缺。我问过很多人一个问题，包括土地方面的专家，他们都难以回答，问题很简单：我们现在还有多少可用土地？是的，这是一个很难回答的问题。如果有了答案，那也只是静态的，因为它正一天天在减少。某省目前正在搞 2000 万亩标准化农田建设，要各个县市报具体的数字，还没有到要统计总数的时候，问题就来了：某区原来有 40 万亩，现在的数字是一半不到，某县原来有 10 万亩，现在缺 6 万亩。还有的更少。这个属于内部的消息，是一位管农业的副县长告诉我的，他还说，现在许多地方不种粮，那些产粮区就开始摆架子了，其实事情很正常，大家都不重视粮食生产，粮食自然就俏了。

当然，各地都在探索如何安置失地农民的具体办法。前两天我看了一则新闻，说是某城乡结合部的村民都变成了居民，因为是商业用地，所以很优惠，每户都至少分到了两套房子，多的有四套，再加数十万的现金。然而，还是有许多的"居民"在担心：用钱的地方很多，钱却一天天减少，做生意又难做，找工作根本没路，坐吃定会山空。有百万家产都还这么担心，那些安置得不太好的农民不闹情绪是要有很高的政治觉悟的。

据我个人分析，目前各地如饥似渴地进行着的"招商引资"，有一个重要的手段就是"送地"。一些领导的一句话，就把土地拱手出让给开发商，即使没有黑幕交易，也是自己的"政绩"在作祟，还是离不开自己的利益。对于这些人来说，"但存方寸地，留与子孙耕"只是土地日里用来开大会教育别人的。而且，很多人会跟风学样，甚至当作良好的经验传达，这样就陷入一种"集体的非理性"中。有专家指出，农民土地向城市土地流转的过程，实际上成为剥夺农民的过程，成为不少地方创造政绩、增加财政收入、改善部门福利以及腐败的捷径。据国土资源部门的统计，前几年地方政府土地出让金的收入每年平均在 450 亿元以上，而同期征地补偿费只有 91 亿元。农民对房地产开发类的经营性用地意见最大，几万元一亩的征地费，一开发就几十上百万元，大量的土地增值费被开发商或政府拿走，因而普遍存在阻挠征地、讨价还价现象。我开头所举的就是典型的个案。

土地怎样使用，如何开发，如何有效防止国有土地资产的流失，如何建立健全失地农民的补偿机制，这些问题都很专业，我绝对答不上来。新华社昨天的消息说，从 2004 年 5 月 1 日起，国土资源部规定：用地一律要举行听证，也就是说，当事人的意见也是至关重要的。虽如此，还是有些担心，如果兼做决策的土地征用者能不断得到好处的话，他仍然会有强烈的内在冲动，不断地打土地的主意。

点点滴滴，怎一个"地"字了得！

（原载《杭州日报》2004 年 4 月 13 日）

也是权力腐败

　　吴世明赶上好几个第一：恢复高考制度后的第一批名牌大学研究生，改革开放后的第一批公派留学生，国家科技进步二等奖是浙江大学的第一个高奖项，专著获得了浙江大学唯一的"中国图书馆奖"——还有许多让人羡慕的光环：美国密执安大学博士，浙江大学副校长，同济大学常务副校长、研究生院长、博士生导师，国家有突出贡献中青年专家。如果不出事，吴的前途真是不可估量，然而，可惜——

　　如果把近年来发生在高校内的腐败案件做一简单梳理，就会发现纪录呈不断刷新态势。高校腐败从20世纪90年代初期的萌芽发展到90年代末的大面积爆发，仅仅只用了 10 年的时间。据统计，1990 年之后的 10 年，北京市海淀区内 32 所院校中，一半染上了腐败病毒，被检察机关提起公诉的贪污贿赂案件共有 24 件 26 人。而仅 2001 年，陕西省查办的高校腐败案件有 36 起 61 人，其中处级干部 22 人。案发数量攀升之快、涉案人数之多，令人心惊。

与社会腐败现象相同的是，高校腐败带有鲜明的职务犯罪特点，犯罪形式多样，如贪污受贿、吃"回扣"、违规截留和私分"小金库"等。而与目前舆论界口诛笔伐的学术腐败不同的是，这些在高校建设中形形色色的"经济腐败"大多发生在高校的党政干部身上。如果说学术腐败的产生让人不得不痛彻反思当代学者的学术良知，那么，这些纷纷落马的高校"蠹虫"则让人直指教育领域中易被忽略的权力腐败毒瘤。

腐败的领域虽然不同，实质却是相同的，它们都是权力腐败。腐败的本质是公权和私利的交换。权力含金量越大，对权力进行寻租的空间就越大；而权力受到的约束越小，对权力进行寻租的成本就越小。权力的不加制约、缺少监督是导致近年来高校建设中的"经济腐败"案件不断攀升的根本原因。"绝对的权力导致绝对的腐败"，这条经由社会腐败现象中产生的律条，同样适用于高校腐败。吴世明虽然文质彬彬，然而被腐败侵蚀的他同样有丑恶的一面：包工头的卡刷不出，吴世明夫妇自掏腰包购买了洗衣机就大为不悦，难怪他不断地以"女儿留学需用美元""个人投资、亲戚借款急需用钱"等名义索要金钱。由于高校在社会和时代中处于特殊的精神领地，因此其腐败产生的危害会更大。

另外，从吴世明的案中我们还可以得出的一个深刻教训就是：用人不当，可能会使一个优秀的人才毁于一旦。吴世明是我国土动力方面的顶尖人才，然而却不懂经济与企业管理，自身蜕化当然是其主观原因，但客观因素同样是他走上歧途的重要原因。

（原载《杭州日报》2004 年 5 月 4 日）

虚拟世界里的道德底线

　　杭州的《每日商报》这几天以《记者卧底 15 天，杭城伴游大起底》为题连续报道了杭州"伴游网"的内幕，让人感到震惊：两位"小姐"在几天时间里竟然引来了那么多的男性，提的要求几乎都无一例外是"陪夜"，而唱了报道"主角"的杭州"金融高手"和出价千元的"上海人"及要价千元的"纯情"女大学生更是让人感觉不可思议。它提醒我们：网络世界从来就不是绝对脱离于现实的虚拟存在，当虚拟空间里的非理性因素恶性扩张的时候，必须警惕网络的"虚拟现实化"倾向。人们也有理由发问：在网络这个虚拟世界里，真的可以这样肆无忌惮吗？

网络的开放性、隐蔽性和无约束性导致了虚拟世界里的道德失范。在道德失范者看来，网络里可以随意放纵、痛快发泄，就如那三位颇具"身份"的先生和"女大学生"。另外，从媒体所披露的一些因网络引发的悲剧看，都是仅凭几封 E-mail 的交往，仅仅在 BBS 里的文字交流，仅仅是聊天室里语言的调侃，就以情相托或私订终身的，现在看来，不免有些滑稽或轻率。游戏人生，也将被人生所游戏。由此可看出，网络的开放性对于自我监控能力不强、极富好奇心的青少年及部分行为本来就不端的人具有极大的诱惑力，而开放性所带来的有害信息的泛滥，正是虚拟网络里道德行为失范的环境因素。

但我们是不能把这些因网络引发的遗憾归咎于无辜的网络的，正像枪可以用来杀敌，也可以用来犯罪一样，网络也有它的双刃性。"网伴游"首先带给我们的是规范的急迫性问题。许多事实表明，在网络发展经历了太长时间的自生状态后，是到了给网络世界制定游戏规则的时候了，呼唤网络法律的出台，是虚拟世界的现实要求，也是现实社会对虚拟世界完善的努力与推动。一般来说，个体道德的形成要经过无律、他律和自律几个过程，但这些过程不是割裂的，而是互相关联的，它需要通过各种方式来培育进而达到规范，而网络社会所要求的道德，又是一种以"慎独"为特征的自律性道德，它强调个人在独处之际，在没有任何的外在监督和控制的情况下，也能遵从道德规范，恪守道德准则。

那么如何来进行道德规范呢？

首先，需要不断完善网络立法。虽然我们有了一些法律法规，但因为网络是个新生事物，有它自身明显的特点，在我们原有的一些法律法规中，许多已经不适用，因此就不能简单移植了事，这就需要有关部门花大力气努力为之，"研究其特点，采取有力措施应对这种挑战"（江泽民语），并且明确设立每个网民都不能逾越的道德底线，跨出了底线，就要受到惩罚。

其次，要大力约束网络道德。一方面，要充分发挥网络迅捷、广泛、高效获取和交换信息的特点；另一方面，让现实社会中的一些约束也来约束人的精神世界，人的精神不仅需要在外在社会生活中加以实现，也需要在内在精神世界中完成升华，所以从外部对人的精神世界施加一定的压力是必要的，这也是建立网络道德的前提。

虽然"金融高手"和"上海人"等毕竟只是网络游戏中极少数的失范者，但不管怎样说，"网伴游"里有一点是必须引起注意的，那就是，作为社会的一分子，即使在虚拟的网络中，也应遵循一定的道德规范，起码不逾越道德的底线，这是义务，更是责任。

（原载《每日商报》2002 年 9 月 24 日）

山清水秀就是大政绩

前几日到某山区县公干，聊起各地都在进行的招商引资话题时，大家都很有话说。不过，该县一位主要领导的一番话颇引人深思。他说，发展经济也要因地制宜，我们这里一些山区乡镇，根本就不具备办厂条件，对于这些地方来说，保护好生态就是最好的政绩。

能明确提出这样的政绩观很让人欣慰。我想，他这番话并不是信口开河，而是需要一点勇气和创新。如果当地对干部的考核只考虑单纯的财政收入，那么，那些山区乡镇的领导是不会理直气壮地抓生态的。他们也知道生态的重要性，但因为出成绩太慢，因此抓经济谁都不敢懈怠，即使那个地方一点也不具备条件。前两天我就看到河南有个很穷的乡，一年的招商引资任务是 4000 万元，天晓得他们怎么去完成。

这些年各地的经济发展有目共睹，但因为发展经济而需要治理的环境却要花大大的代价，而这方面的账很少有人算，也懒得算。据世界银行估算，中国 1995 年空气和水污染造成的直接经济损失高达 540 亿美元。可见，生态环境仍然在恶化，单说和我们息息相关的土地。据《新华每日电讯》近日报道，全国政协委员、九三学社中央副主席洪绂曾表示，耕地质量低下的问题令人担忧。他透露，我国耕地已出现严重的"营养不良症"，原来号称"北大仓"的东北黑土已经变了模样，在一些土壤受侵蚀比较严重的地方，昔日黑油油的土地变成了"破皮黄黑土"，甚至是"露黄黑土"，土壤性能大幅下降。道理很简单，如果只是一味地索取，遭到自然的报复是无疑的。

更有令人担忧的。现在一些地方的发展是以牺牲"两后"为代价的。一是前任领导不考虑后任领导。有一些地方是大规模负债经营，为了一些"政绩"，片面求大，求最，你建了市里最大的中心广场，我就要建省里最大的，而另外一个地方则更加雄心勃勃，要么不弄，要弄就弄中国最大，甚至亚洲最大。至于他那个中心广场有多少人来休闲，则是另外一回事。我曾看到电视里曝光的镜头，长满荒草的广场透出的是满腔的悲凉，当然还有老百姓的无奈与愤怒。二是有些人做事不考虑后人。人们常说"但得方寸地，留与子孙耕"，但穷怕了的发展观让一些地方做起事情来是那么歇斯底里：整天琢磨如何开发，一哄而上搞投资，说是盘活存量资产，其实就是卖地卖资源，而怎样保护环境或资产则考虑得很少，因为保护也是要花代价的，有时候是大代价。张家界不是修了长长的电梯吗？泰山黄山还有许多名山不是都修了索道吗？九寨沟已经在喊受不了了。他们不知道对环境的影响吗？理论上都知道资源损耗与环境退化会造成恶果，但为了利益，却顾不了那么多。我是个悲观主义者，一天到晚在担忧，这样穷凶极恶地开发资源，我们的后人还有多少文章可做！尽管有人劝我生态总会自然平衡。

幸好，现在从上到下都对这个问题重视起来了。"可持续发展"的理念逐渐让人接受，"绿色GDP"备受关注。最新传来的消息说，国家统计局正致力于构建绿色GDP的考核体系，也就是说，当地的环境和资源水平都应该是衡量GDP的重要标准。而且，刚刚结束的两会，将我国2004年的经济增长目标定为7%，其现实意义就是为了实现人与自然的和谐协调发展，人口、资源、环境，谁都不可以偏颇。

事实已经充分证明，单纯以经济增长为目标的发展模式不可能持续。于是，当听到那位领导保护生态的发展观时，我是由衷地高兴，我想大声疾呼：亲爱的各级领导们，山清水秀就是大政绩！

（原载《杭州日报》2004年3月28日）

让"引咎辞职"成为铁律

4月14日，中石油总经理马富才引咎辞职；4月15日，北京密云县长张文引咎辞职；4月17日，吉林市长刚占标引咎辞职。官员接二连三地引咎辞职在昭示着这样一个信息：政府运用问责制处理官员的力度空前加大，官员问责正在制度化、规范化。

其实，"引咎辞职"这个词，人们并不陌生。《党政领导干部选拔任用工作条例》第五十九条就明确规定："引咎辞职，是指党政领导干部因工作严重失误、失职造成重大损失或者恶劣影响，或者对重大事故负有重要领导责任，不宜再担任现职，由本人主动提出辞去现任领导职务。"但以前，不折不扣地实践它的官员很少。随着国家向政治文明迈进，民众参与公共事务的热情越来越高，顺民心合民意越来越成为政治的内在要求，成为领导政治生命的决定因素。政府必须随时对民意做出应答，领导职务再高，也必须学会与民意互动。管辖范围内出了问题，首长必须引咎辞职，这是一种向民意负责的好形式。

主要官员没有直接责任，为什么要他承担这个"咎"呢？中国人大毛寿龙教授认为，"高官承担责任有四个层面：一是承担道义上的责任，向受害者和公众负责；二是承担政治上的责任，就是向执政党和政府负责；三是承担民主的责任，向选举自己的人民代表和选民负责；四是承担法律的责任，要向相关法律规定负责，看是否有渎职的情形存在。"从这个意义上来讲，马富才作为中石油负责人和部级高官，首先应对井喷事故承担道义和政治上的责任，其他官员也是。

需要指出的是，官员引咎辞职的制度早已有之，以前只是我们执行的力度不够罢了。个中缘由可以从两方面解释：一是事后追究的力度欠缺。发生了事故，往往只是头痛医头，要么是层层下发文件，说这个问题已经迫在眉睫，要求各级各部门来一次大检查云云，将采取积极措施的补救全部当成成绩来报似乎成为惯例。责任追究得少，因为处分的对象不明确，谁都有责任，又谁都没有责任，以至于事故仍然频出，甚至边整改边出事故的现象也存在。二是自觉引咎辞职的官员极少。因为没有形成制度，官员的自觉就谈不上，没有多少人愿意将奋斗多年的"乌纱帽"主动摘掉呢！

然而，那些重特大伤亡事故往往令人不堪回首：中石油造成重庆的 234 人罹难，万余群众中毒；吉林火灾 54 人丧生，70 多人受伤；密云灯会 37 人死亡，15 人受伤。而这三起重大事故都是责任事故，也就是说，如果管理严格到位，遵章办事，事故是可以避免的。只有"问责制"成为一种铁律时，事故才可以真正避免。"问责制"里的"责"字虽重千钧，但"问"字才是达到"责"之效果的关键。谁来问？有党纪，有条例，更有民意。如何问？很简单：引咎辞职。事故的发生都是偶然的，但偶然又是必然的必然，与某官员的运气实在无关。还有，引咎辞职是基于官员的责任自觉和道德感及羞愧心，其关键是"引"，因此，引咎辞职应该是主动的个人行为。引咎辞职的压力直接来自公众的舆论，引咎辞职正是对舆论的回应。因为，"政府的一切权力都是人民赋予的"，而所有的一切都是为了促进官员恪尽职守，更好地为纳税人工作。

我们还有必要将"引咎辞职"的内涵扩大化。三位官员的引咎辞职，皆源于对安全过失责任的必然担负，对其他领域应担负领导过失责任的官员，至今尚未纳入"引咎辞职"范畴。同一位置上的主要官员竟然连续"前腐后继"，有的地区不断出现重点工程"豆腐渣"，有的地区行政违法泛滥成灾，等等。还有如官员本身在重大工作上的决策失误而造成直接或间接损失，领导不力和领导无方严重制约本地发展速度，等等。诸如此类的现象和行为，对国家和人民所造成的重大损失与恶劣影响，从某种角度来说并不亚于突发的重大安全事故。因此，政府应尽快建立官员问责制基础上的引咎辞职制，不仅对负有安全过失责任的官员进行问责及引咎辞职，对官员在其他领域的责任追究也应纳入引咎辞职范畴。

从今往后的一段时间里，因为责任而辞职的各级官员肯定会越来越多。当"引咎辞职"成为不折不扣执行的制度时，意味着我们的各级官员再也不能做太平官了，做不好，出了事，自动下台。权力应该成为一种负担，我们不要听到这样的怨言：没有功劳也有苦劳；我们的官员一定要有这样的胸怀：做对的老百姓全忘了，做错的（偶然也不行）老百姓却永远记得，一件也不行。

引咎辞职，咎由何来？咎因己来，咎就应自取，不仅下台，有的还要追究法律责任。引咎辞职应该成为一种铁的制度。

（原载《杭州日报》2004 年 4 月 20 日）

请空话套话稍息

许多读者都对媒体上的会议新闻颇有微词。为什么？长而空是主要原因。然而，一股强劲的清风将有力地涤荡这种呆板而又厌人的脸谱。中共中央决定：改进会议新闻报道，少报官多报民。

中共中央政治局 2003 年 3 月 28 日召开的会议，研究了进一步改进会议和领导活动新闻报道等工作。其中引人关注的是《关于进一步改进会议和领导同志活动新闻报道的意见》。意见认为，进一步改进会议和领导同志活动的新闻报道，对促进和带动全党同志特别是各级领导干部进一步改进思想作风、工作作风和领导作风，密切党同人民群众的联系，具有十分重要的意义。中央为此要求，中央和国家机关要带头，各级领导机关和领导干部要严格自律，自觉支持新闻媒体改进报道工作。新闻单位要多报道对工作有指导意义、群众关心的内容，力求准确、鲜明、生动，努力使新闻报道贴近实际、贴近群众、贴近生活。

实事求是地讲，不少领导干部会多，陷身文山会海，是由多方面原因造成的，但媒体报道难辞其咎。各地的许多会议，能不能在媒体上播发，按媒体成文或不成文的规定，是以当地领导是否出席作为选择的标准。有领导参加的会议，报纸、电台、电视台的记者，即使不请，也会蜂拥而至；没有领导出席的会议，即使再三邀请，也往往不予光顾。许多单位为了扩大自己会议的影响，使它能够见报、出声、上镜，就把争取领导出席会议，作为会议的第一要务，千方百计调动各种关系请领导出席。而就一个地方来说，各系统各部门的会数不胜数，这个系统的会诚恳要求领导参加，那个部门的会热情希望领导出席，做领导的即使内心不想去参加，但面对下属的盛邀，也只好硬着头皮到场。去了这个单位，自然也就不好再回绝另一个单位，长此以往，我们就从媒体上看到一些领导同志一天能在会议中出镜好几次，整个人让"会海"淹没了。

而更难堪的事还在后头。上级领导由于不了解具体情况，到会也往往只能讲些"一祝贺、二肯定、三希望"之类的老话套话；少数"念经干部"，则天天张口"认真落实……努力做好……进一步增强……"；闭口"不断开拓……大力提倡……牢牢把握……"一般性会议和领导们的日常工作为什么能长期占据新闻版面和频道？除了"加强宣传""深入贯彻""领导重视"等原因外，某些领导同志的"露脸欲"也是重要原因之一。我是一把手，我要让辖区里每个人都认识我；只要吸引了更多的眼球，就有了形象、政绩和权威；只要成了一方的政治明星，就有了超越众人的感觉，就从心眼里兴奋和陶醉……但这一类领导却不知道，逼着人天天读、天天看，读者或观众很快就会腻味的，不但领导本人的形象受损，人民和政府、群众和党的关系也会受到无辜伤害。就这一层意思来说，这其实也是一种腐败，一种不惜为自己脸上贴金以谋求更大的政治资本的腐败。杜保乾就不知羞耻地宣言：我就是县委，县委就是我。在这样的人眼里，当地的新闻媒体过得什么样的日子可想而知，报纸对他的讲话报道不 1 版转 2 版，再转 3 版才怪。

那么，对传媒而言，少报会议、少报领导，重要版面、重要时间段腾出来报什么？如上言，中央已明确要求多报道基层和群众，传媒要敢于并善于把群众最关心、基层最鲜活的新闻推上一版和头条位置。当然，传媒也不能因噎废食，因为各级领导和各类会议本身其实也是重要的新闻源，就看记者怎么处理挖掘材料，不然怎会有那么多的中外记者关注每年的两会？就是一些突发事件，媒体也应该改一改思路，拣群众最关心的报。山西吕梁矿难，死亡人数触目惊心，群众痛心，但更关注事故的背后。因此，当读者看到或听到这样的新闻时就很解气：国家安全生产监督管理局局长王显政直斥矿主孟兆康胆大妄为违法生产，很有"背景"；山西省委书记田成平一针见血地指出，为什么一些人在关闭小矿时心慈手软？就因为这些矿背后有"人"！这告诉我们，涉及领导的新闻也可以这样处理，既遵循新闻规律，又利于事件的解决，而怕、捂、盖起的作用恰恰相反。因此，中央的决定，实际上是给媒体提出了一系列重大的课题：用什么方式、从什么角度报道领导、报道会议？能不能把领导和会议中真正贴近实际、贴近群众、贴近生活的信息，准确、充分而生动地报道出来？能不能把会议报道的改进，看成深入改进新闻工作的先声，让党报、让电视新闻变得更鲜活、更贴近人民的生活，更好地为人民服务，为党和国家工作大局服务？

会议报道和领导活动报道的改革，更是接轨世界的一项重要举措。信息时代，人们关注的是有用的信息。让那些不着边际的套话空话稍息吧，于国于民于己都是大好事。

（原载《杭州日报》2004年1月29日）

盲目乐观的非典预测

非典发生不久，一些灵光的媒体和一些思维比较活跃的人就开始弄一些诸如"非典之后"的快乐预测，一直到现在，只要读者关注，媒体仍然不厌其烦地向人们宣传着，可以说是连篇累牍。

我总结了一下，快乐预测大致分为三方面：一是经济，二是生活，三是道德层面。几方面各有侧重，但总体来说都比较乐观。比如寄希望于非典之后人们的卫生习惯有质的改变，能够自觉地锻炼身体，公款吃喝能够得到根本性的遏制，等等，一切都是那么的美好。

之所以要泼冷水，是因为这些预测很好，但有些就显得特别幼稚。说得不客气点，它其实是简单思维的产物。这种思维之所以还能够赢得一些人心，是因为我们被非典搞怕了，或者说以前有些东西太不尽如人意了，而要彻底改变面貌或彻底解决问题，正好借这次抗击非典之强劲东风。比如，一些地方先后都推出了重罚随地吐痰、乱倒垃圾的措施，按说政策老早就有了，这次人们关心的主要是金额，上海就对吐痰罚200元。和新加坡之类的国家相比，200元的罚款并不是很高，我关心的是怎样去执行这样的政策，一个上千万人口的城市，得有多少人去管？仅靠城管执法局的人吗？显然不行。而一项政策如果得不到有效的执行，无疑等于一纸空文。或者说，在这个非常时期，我们派了很多的人去执行了，而且也卓有成效，那么非典一过去，这些人还要不要干其他工作了？而一项被执行得很好的政策，一旦放松了，根据我的经验，反弹得可能更厉害。所以尽管是非常时期，有关政策的制定也仍然要考虑到以后的延续性。

如果说这种简单思维的初衷是为了做好工作，尚可理解，但有一些预测却很有必要现在提醒，以免扰乱人们的思维，干扰以后的工作。比如人们看到餐饮遭遇重创，便马上得出这样的结论：以后分餐制会大大流行，公款吃喝会大大减少。这又是一种可笑的预测。分餐制可能会流行，但公款吃喝绝不会因为非典而减少（要减少也只能是有效的制度制约），积几十年之经验，我敢保证。那些好喝一口的官员才不怕呢？说得再彻底些，就是分餐制流行，他也要公款吃喝，只要他有这个权。

再如，在抗击非典中，各地有不少干部被免职，这是目前政令畅通无阻的重要前提或先决条件，群众无不拍手叫好。问题也在这里，非典之后，我们还要不要执行这样严的政策？那些干部还会不会因为一件事情执行不力而下台？如果不这样，那些在非典时期被罢官的岂不是太晦气了？政策一时紧一时松就会有失公允。其实，非典之后执行这样的用人政策也不难，因为有现成的法律法规摆在那里，共产党做事怕就怕认真二字，万事只要认真，没有做不好的。

从某种程度说，大寄希望于非典之后，是因为对目前的事无能为力的结果。比如，住在同一幢楼里，平日里老死不相往来，而因为这次被隔离，大家都成了好朋友，于是人们有理由相信，非典真是个好东西，不是非典，大家能这么空前团结吗？于是大家也寄希望于以后我们的邻里关系会有根本性的好转。我不知道这样的推理是建立在什么样的基础上的。这种思维的后果非常可怕，做小事情也许无伤大雅，做大事情必定出大错。因为盲目乐观的苦果我们已经尝得够多了。

言归正传，非典之后，人们的有些习惯肯定会有所改变，这是不容置疑的，但如果目前都解决不了、解决时机也不成熟的东西，寄希望于非典之后一揽子解决，这样的想法未免让人笑话。倒是非典中暴露出来的一些问题，像建立健全公共卫生体系、政府如何在突发事件中从容不迫等，应该好好研究了。

（原载《每日商报》2003 年 5 月 21 日）

礼宾改革彰显务实作风

　　2003 年 5 月 26 日到 6 月 5 日，国家主席胡锦涛对俄罗斯、哈萨克斯坦和蒙古进行国事访问，并出席上海合作组织成员国元首莫斯科会议、圣彼得堡建市 300 周年庆典和南北领导人非正式对话会议。这次胡主席出访实行新的出访礼宾规定，不举行送迎仪式，而且今后党和国家领导人出访也都不再举行送迎仪式。这条新闻透露出来的信息，是我们多次强调减少会议报道、改革新闻对领导活动报道的再深入。求真务实之春风扑面而来。

　　新闻的实质可以归结为两个字：务实。这是党和国家领导人一贯倡导的礼宾改革的继续，是本着务实、精干、节约的精神，不断打破陈规地推陈出新。在社会日益发展的今天，我们的许多礼节已显得多余。比如送迎仪式，虽说属于行政程序，但仍然是自己人做给自己人看的。人们有理由发问：国内的礼仪究竟有多大必要？它不仅在很大程度上增加了行政成本，更让人觉得烦琐。礼宾改革这一举措其实也是适应和追随国际交往的发展趋势。放眼全球，现在许多国家的礼宾活动都趋向"简化"，包括国宾接待等都在减少礼仪性活动或者缩小礼仪性活动的规模，这不仅可节省支出，更可使双方领导人从繁文缛节中解脱出来，以饱满集中的精力投入会谈、参观、谈判等实质性的外交事务上，可谓是一举数得。

但是，取消送迎仪式的决定，其意义并不局限于礼宾改革。所有党员干部和机关人员都可以从中反省自己的工作作风，机关制度改革也有从中借鉴的必要。正如一直以来为人们所诟病的，吃喝风难刹、送礼行贿腐败难绝、机关运转效率低下等，还有所谓的"招待接风洗尘"及僵化的规章制度，这些都和所谓的礼仪有脱不了的干系。更有变了形的礼仪在少数地方的畸形发展：你敬我一尺，我回你一丈，大家都在比热情，比客气，比阔气，因为这一切都建立在公款消费的基础上，反正不掏他们口袋里的钱。所以，学习党和国家领导人不重形式重实效的务实精神，减少礼仪性招待，简化手续章程，取缔一切毫无意义的陈规陋习，让工作人员和机关运转从繁文缛节中解脱出来，专注于实质性工作，这也是压缩腐败空间，提高机关效率的一种途径。

延伸开去，这种繁文缛节，对老百姓来说，浪费了什么？

胡锦涛总书记在当总书记之前，有次到西部某城市视察，这个城市有 50 多万下岗工人，还有很多非常困难的贫困线以下的农民，地方有些官员却通过特殊的渠道，想要给他安排一场文艺晚会，自然被谢绝，因为没有任何必要，他是去工作，体察民情，做一些决策的，并不是去显排场的。这样的事情回过头来看，如果有的领导人热衷于此道，或者能够接受这个东西，肯定会浪费大量的行政资源，你要看戏，很多人都要陪着你，而且因为你是领导，你到一个地方去，前呼后拥的，肯定影响正常的秩序而且会把党政官员跟老百姓的距离拉得很大，而这些热衷于享受所谓待遇或者排场的人，根本没有精力去思考应该思考的东西。上有所好，下必甚焉，因此，我们的广大领导干部必须要从自身做起，这样才会从根本上减少或杜绝这种现象。

自然，这种繁文缛节，危害也是明显的。它把党和政府官员与老百姓之间的距离拉大了，这种被拉大的距离，导致老百姓对官员的信任程度降低，在你行政的时候，肯定会碰到障碍，这毫无疑问。还有一个非常恶劣的后果，那就是歪曲了党和政府，包括领导人、各级领导人权威的真正的含义。真正的权威，是通过你的工作，通过对现实状况科学的把握、正确的判断和有力的实施而树立起来的。如果把主要的精力放在排场上，出则警车开道，进则前呼后拥，更有像慕绥新、杜保乾之流，将这种繁文缛节变形夸张，以此树立所谓个人的权威，在老百姓当中造成的影响自然极坏。虽是极少数现象，却忽视不得。

今后党和国家领导人出访不再举行送迎仪式，虽然改的只是外事礼宾制度上的一个小小的细节，却树立了一种令人耳目一新的形象，而且体现出党和政府开明、开放、亲民、务实的工作作风。榜样的力量是无穷的，国家领导人的做法深深赢得了民心，地方各级领导干部也应该闻风而动，并把它当作一件务实的工作扎实努力而行之。

烦琐的礼节，既然和我们的发展步伐不相适应了，革除也罢。

（原载《每日商报》2003 年 6 月 15 日）

办实事的道德底线

本周有两件为民办实事的新闻特别让人关注。一件是北京市提出今年只办 56 件实事，注意啦，不是整数的 60 件，而是一个不怎么整齐的数字；另一件是建德市莲花镇林茶村集资修路竟向死人摊派（详见本报 2 月 16 日 6 版），理由是"他们生前享受了集体的利益"。

北京不那么整齐的数字至少说明一点，那就是政府在办实事的态度上是实事求是的，不是为了求大求快，条件不够硬要凑成一个整数，因为按习惯思维，逢十上百成千的数字，口号呼起来往往朗朗上口，算起成绩来往往巨大。建德的事情更不可思议，尽管村委会有苦难言，但"向死人摊派"于情于理皆悖，难道生前享受过就是摊派的理由吗？

老百姓太需要这些个实事了，因为实事会使我们的生活更加美好，工作更加舒畅，因此我们的干部都希望能在自己的任上为民办多多的实事，但办实事却有个道德底线，那就是体恤民情，量力而行。

在这样的底线下，办实事首先要真心实意，不能带半点私心杂念。如果能做到这一点，那就能从群众的最根本利益出发，从群众最需要的地方入手，而不是从树形象、谋政绩、升官发财的角度出发；就会根据实际情况而不是盲目跟风、唯上。焦裕禄图什么？他图的是心甘情愿当人民群众的儿女；孔繁森想什么？他想的是老百姓，急的是老百姓所急，老百姓的事情办不好他寝食难安。但他们不会把自己当成救世主，当成恩人，居高临下地施舍；他们也不会光喊"人民的事情人民办"，因为他们知道，有人往往会打着这样的旗号乱集资、乱收费，把本来应该由自己承担的责任推给老百姓。

从有些人办实事的动机中是可以看出对道德底线的偏离的。有些"实事"，一些人"办"它的意图十分明确，那就是为了博得百姓眼下的好评，这种做法的最大好处是"成本最小化"和"收益最大化"。有些"实事"，名义上是为百姓办的，实质动机却是给上级看的，或者说，充其量只能算是"一石二鸟"。其中奥妙不难解析：官员政绩以及官阶晋升主要来自上级评价，依据什么评价呢？总得有些看得见、摸得着的东西。毫无疑问，林茶村花 300 万元修一条路往往会被上级视为突出政绩。目前难解的"欠薪"结，也与有些所谓的

"办实事"有千丝万缕的联系,一些地方心浮气躁,急功近利,脱离当地实际,搞违背客观规律的"高指标",搞劳民伤财的"形象工程""政绩工程",造成一些政府投资工程和其他项目拖欠工程款,甚至出现一些"烂尾楼"和"胡子工程"。这种所谓的"实事",不仅影响党和政府在广大人民群众心目中的威望,也影响了经济和社会的可持续发展。

有了为民办实事的真心,他就会非常细心耐心热心。他不会眉毛胡子一把抓,他也不会东西南北一刀切,他会因时而异,因地而异,因人而异,因事而异,"向死人摊派"之类的荒唐事也就不会想到便做了。因为很多时候,群众需要的不是锦上添花,而是雪中送炭。

（原载《杭州日报》2004 年 2 月 24 日）

"健康"的经济学意义

由教育部、国家体育总局共同组织、研制的《学生体质健康标准》昨天正式公布，并将从今年9月1日起施行。这项标准适用于从小学到大学的所有学生，学生达到《标准》良好等级以上者可以评为三好学生、获奖学金，《标准》成绩不合格者高等学校将按肄业处理。这条消息要表达的意思是准确无误的：从立法的角度规范学生的健康标准，不仅对学生的成长至关重要，也事关我们民族兴盛的大业，具有极大的政治意义和经济意义。

此前广东省已将中小学的体育课改名为健康课。我想这绝不是心血来潮，由"体育"到"健康"，不仅是两个字的更改，也不仅是从手段（体育这种形式）到目的

（体育所要达到的目的）的转化，更是一种理念的进步。

这样的标准，政治意义是极明显的。别的不说，仅举刚刚退潮的世界杯。中国队在一片欢呼声中出征了，国人的期望高得不得了，都想胜一场，平一场，进一球，然而，幸运女神并没有再一次关照中国队。我看了林林总总的许多分析文章，有一种遗憾似乎大家都挥之不去：中国队的体能太差了，单此一个致命弱点就不可能胜过人家。你看，这体能关系到整个国家和民族的声誉、形象，但单就体能而体能，能提高整个民族的体能吗？从小学抓起，从整个民族抓起，这才是治本之策。

其实，《标准》的政治意义明显，经济学意义也是显而易见的。最明显的例子是，不管国有还是民营的单位，明智的领导多会关注职工的健康，剔除所有的因素，健康就是利益，为了能更好地更多地产生利益，他必须关注健康，没有健康，反而付出更多。从经济学角度说，所有有关人参与的事情都牵涉经济二字，只不过有的明显有的不明显罢了。孩子出生要把好"优生关"，生后要把好"优育关"。有一个著名的关于健康的公式是这样的：无论你拥有多少财富，多么美貌，如果没有排在最前面的健康这个一，其他统统都是零。我认为这个公式已经把健康的重要性说到了极致，无论是政治意义抑或经济意义。

换个角度说，健康也是一种快乐。

当然，健康除了身体的标准外，更有心理或思想上标准，这是题外话。

（原载《每日商报》2002 年 8 月 21 日）

叁

三点意思

在宽容中显现批判的张力

　　近再读冯梦龙的《古今笑》，录两则趣说之。

　　汰侈部第十四有《杨国忠妓》：杨国忠凡有客设酒，令妓女各执其事，号"肉台盘"；冬月令妓女围之，号"肉屏风"；又选肥大者于前遮风，谓之"肉障""肉阵"。

　　"肉台盘"，也就是说，不用桌子之类的，菜肴酒具皆由妓女端着拿着候着，数十人（宰相请客的排场一定很大），里外两圈，一圈猛男，一圈靓女。里面一圈，个个脸红耳赤，外面一圈，人人婷立而执，觥筹交错，你来我往，那是怎样一种和谐的场面呢？"肉屏风""肉阵"，我杨大人冬天怕冷啊，在我坐的周围，一定要有若干个美艳女子挡风，我需要温暖，她们的体温温暖着我，在她们温暖的怀抱里，我很暖和。

杨国忠请客，场面必须讲究，否则，一对不起他的身份，国舅呢，谁敢得罪；二对不起他的财富。三件事都和"肉"有关，"肉台盘"一年四季都可用，只要想用；"肉屏风"也是无奈啊，谁让大唐的科技落后呢，没有很好的取暖设备；"肉阵"没有明确的时间概念，但估计也是冬天，如果是秋季，难道杨大人怕风？然而，表面看都是"肉"，骨子却显现着十足的奢侈和排场。

"肉台盘"并不是杨国忠的发明，南唐司空孙晟，他自己吃饭，让妓女们各执一器环立，早就用了。不知道他使用"肉台盘"有什么感受，一定很爽，否则多不习惯啊。

杨国忠后面就没有人用了吗？也有学的，冯梦龙说，杭州别驾（副市长）杜驯，也有"肉屏风"的事。

迂腐部第一有《饮食必以钱》：

《风俗通》云：安陵清者郝仲山，每饮马渭水，投三钱于水中。颍川郝子廉亦然。又郝尝过姊家饭，密留五十钱席下而去。

这两个郝姓者，似乎是同一类人，虽不怎么有名，却都不喜欢揩别人的油。我的马喝了你渭水的水，不管渭水属于什么人管，不管渭水的水来自何方，我都要留下三文钱给你，随便什么人接收，哪怕是龙王收钱，反正我的马喝了你渭水的水。即便你是我的兄弟姐妹，我也一样对待，我吃了你们的饭，你们付出了，就应该得到报酬。

在冯梦龙看来，这两个人是有点迂腐了。可是，我不这么看，这恰恰是分得清自己和别人的典型。

这样很杂却很有趣味的例子，在唐宋明清的小品笔记中，有很多很多。

无论什么社会，哪个朝代，都有判定真假美丑善恶的是非标准，历史会很认真地将其分门别类地放入这些标准的框框中，你的言你的行，他的话他的事，说过了，做过了，就会永远地记录下来，就如记录皇帝的起居注，再也更改不掉了，不同的人尽管有不同的分类，但事情的本质不会改变。

"肉屏风"就是奢侈的代表；饮马投钱就是公私分明的代表。

这样的标准一直延续到当代现代。

改革开放三十年，成就巨大，不可否认的是，泥沙俱下，有两点非常明显：一是极端个人主义盛行，做什么事都从个人出发，还振振有词；二是金钱至上，做什么事都讲价钱，甚至赤裸裸地明码标价。

显然，这是一个主流价值观缺失的时代。我们遭遇了空前的信仰危机。

就现状来说，我们所遇到的种种社会、环境、心理问题，弥漫在各个领域，我在2011年出版的《新子不语》腰封上就写着这样的话：这是一个人人都处在焦虑、郁闷、忙碌的时代。说得再严重点，思想混乱，信念动摇，精神懈怠，道德失范。这是内困，更有外患，西方陈腐的价值观乘机涌入国门，甚至招摇过市。

1994 年，一个美国学者的研究报告透露出他们的得意：如果一个国家，尤其是东方国家，当她的民众喝着可口可乐，穿着牛仔裤，听着摇滚乐，看着好莱坞大片的时候，不管这个国家的社会制度本来与我们有多么的不同，实际上，他们的社会状态与我们已经没有多大的差别了。

很不幸的是，这种状况已经成为常态了。

但，他们说"普世价值"，他们说"民主"，他们说"自由"，我们似乎自动抗拒，好像是洪水猛兽。实际上，如果仅仅停留在被动的拒绝上，那其实就是自欺欺人。

不容乐观的问题还在于：现在举国都说价值观，你设立和框定的这个价值观内容，民众到底有多大的认同和接受程度？你要他这样，他偏不这样。教育一个孩子都很难，更不要说让全体人民来认同了。

现在回到杂文。

直面现实，揭示出问题，引起疗救的注意。我觉得杂文的精神不会变。

2012 年 5 月，浙江省召开座谈会，纪念毛泽东在延安文艺座谈会上的讲话七十周年，我曾引毛泽东的讲话，结合自己的创作谈现实需要怎样的杂文。

毛泽东在《讲话》中曾这样说：

> 鲁迅处在黑暗势力统治下面，没有言论自由，所以用冷嘲热讽的杂文形式作战，鲁迅是完全正确的。我们也需要尖锐地嘲笑法西斯主义、中国的反动派和一切危害人民

的事物，但在陕甘宁边区和敌后的各抗日根据地，杂文形式就不应该简单地和鲁迅的一样。我们可以大声疾呼，而不要隐晦曲折，使人民大众不易看懂。如果不是对于人民的敌人，而是对于人民自己，那么，"杂文时代"的鲁迅，杂文的写法也和对于敌人的完全两样。对于人民的缺点是需要批评的，但必须真正站在人民的立场上，用保护人民、教育人民的满腔热情来说话。我们是否废除讽刺？不是的，讽刺是永远需要的。我们并不一般地反对讽刺，但是必须废除讽刺的乱用。

70年过去了，上面这些思想有几点仍然具有强烈的现实意义：我们仍然需要鲁迅，需要讽刺；杂文抨击的对象是一切危害人民的事物；杂文的表现形式要适合人民大众；杂文也需要爱，需要温暖。

澄清一盆水，需要很长时间，搅浑却只要一下。因此，文学应该是澄清和安抚人心灵的，杂文也一样。就是说，如果我们以安静平和的心态来观察现实社会，就会变得比较理性，联系《讲话》精神，我认为这正是写杂文所必需的。

所以，我一向来这么强调我的温柔杂文观：以爱察今，以心为文。

以爱察今，就是以平和的心态观察和解剖社会，这是立场问题。

无论什么朝代哪个社会，有各种问题很正常，没有问题反而不正常，关键是以怎么样的心态去看待这些问题。我很关注社会的细枝末节，那里有普通人的嬉笑怒骂，也有悲欢离合，油盐酱醋茶，生旦净末丑，它们就是放大镜，有趣得很。所以，我一直在努力寻找我们这个时代杂文创作的可能性。新时期的杂文不一定非要像匕首和投枪，杂文也可以表现得很温柔，我们需要的是心态沉静而澄明，在讥讽和鞭挞不良社会现象的同时，心怀善意。换句话说，真正的杂文家并不痛恨这个世界，相反对这个世界抱有强烈的热爱和无限的悲悯之心，努力发现现实世界中的病灶，并试图开出有用的药方。

以心为文，就是用心作文，努力寻找一种让读者能愉悦接受的表达方式。

无论物质产品还是精神产品，都需要研究"产销对路"，你自认为书写得很好，但没有人买，你的观点也就无法让人接受。《讲话》似乎有先见之明："你的一套大道理，群众不赏识，在群众面前把你的资格摆得越老，越像个'英雄'，越要出卖这一套，群众就越不买你的账。"大道理教训人的杂文已经让人极为厌烦，而我们是可以找得到让读者愉悦接受你观点的途径的。杂文嘛，杂七杂八的文，它应该有无限可能的表达方式，当然，前提是，形式和内容能够珠联璧合。

因此，内容的深刻和表达的精彩，应该是我们写杂文的不懈追求。

《铁笔颂盛世》中的作品，许多杂文作者都有这样的追求，这种感觉很强烈。

首先，从表达的内容看。百余篇作品，五花八门，是不平者则鸣，是不知足者常乐。我们的杂文作者，都有一双善于发现的眼睛：凡夫唐先生的《领导也有不认识的字》，领导在台上念报告，说这两个字，我不认识，这样的真诚反而显得真实；李业成先生的《纱帽下面无穷汉》，对"正史"里的"清官"提出了质疑；汪强先生的《我的退休金从哪里来的?》，先抑后扬的写作技巧无疑胜人一筹；老孙先生则看出《"最美"的代词是"最苦"》，发人深省；蒲田广隶先生从自己亲身中毒的经历中，发现云南白药中含有毒性药材草乌，和常用感冒药相冲，从而发出云南白药成分含量《为什么偏偏对国人保密?》。作者们关注我们的生命之源，阳光、空气、水、食品，关注我们的生活质量和生命尊严。

其次，从表达的方式看。百余篇作品，精彩纷呈，有政论式的，有时评式的，有杂议杂叙，有微型小说，有段子，有故事。周湘华先生则为我们形象展示了上有所好下必甚焉的《企业文化的"江湖"》；《哪些人的话不能相信?》蒋平先生则一本正经告诫我们，老板，小姐，还有少数领导；王志广先生活画了《都不立案》的世相，有利则上，无利则避，现实中有些体制的不合理，让人哭笑不得；身份证上的姓，"侯"变"候"，产生了一系列的麻烦，数十年，让侯国平实在《不敢想》。这些作品，有现实之感触，有历史之思悟，感现实之疼痛，悟历史之警醒。皆合嬉笑怒骂，一样锦绣文章。

另外，我在诚惶诚恐中读完许多杂文大家的作品：安立志、阮直、许家祥、孙焕英、张心阳、闵良臣、刘诚龙、郭庆晨、焦仁贵、石飞、乔志峰、洪巧俊、孙道荣、游宇明、茅家梁、等等，我的杂文兄弟们，向你们致敬了。让布衣我作序，真是佛头作粪，强凫变鹤，对你们不起。

我们对生命的了解，未知远远大于已知。就当下看，延迟疾病，延缓衰老，延长寿命，是人类共同的梦想，于是，健康管理就显得异常重要。现实社会也如同那鲜活的生命，因此，我们广大杂文作者都是社会的健康管理者。

"肉台盘""肉屏风"，无论公私，都触底线；饮马投钱，无论多傻，都是善德。古今同律。

生命不息，铁笔不止。

让杂文的铁笔带着爱的温度，在辩证宽容中显现批判的血性和张力，直抵世道人心。

2013 年 7 月

杭州问为斋

（本文为《杂文报》三十年文丛《铁笔颂盛世》序，南京大学出版社 2013 年版）

春潮带雨

　　戴笠，披蓑，严光闲坐在高高的钓台上。当他挥起长长的鱼竿，用力甩向一江澄碧的富春江面时，他不会想到，千百年来，他钓鱼会钓出那么多的故事来。

　　在我看来，至少以下几件马上可以从脑海中浮现出来。

　　刘秀来找同学了。哎，亲爱的光啊，这富春山、富春江，确实令人神往，但你这样的人才，不能老隐在这里无所事事啊，钓鱼是你的强项嘛，你想去参加钓鱼奥运会吗？你想破钓鱼世界吉尼斯吗？呵呵，你什么都不想啊？那还不如随我出山，助我兴国安民。严光笑笑，淡淡地笑笑：老同学，不要逼我噢，山居的人不愿意离开他的岩石，野蛮的人不愿意离开他的草屋,对不起了,我实在太喜欢这山这水,我哪儿也不去。

从此以后,引无数骚客来严光这片钓鱼地竞折腰(顶礼膜拜)。吴均首先赞叹:奇山异水,天下独绝;韦庄感慨:钱塘江尽到桐庐,水碧山青画不如;陆游完全醉倒:桐庐处处是新诗。从南北朝到清末的 1600 多年间,1000 余位诗人为桐庐留下了 2000 多首诗词。可以这样说,古代几乎所有知名诗人,都来过桐庐(杜甫为什么没来,至今是个谜)。

公元 1034 年,睦州知州范仲淹来了。哎呀,潇洒桐庐郡,祠堂这么破?真是和严公形象不相符呢,赶紧修,大修,特修,并亲自撰写《严先生祠堂记》:云山苍苍,江水泱泱,先生之风,山高水长——范仲淹将这个传奇故事引向高潮。从此,严先生就一直站在一个极高的道德高地上,继续接受人们的朝拜。

谢翱跑到西台去哭文天祥,为天祥痛,为南宋痛。到高士隐居的地方来抒发自己的感情,是不是特别的痛快淋漓?一定的,否则也不用跑那么远的路,爬这么高的山,哪里不好烧一炷香呢?

显然,这些故事都与文学有关。

我没有考证过,桐庐的文学起源于何处,最早的文学样式在哪里有记载。我只知道,有水的地方,一定有精彩的故事。

1993 年 7 月,桐君山,叶浅予居所,我和浅予先生坐在门前的空地上对聊,有一个细节至今印象深刻:先生指着滚滚向前的一江春水感叹，一江春水白白流！那时，我还不太理解先生的用意，现在想来，这个感叹应该有好多含义，既有环保方面的，也有资源利用方面的，更有人文的感叹。是啊，桐庐人杰地灵，应该是有很多故事的。

2000年5月，桐庐县印渚镇的延村，村民们想搞旅游开发，将两个长期封闭的钟乳石洞挖开，意外挖出了一枚古人类头盖化石和近百件的动物化石，经专家鉴定，这是距今2万至1万年，旧石器时代晚期的人类，学术界叫他"桐庐人"。这个发现，对研究浙江乃至中国古人类发展都有相当重要的意义。这应该是我们桐庐人最早的祖先了，这些祖先生活在分水江边，他们已经会狩猎，会用石头砸动物骨头的骨髓吃了。如果我们充分想象，这些穴居的"桐庐人"一定还有精彩的故事可以演绎，虽然没有桐君老人结庐炼丹的神奇，但他们是实实在在生活的人类，不是传说。

分水江一直流，流到公元820年，唐元和十五年，终于流出了个施肩吾，人们都叫他状元，其实不是，他是进士第十三名，不过，进士已经很不容易了，当年上榜一共只有二十八位，想想看，万里挑一，实在不容易。

分水江真的给人以灵魂，施肩吾的同学，唐代著名诗人徐凝，也是进士，就在分水柏山坞这里，我每次回老家，都要经过他的出生地，景仰之心油然。这么近，这么有名，不是偶然的，一定是水的灵性养育了他们。

同时代的著名诗人方干，当然也住在水边了，我猜，他一定常去严光那边的钓台，深得其精神真传。

随便梳理一下，便会发现，桐庐的文脉很深，一如那南方常见的榕树，枝连枝，根生根，根变枝，枝再促根，越长越大，越发越多，直至蔚然大观。

呈现在我们面前的这套桐庐文丛，便是这些枝和根。

根扎在富春大地，没有理由不叶茂。

九部作品，集体亮相，这在桐庐的文学史上应该是空前。

王樟松作品，闲适淡定，思路开阔。写人挑骨剔肉，刀刀见血，直透人心，写景则细观处子，抚怜爱惜不已，胸襟和情怀都在他笔下流水般泻出。

闻伟芳小说，说的都是身边碎事，《橘子花开》爱情的凄凉，《清明》里抛妻攀富的丈夫，《英雄》中偷汉的妻子、一根筋"英雄"，都是现实的折射，似家长里短，却娓娓道来，乡土得很。

孟红娟追梦，将数年精心经营的散落文字，用梦串起，既有"梦中家园"，更有"梦行千里"，还有"梦言心声"。她的文字和她的生活共呼吸，语言则明朗简洁，灵动鲜活，在崇尚自然中呈现美感，不禁让人品赏声色，望梦息心。

邱升阳作品，慈父，爱母，宽容的兄弟，一个性格内向、苦闷却又急于挣脱乡间的孩子，苦难中追寻幸福，青涩里显现成熟，物质时代的情感救赎，让人感慨良多。

李龙写桐庐，理解，想象，用情感浸泡思想，激昂挥洒，带着温度的笔触，文字间蕴藏着浓郁的富春江的古风馨香。

徐永茂作品，讽味中透着机智。插科打诨，庄谐并用，嬉笑怒骂，皆成文章。

周逢冼作品，老辣而沧桑。老辣是因为他长期喜欢文学，功底娴熟，沧桑是因为他对人事的察悟，对世事的洞明。苍凉和悲慨，一切因年轮而厚重。

黄水晶作品，叙述一直没有停止，数十年来，努力想把故事讲好（莫言诺奖演讲词就是《讲故事的人》）。小说结构，故事中的人物，小说语言，都透着他的十分用心。对文学充满敬畏，恒久虔诚。

李杏贞作品，身边事家常事，游走上下四面八方，安享退休有味生活，看花赏景观人，文字中显见她的乐观好动与深度思考。《生日》之类的文章风趣横生，似直来直去，却机智干练。

匆匆阅读，请原谅我的胡乱点评。

有人说，写作半途而废，不是因为才能消失了，而是故乡在他心中消失了。幸好，以上各位都坚持下来了，坚持的原因，是因为故乡深深地烙在他们每个人的心里，故乡是他们心灵的落脚点，这是一片人见人爱的富春大地。富春大地的山水灵性，作者们的乡土生活，才缔结出了如此鲜艳多彩的花朵。他们从故乡的泥土里挖掘出热爱的激情阳光，他们从时间的断裂处搭建起记忆的血管桥梁，尽管没有尽善尽美，尽管还有些不成熟，但是，透明，单纯。

故乡的朴素，桐庐天空的明亮，富春江的洁净，一如他们的文字，都让我们倍感亲切！

春潮带雨晚来急——这一套文丛定会在桐庐的文学史上抹

下浓郁的重彩；

野渡无人舟自横——原生态的环境定会让作者们的思想和身体都自由自在！

是为序。

（本文为《富春江文丛》总序，该文丛共九册，由浙江省桐庐县文联编辑，中国文联出版社 2013 年版）

分阳山花带锦飞

公元 837 年，暮春三月。分水龙潭。诗人徐凝家门口，突然来了两位贵宾：一位是杭州老市长白居易，另一位是睦州老知府李幼清。徐诗人很激动，老友相访，千里迢迢，事先也不拍个电报告知一下。这个时候，白市长已经长居洛阳，洛阳到杭州，到分水，路途的艰难可想而知。六十多岁的老人，专访诗友，难怪徐凝要激动了。

徐凝一家极尽款待，都是自家劳动所得。蔬菜，自家菜园种的；鲜鱼，分水江里钓的；老酒，也是自家酿的，香醇得很。三杯两盏淡酒，叙的只是友情诗情。恳谈至深夜，白市长也不去县里的宾馆休息了，就在徐诗人家享受山趣吧。于是，留下了《凭李睦州访徐凝山人》诗："郡守轻诗客，乡人薄钓翁。解怜徐处士，惟有李郎中。"

这一段唐朝文人间的佳话，史上都有记载。

王顺庆先生的《分阳诗稿选赏》，为我们重温了这样温馨的场景，地点就在分水，一千多年的时间似乎并不久远，亲切得很。

《分阳诗稿选赏》虽是诗文，我却把它当作一部历史书来读，这是一部关于分水的人和事的历史书，只不过它以诗歌的方式呈现罢了。从历朝历代的零碎诗章中，我们可以拼接出一部脉络比较完整的分水 1300 多年厚重的人文历史。

分水，自然离不开施状元，他是分水历史上一个显著的人文符号。

施状元，叫肩吾，号东斋，是唐朝勤学苦读的好榜样之一，也是分水县一直来的骄傲。然而，中国自隋炀帝科举开考以来产生的 507 位状元中，并没有施肩吾的名字，因为施东斋只是进士，是历朝历代杭州地区 3307 位进士中较早的一位，是分水县历朝历代 34 位进士中的第一位。施肩吾、徐凝、贺知章，都是唐朝有名的进士。

但在我们心中，施肩吾就是状元。因为进士也是不得了的事情，唐宪宗元和十五年（820），施肩吾以第十三名的优秀成绩和另外 28 人荣登进士榜。一个辽阔而欣欣向荣的大唐，没几把刷子，想从成千上万均带着必胜信心的考生中胜出，根本就不可能，可见难度。因此，清代的杭州著名诗人袁枚在《随园诗话》中也说，状元不必是第一名的，古人将新科进士都称作状元。难怪。

小时候，一说到施状元，有点文化的大人，马上绘声绘色地给我们讲分水新城两知县争状元的故事。说是按朝廷惯例，状元家乡的知县可以升三级，当年还能免去全县应缴纳的钱粮。因为施家就住在两县交界处，一条石磡之隔，一间房子由两县管辖。最后为争状元家乡，两县官司打到了皇帝那儿，皇帝一判，是好事啊，于是，两知县都升三级。自然，这肯定是杜撰的故事，施肩吾连状元都不是，哪来的升三级？即便是状元，我也没有看到哪里有升三级的记载。当然，故事里隐含的，却是对状元的崇拜和向往，对人才的重视。

我曾试图进入施状元的精神世界。

因为我这样和人高调宣称：我们分水很多人和施状元是校友。公元792年，分水县东面的五云山上有座闻名的庆云书院，13岁的施状元，在那里苦读三年。公元1980年，五云山的书院早已变成了分水中学，我也曾在那苦读。

我们苦读的时候，为的也是考"状元"。我外公经常说我是考状元。课余时分，我常会跑到施状元的读书处去找背书的感觉，在"余韵亭"旁，在"洗砚池"边，状元读书的情景会生动地浮现：这三年里，他曾将120卷的《汉书》手抄两遍，洗砚池有墨荷花，相传是施状元洗砚时洒上的。13岁哎，了不得，这个小状元真是超人！

小超人虽无意于官场，却留下了很多诗。这些诗虽称不上人人诵读，但在唐诗中也属上品，施状元，在唐朝完全可称得上一流作家。看他观察生活的功夫：幼女才6岁，未知巧与拙。向夜在堂前，学人拜新月（6 岁孩子拜月的场景，童真幼稚让人忍不禁）；看他的环境环保理念：天阳伛偻带嗽行，犹向岩前种松子（年纪都这么大了，身体还不怎么好，仍然不忘植树绿化）；对家乡山水的喜爱：乱叠千峰掩翠微，便是山花带锦飞（山是那么的错落有致，青葱翠绿，花是那么的娇姿百态，婀娜多姿）。

如前述，除了施肩吾，当数徐凝了。从文学成就上讲，我更喜欢徐诗人一些。看徐的传世名作《忆扬州》："萧娘脸薄难胜泪，桃叶眉尖易得愁。天下三分明月夜，二分无赖是扬州。"离恨千端，绵绵情怀，诗人在深夜抬头望月的时候，原本欲解脱这一段愁思，却想不到月光又来缠人，这扬州明月不是"无赖"吗？扬州明月成了烦人的无赖，从来没有诗人这样写月亮的，这真是天下传神第一比。现在的分水，可能很多人不知道徐凝，但在扬州，他却大大的有名，扬州有徐凝门、徐凝门桥、徐凝门大街，甚至还有徐凝门社区。我第二次去扬州，特意去了趟徐凝门大街，那里已没有更多的诗人印迹，只为了感受一下家乡文学先贤的风采。白居易为什么大老远来看徐诗人？除了他们的交情确实不一般外，徐的文学才能肯定也是白欣赏的，徐凝自己就有诗记载：一生所遇唯元白（元稹白居易）。他们是很要好的文友啊。徐凝诗中写到白居易的就有十多首。

我每次回百江老家，途经徐诗人的故里（柏山坞口）时，脑子里就会浮现出徐白相会的场景，恨不得立马穿越回唐朝！

历史的长河流至宋代，分水也因此更加繁荣。

理论上，南宋移都临安，距分水不过百余里地，我推测，分水应该是文人雅士延伸游览的好地方。分水那时有多繁荣？黄铢的词《江城子·晚泊分水》写活写尽："秋风袅袅夕阳红。晚烟浓，著云重，万叠青山，山外叫孤鸿。独上高楼三百尺，凭玉楯，睇层空。人间日月去匆匆。碧梧桐，又西风。北去南来，销尽几英雄。掷下玉尊天外去，多少事，不言中。"

不妨看一下王顺庆先生对这首词的解析：时间是在深秋，船行在分水江中，秋风飒飒，夕阳的余晖映红了江水，家家升起炊烟，天上布满云彩。环顾分水四围，群山环抱，"万叠青山"一句，真是把分水的地理环境写活了，写绝了！孤鸿鸣叫，似添羁人情愫。"独上高楼三百尺"，据史载，宋时分水建有玉华酒楼，孝宗帝曾御此楼。诗人所登的高楼应是该楼。手扶玉楯（栏杆）登高望远，顿生无限感慨，光阴荏苒，古往今来多少英雄人物，也如匆匆过客，抛下名利，魂归天外，真是一言难尽！

沿宋代顺流而下，我的聚焦点落在了元代藏梦解的《守官四铭》上了。

这位藏先生，晚年隐居在分水的瑞云山，也算半个分水人了。他认为，做官必须铭记和坚守四条原则：坚硬脊梁、坚缚肚皮、净洗眼睛、牢立脚跟。甚有新意。

请看第二"坚缚肚皮铭"：这肚皮，甘忍饥。众肥甘，我糠糜。将军腹，宽十围。贪以败，脂流脐。平生事，百瓮荠。咬菜根，事可为。

从肚皮的本性来说，饥也可，饱也可，美食也可，糠菜也能，但是，给肚皮喂什么食，就会有什么样的不同结果，如果粗菜淡饭，咬得菜根，那么就能身体健康，做对百姓有益的事；如果甘食美味，肚皮必定娇贵，胆固醇、啤酒肚，身体反而多病，百姓的钱，国家的税，都让你白白地浪费了。嘿，这简直就是纪委书记对官员的谆谆教导啊！

到了明清，能够找得到记载的诗文，多是一些在分水做过县官之人留下的。他们在工作之余，走山访水，吟咏着分水的美景。文学成就虽然不高，却是一位官员对任地的留恋，从另一个侧面表明他们也曾深入基层，也是一种真实的历史反映。

无论诗与文，有1300多年的分水县，都永远成为了历史。

王顺庆先生，这些年一直在痴迷地打捞分水的历史文化。从《分水访碑录》到《分阳诗稿选赏》，寻断碑，拓残片，检古籍，搞注释，访名家，走东颠西，沙里披金，殚精竭虑，对保护分水传统文化，实在是功德无量。

分水的悠久历史不应该被湮没或断层，而应该以一种新的方式融合或继承，因为它是杭州、浙江乃至中华传统文化宝库中之有机组成。

是为序。

（本文为王顺庆著《分阳诗稿选赏》序，浙江大学出版社2013年版）

山居的本质

　　800 多年前，元蒙时代，政治生态一片灰霾，山水环境却仍然生机盎然。不能做官，那就奔向大自然的怀抱吧。

　　陆坚先生，不，黄公望先生，在官场上也是极度不适应。官做不成了，那就不做呗，我就做"大痴"！大自然多美好啊，山青，水绿，洁静，少尘，澄澈的心灵，安适的身体，无人事纷争。严子陵的富春山就在眼前，我在心中仰慕已久，何不追随他的脚步呢?

　　说走就走，黄公望来了一场极为丰富的精神思想之旅。这次旅行伴随着他的一生。

　　去富春山有两条路可走，一条水路，沿钱塘江直上，穿富阳，过桐庐，直抵严陵滩。一条陆路，从杭州出发，穿富阳，过新登，到桐庐阆苑，再到日县，翻过娘岭坞，就可以望见富春山了。

黄公望有的是好脚力，沿途还可以察民风，看山景，积累创作素材。于是，我们就看见，在元朝的天空下，风和日丽，一个道士打扮的老者，背着个大包，包里都是些画具纸张，正行走在浙西古驿道上，一路行，一路观，一路画，怡然自得。不时有旅人碰到，点头招呼，田头话聊，酒一壶，饼一个，双手一拱，往西走，再往富春山去！

《富春大岭图》《富春山图》，日后就成了黄公望的另一个固定符号。

乾隆皇帝虽然爱好文学，单诗就写了四万多首，但没有一首成为经典。到处题字，却有很多错别字，不是多了一笔，就是少了一点。当然，他更喜欢画，《富春山图》自然是他的最爱，可他却不辨真假，还自作聪明，硬是弄成了《富春山居图》。多加了一个字不要紧，却给后人识别带来了麻烦，黄公望这幅画到底画的哪里啊？《富春山图》，一点歧义也没有，浙江只有一座富春山，就是严子陵隐居的钓台，那一带都叫富春山。《富春山居图》，那就有歧义了，是富春山的居住图呢？还是富春江一带的山居图？富春江可是很长啊，自富阳至桐庐，一百许里，风光都是独绝的！

黄公望更不会想到，他暮年的《富春山图》，会在若干年后成为稀世之宝。而且，《剩山图》和《无用师卷》，已经成为两岸求合的一座重要的文化桥梁，一个重要的文化符号。

黄公望没有料想到，应该是正常的，就如那梵·高，生前穷困潦倒，死后画作价值连城一样。这样的画作，因为无欲无求，才会如此用心，富春江水喂养着富春山的奇美，他将灵秀的山水和自己归隐的真情实感有机融合，并自然表露。画就是他的生命，他将生命的碎片裁变成画中的五彩云峰，流芳后世。

我们无法精确还原黄公望与桐庐、富春山、富春江之间的关系，但是，富春的山水和历史人文对他的影响，一定是这幅巨著诞生的必要充分条件。

我非常赞同作者吴宏伟对黄公望选择富春山隐居的三个原因：

1. 富春佳山水的吸引。富春山水，天下独绝。吴均的描述仿佛是为富春山水下的一个科学定义，这个科学公式，经过数千年的演绎证明，依然十分准确。而钟情并搜寻奇山异水就是公望先生的不懈追求，哪里的好风光能跑得掉呢？非桐庐莫属！

2. 严子陵隐逸高风的招隐。严光不慕名利，宁愿和山水为伴，世间荣华富贵几如浮云，只在富春江钓钓鱼，笑看富春山中白云苍狗，这种神仙日子和隐逸的情怀，成了数千年来诸多文人骚客的精神标杆。而仕途失意的黄公望，想得道成仙的黄公望，自然将严光当成了学习的榜样！

3. 朋友圈子的影响。任何人都有朋友圈子，而圈子的影响是巨大的，有时甚至会左右人生的走向。黄公望作为元代著名的画家，他的朋友自然也非常著名：赵孟頫、倪瓒、王蒙、杨维桢等，这些人都非常喜欢富春山水，也到过桐庐，有的甚至还隐居过，有口皆碑，加上切磋交流，黄公望对富春山水神往已久。

不要说黄公望了，这样的佳山佳水，谁人不喜欢？

于是，吴宏伟以翔实的资料和确凿的证据，探讨了黄公望《富春大岭图》《富春山居图》画的就是桐庐，考据主题鲜明，线索和脉络非常清晰，画证，诗证，志证，言之凿凿！

不过，吴宏伟的考据一定会引起一些争议，黄公望所画的《富春山居图》是在桐庐这一段，确定吗？即便不是这样，也没有关系，黄公所画的一定是富春山水，至于真是上游的桐庐还是下游的富阳，已经不是非常重要。我觉得，吴宏伟的研究是一个良好的开端，通过争论，达成共识。我们做这样的研究，心胸应该开阔，抛弃狭隘的地域观念，还历史的本源，重要的是我们今天如何正确认识黄公望及《富春山居图》的真正价值，这个价值就是，保护和治理好富春山水，比什么都重要。人与自然和谐相处，才可以真正归隐，这是《富春山居图》的内涵，应该也是富春山居的本质。

黄公的眼光是准确的。无论是当时还是现在，他所望的富春山水，没有让人失望。

因为，今天的桐庐已经在向"中国画城"努力了，而且迈出了坚实的步伐。

像画一样的城市，像《富春山居图》一样的城市，美丽的山水，洁净的空气，和谐的人居，人民幸福而安详，生活宁静而安康。

挺立在富春山上，黄公那深邃的目光，远望，直抵海峡的对岸！

（本文为胡宏伟著《公望富春》序，西泠印社 2014 年版）

与申屠书

时荣先生好：

转来大作《闲赋杂记》，拉杂看完，感触良多。先生 20 世纪 60 年代就开始写作，而晚辈我才出生，万万没有资格作什么序，只以此信说些感受。

书中不仅能看到您的退休生活之乐，更能体味您对老师的惦念。其中，潘寿恺先生，三篇文章写到，足见您之尊师。我同样对寿恺先生印象深刻，那是《桐庐报》初创时期，他协助我做校对。二十年前，《桐庐报》出复刊号。稿子编完后，我和潘老师到杭州国货路 4 号的老《杭州日报》做电脑照排和编校，人手少，经验缺。对于线条、字体、版式，统统陌生。当时，我们住在报社附近的青年会，常弄到深夜，一个七十多岁的老人，很慈祥，很健康，架着老花镜和我一起捉错，让我的内心很充实。那时，潘老师还管理着宣传部的图书室，每有新书来了，他都会和我招呼一声，春祥，有新书到了。他知道我爱读书。现在，我还会常常想起和潘老师相处的时光。所以，看到时荣先生对潘老师如此挂念，我的体会也和您一样了。他确实是一位值得尊敬的老师，祝他老人家健康长寿！

您书中大量写到的桐庐景、桐庐事，也一下子牵引了我的思绪。富春江、舞象山、东门头、桐君山、严子陵常回梦里，即便是您的家乡深澳，古镇上那些写满岁月和沧桑的老房子，我也参观过多次。桐庐深厚的人文积淀常常让我自豪。它处处体现在您的笔下："儿时的老街从下到上有店有摊，不下四五十家，锦货店、南货店像模像样，肉店、豆腐店不计其数，印象最深的是药店，从上到下一共有五家，存心堂、新广和、祥和源、自新等。就是一个个摊铺也可圈可点，荣富浆儿、双林油条、水仙馄饨、前湖老太婆油勺果，换了今天，这些点心都可以算得上品牌产品。更让人感到亲切的是坐在街沿石板上的老人，他们谈古论今、说天道地，冬去春来，一年四季。"这不是文化是什么？虽然她已成美好的记忆，但幸好您生动地记录下来了。

看着您的文章，我又想起您和胞兄丹荣先生合编的《富春江文集》，我认为是一件非常有意义的事情。我有时甚至在想，在桐庐的中小学里，应该有一门关于"桐庐诗文"的课程，历朝历代，多少人在桐庐留下了数不胜数的美文和墨迹，这是一笔巨大的文化财富，而您和丹荣先生就做了很好的基础工作。20 世纪 90 年代，我和程春明、董利荣兄曾经有想法，就是编一本富春江诗文的赏析集，搞清楚这些桐庐诗文的来龙去脉，分析出诗文中的亮点，让孩子们在欣赏中自觉地爱家乡，可这并不是件很容易的事情，虽然都已经动手写了样稿，但因为大家诸事繁忙，加上功力的欠缺，没能做成此事。

　　然而，桐庐并不缺像您这样对桐庐文化有深厚感情的人。今年 5 月的一天，我应著名作家王干之邀到他的家乡江苏兴化采风，当地一位作家送我本散文集《捕钓随笔》，我翻了下，全是写水乡兴化乡村野趣的各式捕钓文章。我随后和这位作家说，我的家乡富春江，也有一位作者写关于富春江船民的生活，已经写了几十篇了，我清楚地记得以前和他说过，你不要断掉，继续写，以后出一本《富春江船民》的书，一定很有价值，这位作者叫许马尔，不知他还在不在写。另外，像李锡元、张能竞、董利荣、王顺庆、周保尔、王樟松、胡泉森、黄水晶诸先生（一下想不起更多，请谅解），都从不同的角度对桐庐文化进行了深度的挖掘和诠释，有的已卓有成效。现在，时荣先生的这本书，又全方位地以自己的视野观察桐庐，有些甚至是烛察，晚辈我眼界大开，地名人物风俗掌故，富春诗文精彩解析，娓娓道来，考据翔实，功力深厚。

　　读先生的书，不难体会到您态度的从容和生活的淡定。闲既可以偷，更可以用来赋。我以为，所谓赋闲，并不是无所事事，而是将有限的生命融入无限的兴趣和爱好中。快乐是一天，不快乐也是一天，高兴的时候要笑，不高兴了，过会儿再笑，这大概就是一种生活态度。您游桐庐的山，您玩桐庐的水，您的旧友，您的同事，家庭伦乐，一切的一切，在您的笔下，都显得很慢，慢条斯理，淡定而充实，这在当今这个焦虑、郁闷、忙碌的时代更为难得，它需要良好的心境，我知道，这良好的心境来自于您的文化积累和对故乡的热爱以及对人事的深悟。

孔子对子贡说，为什么我们不能休息？是因为找不到一块可以休息的地方。这话虽然有些悲观，但我真的很能理解孔夫子为什么会这么感叹。说天地会坏，那是考虑得太远，说天地不会坏，那也是不符合实际的。按说，天地会不会坏这样的问题，不是我要考虑的，可是，不管你考虑不考虑，它都确实是一个问题。然而，这样考虑的人实在太少了，我不想说麻将扑克式的休闲方式不好，我和先生您一样，只是认为工作之余多读些书，写些东西，能充实自己更好。

您是记录者，您也是思想者。

前些时候，我在浙江图书馆文澜讲座做了个关于读书的讲演，结尾时，我用了"功不唐捐"这个词和大家一起勉励。功是指功夫；唐是徒然、空的意思；捐，舍弃。这是一个出自《法华经》的佛家语，意思是说，世界上所有的功德与努力，都不会白白付出的，必然有回报。简单说来就是：功夫不会白费。时荣先生可以聊以自慰的是，当您不为名不为利，而写下这些心情文字的时候，您也是"功不唐捐"了。

无论年长年少，只要努力和坚持，一定会"功不唐捐"

的。我保证！

拉拉杂杂，可惜了您书中的页面了！

祝继续赋闲！

2011 年 8 月 28 日夜

杭州问为斋

（本文为申屠时荣著《闲赋杂记》序，西泠印社 2011 年版）

紫霄观上一片云

　　紫霄观上一片云，他们踏着祥云快乐而聚。

　　云们化作勤奋的名字，在紫霄观里努力修炼。

　　看着《紫霄文苑》集中大部分熟悉的名字，我一章一节细读。

　　这些曾经的桐中学子，无论在哪个岗位，对文字都有着近乎执着和偏狂。

　　我在桐庐报做编辑的时候，打交道最多的是毕愚溪、乔关生、黄水晶等先生，他们常来送稿谈稿，我从他们那里学到了很多。

　　毕老的文字充满着研究的功底，桐庐旅游的许多重点研究性文章都出自他的笔下。本书中他的回忆性文章，提供了很多有用的史料，流亡学生的生涯，记忆中带着对后辈的真诚希望。其中"跑警报"的描写，那种艰难，不亚于最近在热映的电影《1942》，它是一种民族的记忆，但愿我们能铭记那些痛苦的细节。

乔关生是个快枪手，信息灵通人士，我对他的印象是，走路风风火火，写文章速度快，为人热情，为桐庐报写过不少好稿子。

黄水晶，标准的文艺中年，细嗓子略带江南腔调，他对乡土文学的关注和研究也给了我不少启发。有次我们闲谈，聊到了很旧的一则素材，一位收箬叶的生意人，因为抗日战火，收购的数万价值的箬叶毁于战火，然而，这位生意人很诚信，在以后的日子里，不仅一点点还债，临死前还交代儿子，继续还债，直到还清，其实，他完全有理由把责任推给战乱战火，那也是天灾。水晶说这个故事的时候，我就认为很有价值，随后就派记者专题采访生意人的后代，后来这个稿子，还在《杭州日报》下午版上刊登。现在想来，仍然有点可惜，这种反映桐庐人诚信的故事，应该可以做得更大，至少比那些胡编乱造的影视剧有价值。这次又读到了他的《姚夔赈灾》，叙事中夹着合理的想象，依旧显现他扎实的文学素养。

李相荣、潘素贞、张能竞，还有已经去世的韦宜生老师，都是我做老师时的学习对象。毕浦地僻，我做了七年的高中语文教师，从大学毕业走上讲台，只能靠自己的摸索，除了向本校的教师学习外，我自然会将目光瞄向桐庐的最高学府，默默关注那些在语文教学领域有建树的德高望重的教师，他们的为人，他们的教学方法，都给我启发，可惜的是，我的分配不能选择，我没有机会面对面接受他们的教育，至今想来仍然遗憾。潘素贞老师，我的印象是文静和善而气质高雅，我在读她的回忆文章时，忽然有一种亲近感，尽管她是我的妈妈辈，但她的经历，让我颇有感触，个人的努力，对事业的执着和坚持，不抱怨，对生活充满乐观和热爱，这大概是所有成功者的共同品性，我觉得她就是一个代表，那个时代的老师，他（她）们身上那种诲人不倦的优秀品质，对今天的年轻教师来说真是宝贵异常。

桐中的学生自然关注着桐庐，他们在繁重的工作之余，仍然钟情桐庐的山山水水，搜寻挖掘那些千百年来桐庐人文典迹的印记。

申屠时荣，这位先生很勤奋，去年我曾为他的大作《闲赋杂记》写过一个序，我的感觉是，这位年轻的老先生还有很大的潜力可挖，期待他的新作。

方放老师，憨厚中显现着睿智。《三奇石和它的传说》，是我目前读到的最翔实和生动的关于三奇石的描述了，他让我们在袁山的美丽山水中快乐跋涉，任意畅游。

董利荣兄和谢大学兄，我的同辈，在本书中，都有专题文字研究方干，他们科班出身，知识渊博，功力深厚，旁征博引，叙述简而有章，对家乡的热爱，对诗人的热爱，都溢于言表。

朱维桢老师，一位乐观的大哥，多才多艺，以前吴文昶老师编桐君山副刊，他常来坐，他的大嗓门及机智幽默，常给编辑部带来欢乐的笑声。我还从韦普根老师的文章中，读到了故事大王最后弥留的细节，令人唏嘘。

胡泉森老师，对地方志很有研究又很认真的先生。讲话慢条斯理，却常常语出惊人，语出惊人是因为他的专注和对桐庐历史的条分缕析而显得独特，他的《鲥鱼时已过，齿颊有余香》，详尽的描述中，透着深深的遗憾，但无论怎么说，鲥鱼都是桐庐饮食文化史上的一个著名的文化符号。还有《辛亥前贤汤寿潜》，考据翔实，推演有度。

在这里，我还要简单推荐三位从未谋面但印象深刻的作者。

一位是鲍为琦先生。他的文字非常优美，《住帐篷的日子》，带给我们别样的体验，大漠风情，戈壁的胸怀，在帐篷中成长，在大漠中成熟，亘古荒原的西北古陆，让人感到一种情怀。

一位是黄良起先生。他的施肩吾研究，非常有价值。我曾经在杭州日报上写过一篇《状元的世界》，我深知富阳和桐庐都在争名人施肩吾。个人认为，桐庐的重视程度和研究开发都要落后于富阳，黄先生对分水地方文化的探究，应该引起有关部门的重视。

一位是李庆钢先生。李先生是桐庐报副刊的老作者，他的家乡情结浓郁，给桐君山副刊写过不少的好文章，有的文章就是经我手编辑的。这次又看到了他的新作，文字依旧成熟老辣。

按照规矩，最重要还是要放到最后说，那就是桐中校友里的文学大腕——施莉萌。施大腕的作品很多，涉及的领域很广，尤以戏曲见长。还在 20 世纪 90 年代，她就出版了专门的戏剧集，她的作品，获奖无数，她的才能，全全方位，不是一般的全方位，唱念做打，天文地理，全能，我就不评论了，不是篇幅不够，是怕评得不到位，挨骂，大家自己看吧，看她的好戏好文！

宋卫庆、陶元、郑磊等新秀，我们下次再聊！

紫霄观上的一片云。云们已经五彩缤纷，踩着轻扬的脚步，飞翔远方，色彩斑斓。

云聚云散，永远的紫霄观。

权作序。

（本文为《紫霄文苑》序，桐庐中学编著）

一地碎银

　　十年间，春江南北留下了小华的一串串脚印，屐痕留处，带着小华对这片土地深深的眷恋。

　　小华写的新闻作品肯定在千篇以上，这里出版的只是一个缩影。

　　小华的许多作品我都耳熟能详，因为有好些是我策划过或修改过的。

　　感受最深的是一组连续报道。对于突然出现的新闻事件，小华总是非常兴奋并投以最大的热情。书的开篇，芦茨救火青年王红卫这个典型的挖掘就和小华的报道分不开。好像是一个冬季的夜里，小华突然打电话告诉我说，芦茨有个青年，前几天在富春江镇金家村的山林扑火中被烧伤后医治无效不幸遇难，我随即和他分析事件并要他第二天立即采访。因为当时的《桐庐报》只是周报，处理突发性新闻也没有什么经验，加上出版时间要求，只能做个一般的表扬式稿子在一版发了。但就是这样一个小稿子，报纸出来后却引起极大的反响，和报社一墙之隔的团县委马上抓住这一典型。周六，小华随即赶到王红卫的家乡芦茨深入挖掘英雄成长的背景，王红卫的家距乡政府有四十几里地，小华都是走着去的，回来从来没有怨言，紧接着推出的长篇通讯《血洒富春大地》，再一次在全县引起强烈反响。这个连续报道的结果是：桐庐县委县政府做出决定，号召全县人民向英雄学习。

这样的新闻在小华的新闻生涯中是蛮多的，此后的宋菊花讨说法同样完满：不仅为宋菊花讨回说法，也使得这一个弱势群体的利益得到了某些保障，至少有些人是不敢漠视了。

还有，"抓小偷，邻居袖手旁观"一组报道也让我记忆犹新。当时也就只是个一般的社会新闻，但是小华穷追不舍，不仅找居委会，也采访派出所，更从素质这个比较高的角度去分析揭示存在问题的本质，后来县委宣传部和县文明办就这个事件召开了各方的座谈会，反响颇强烈。

从一则随手可以丢弃的社会新闻，到一场颇有声势的大讨论，甚至推动社会某些方面的进步，我想，作为新闻的主要处理人，小华是成功的。

这个成功归功于两方面，一是他的正义感，如果怕多事，有许多批评稿子他就不会去做，因为做了不仅没有好处，还会引来恐吓；二是基于他的新闻敏感，作为曾经做过他领导的我，对他的一点一滴真是太熟悉了。他的文化底子并不厚，但他却有一股子钻劲拼劲，哪怕是一块很小的豆腐干，他都会乐此不疲，当时宣传部分管报纸的领导朱芝云正是看中他这一点，而小华也正是凭着对新闻的极大热情，才使他的新闻敏感逐渐得到培养，可以这么说，在桐庐报社里，小华每年在上级报刊的发稿数总是第一，这是新闻敏感的最好证明。

他极善于梳理线索，眼观六路，耳听八方，一旦发现便紧拽不放。《毛主席赠给我一杆枪》就是这样的稿子。当时小华是从人武部同志的口中得知这条过时消息的，他问我可不可以救起来，我也非常感兴趣，研究了一下，很巧的是刚好相距四十年时间，就和他一起到了徐虎林所在的窄溪镇前村采访。我们到徐家时，徐虎林说起那杆枪，仍然一脸的激动，而他的家人则补充了许多生动的细节。后来稿子还在当时的《杭州日报》下午版头版显著位置刊出，老徐一下子又成了"名人"。

十年从事新闻的过程，也是小华逐渐成熟的过程。如前所述，一是写稿的不断成熟，二是思想的不断成熟。他有苦恼时，常常向我诉说，说人事的沧桑，说社会的复杂，而我则经常用"窗户脏"的故事和他一起共勉。

这个故事说，有个太太多年来不断指责对面的太太很懒惰：那个人的衣服，永远洗不干净，看，她晾在院子里的衣服总是有斑点，我真的不知道，她怎么连洗衣服都洗成这个样子。直到有一天，有个明察秋毫的朋友到她家玩，才发现不是对面的太太衣服洗不干净。细心的朋友拿了一块抹布，把这个太太窗户上的灰渍抹掉，说：看，这不就干净了吗？原来，是她自己家的窗户脏了。这个世界上，指责别人总是件简单又快乐的事，却不想许多的指责都是无端而起；而作为被指责的太太仍然很安静地生活着，没来由的指责我不睬，我自安之若素。

我再一次把这个故事说给大家（准确地说是读小华新闻作品的读者）听的用意是，小华书的文字难免有些粗糙，有些人可能会对小华的书讥之哂之，但不管多难听的话都不要紧，对于小华来说，粗糙中显现着淳朴，粗糙中透彻着执着，只要有对新闻的一腔热情，只要宽心待人，只要自己思想的窗户干净，足够了。

新闻是昨天的历史，小华的新闻作品是桐庐昨天的历史，虽然折射的历史是零星的，但读者仍然可以被那些曾经让我们感动过的人感动，悲伤过的事悲伤。

十年春江事，一地碎金银。谦虚点，去掉"金"字，这"银"，极碎，仍然有不菲的价值。

权作序。

2004 年 4 月 26 日于杭州

（本文为何小华著《春江追潮》序，人民日报出版社 2004 年版）

记住桐庐那烟花一样灿烂的笑脸

　　2009 年的世界新闻摄影奖（荷赛）一公布，整个中国摄影界都把目光瞄向了杭州：因为全中国六位获奖者中杭州有两位，陈庆港和傅拥军，他们都是我的同事，我和我所有的同事一样都很自豪，这不仅是杭州日报的荣誉，也是杭州的浙江的中国的荣誉。从此，陈庆港的《救援队伍运送地震幸存者》、傅拥军《西湖边的一棵树》都将载入史册。

　　小华是深知摄影有如此大的影响力的。我在想，记者有的时候就应该把自己想象成电视纪录片的制作人。小华的镜头全景向着他热爱着的那片土地，常常利用节假日，常常跑东颠西，桐庐那烟花一样灿烂的笑脸于是就定格在他的每一幅精致的图片中，不需要任何文字，通过镜头所展示的一切已表达了许多。江南时节的浓郁乡味，富春江上的孤舟蓑笠翁，畲乡红醉人的香甜，——桐庐的地理，桐庐的人文，富春处处是新诗，风光不与四时同。

若干年前，我买过一套多卷本的《黑镜头》，这是世界名摄影的选集。这些照片大都有一个新的角度，也就是它基本不用我们常规的视线去看事物，或者突出局部，或者抓住事件发展过程中最经典的、最具代表性的瞬间。我们都不会忘掉那幅经典的照片：一个瘦小、干瘪的女孩惊悚无助地站立非洲的荒原上，在她的身后，是一只虎视眈眈的秃鹫。这些经典图片不仅仅传达的是新闻信息，同时也饱含着浓烈的感情色彩，使我们被扼住咽喉，难以呼吸。大部分人也许永远无法拍出这样的传世佳作，但是我们有理由要求自己在日常的摄影中强调情感的力量，强调一种责任。正是有了这种责任，小华才有一种动力，这种动力促使他以一种使命感积极辗转在桐庐的大地上，尽管有些图片表达的现象是负面的，但那种责任心依然可鉴。《桐庐目录》中，那长长的目录，那散见全国各地报刊中的一张张、一篇篇，都是他多年的心血，他深深责任感的体现。

我不太懂摄影，但知道优秀的作品从来都是痛苦的产物，想必小华为书已经付出了巨大的努力。我脑子里判断一张图片的标准和文章其实差不多：看一眼就能够看清楚，看一眼就能记住，看一眼就想仔细看下去。如果这些条件都具备了，那一定是一张好图片，一篇好文章，一本好图书。小华的《影像桐庐》，一定有不尽如人意的地方，但我认为，有一份浓浓的情感，有一份强烈的责任，这就足够了。

记住桐庐那烟花一样灿烂的笑脸，愿桐庐的笑脸像烟花一样灿烂。

2009 年 4 月 25 日

杭州问为斋

（本文为何小华著《影像桐庐》序，光明日报出版社 2009年版）

活泼泼的文字

　　周作人先生好像和我说过，儿童绝不是未成熟未长大的大人，正如女人不是男人一样。他们各自占有着独自的世界，这个世界你也可能理解，你也可能不理解。

　　少年儿童陈嘉禾，可能有许多人不理解她，然而，在读了她的日记《金矿地》，和她做了一场内心的对话后，我想，我有些理解了。

　　各位读者，下面，由我来给大家讲评一下陈嘉禾的《金矿地》。

　　这座金矿留给我两个明显的印象。

　　冷冷的幽默。这似乎和她小小的年纪不太相符，然而，书中随时都会冷不丁冒出来，有时一句，有时一段。

妈妈，你不是让我学英语吗？那就有了《会说中国话的外国老师》，这个外国老师太把我们中国小孩当小菜了，还教我们学数字，不料我们全知道，他没办法了，就说"休息十分钟"，于是他把"十分钟"说成了"四分钟"，休息的时候，我们小孩七嘴八舌，外国老师在边上听得像猴子一样抓着头，原来他听不懂我们在讲什么，于是他也用中国话跟我们说，结果，我们同学也听不懂他在讲什么。于是，我们玩了长长的"四分钟"。

这样的细节，生活中，学习中，对嘉禾来说，要多少有多少，生活本来就是由很多细节组成的嘛，这么多的细节中，一定有幽默的因子存在，只要你平时注意观察，事事留心，幽默就被你发现了。比如他们家经常要举行《颁钱典礼》，就是说，她的劳动是有所得的，一篇日记赚一元，一首诗获十元，一幅画可以捞五元，她于是常可以得到一些自己的劳动所得。她爸爸简直就是个"钱迷"，一幅画要收取拍摄费一元，一首诗也会扣掉一元的打印费。比如他们家吃个西瓜，也搞个比赛，圣诞节，要搞个《抽奖活动》。角角落落里，幽默现存，拈来就是。

嘉禾的幽默还来自于她和大人们的斗智和博弈。在她看来，大人们的世界很奇怪，有许多看来一本正经的东西其实都可以剥开来看看的，不看不知道，一看吓一跳，原来，这么有趣，《一分钟＝3分钟》，一定让外婆哭笑不得。她会在心里咒骂可恶的医生。她的机智往往会把大人们一下子顶到墙角。

太多了，说不完，在嘉禾看来，什么都觉得好玩。这个世界就是个魔方，随便转一下，就有一个新境地。

求异的思维。在她的生活和学习中，大人们要当心了，她已经不可能完全和你们合拍了。可以说，有许多的日记都是她反向思维的结果，她已经充分尝到了这个甜头。由七巧板，她写出了《八巧板》，八巧板真的会有吗？我想应该有的，有一段时间，我一直在思考一个和她同样的问题：三角形可不可以有四条边？还有，有长方形正方形，有没有万边形，就是一万条边的图形？一定有的，但这个万边形一定不是圆形。很无聊的时候，她会想出《用左手写字》，其实，左手写字不是无聊，完全是创新，不信可以继续坚持！我右手写不过你，左手你敢和我比试一下吗？

我印象最深的是《造字》，这个小姑娘居然造了十个字，想弄出一个自己的话语系统，好让大人们读不懂她。真是巧得很，这样的人历史上还真找得出来呢。晚唐，有个自称无能子的隐士写了本叫作《无能子》的哲学著作，里面有个狂人，很是有趣：樊氏之族有美男子，年三十，或披发疾走，或终日端居不言。言则以羊为马，以山为水。凡名一物，多失其常名。其家及乡人狂之，而不之罪焉。从外形上讲，这个狂人还是有点特色的，长发披肩，也不太与人交流，但这并不是主要的，重要的是，他的表达方式，把羊叫为马，把山叫为水，把地叫为天，把天叫为地。哎，你还别说，他还是挺有创意的，虽然别人异之，但他自己却有十足的理由：那些风云雨露、烟雾霜雪、山岳江海、草木鸟兽、华夏夷狄、帝王公侯、士农工商、是非善恶、邪正荣辱，皆强名之也，人久习之，不见其强名之初，故沿之而不敢移焉。他们能强名，我为什么不能强名呢？想想也是这个理啊，就许你们叫得，我就不能叫？我偏要这样叫。现在大家都叫我陈嘉禾，如果当初叫我陈禾嘉，我现在不就是陈禾嘉了吗？文字就是个表意符号而已嘛。

不一样的思维，使得嘉禾的文字变得有些思想了。周作人前面已经说了，儿童们应该有自己独特的思想。当我读到《"唉"的世界》时，大吃一惊，这是小学二年级孩子写的吗？看日期，确实是，"2009 年 10 月 19 日，星期一，晴"，在我看来，这是一篇很好的杂文，绝对可以发表，而且，表达方式也极其自然，基本没有技术痕迹。特别是她在结尾时对"唉"的原因归纳：房间太乱，吃饭太慢，作业太烦，菜都太咸，饭又太淡……你能说这仅仅是一个孩子的观察吗？前段时间我的《新子不语》出版，书的腰封上就写着一句子路对孔子的抱怨：焦虑郁闷忙碌时代，还是觉得幼儿园比较好混。现在看来，连幼儿园也不太好混了，小学二年级，一个九岁的小毛孩，就有那么多真实的"唉"，这个社会怎么了？

这座金矿正在努力地生长着，她已经有了良好的地质构成，她家庭的氛围，她对学习的自信，她内心的坚定，她的勤勉，她的坚持，都在帮助这座金矿快乐地成长。

活泼泼的文字差点迷住了我的魂，它就如同天山雪峰冰山上流下来的纯净雪水，纯天然，不做作，自由流淌。

读者朋友们，讲评到此结束。现在我布置个作业，请大家课后认真阅读一下陈嘉禾同学的《金矿地》，披沙绝对可以拣金。OK，下课！

（本文为陈嘉禾著《金矿地》序，杭州出版社 2011 年版）

"老中医"

有人也这么叫我"老中医",可是还
没有人用这个标题写过我,现在我把这个
光荣的称号送给同写杂文的陈水良先生。
我不知水良懂不懂中医,但他的杂文集
《长舌夫》里的文字却是在为当今的社会
把脉开方。

因平时喜欢写点议论文字,1992 年我
办《桐庐报》的时候,就在一版开了《春
江论苑》,在三版桐君山文艺副刊开了个
《随便聊聊》,两个言论栏目都是针砭时
弊,只是篇幅和笔法不太相同。我的许多
文章当初也发在那两个栏目上。栏目上的
文章当然不能几个人写,于是我们就在力
所能及的范围内广泛约稿和征稿,水良就

是这个时候认识的。

因此，《长舌夫》里的许多文字我都很熟悉，如果我没记错的话，有好几篇还是经过我的手编辑出去的。比如开篇的《"集体错误"也要挨板子》，印象非常深刻，因为见解不一般，第二年我们在送全省县市报工委好新闻竞赛的作品中，把仅有的几个名额让出来，这篇稿子也不负众望，夺得了为数不多的言论一等奖。

胡适先生很早以前就说过，研究社会问题可以用治病的方法来形容：第一，要知道病在什么地方；第二，要知道病是怎样起的，它的原因在哪里；第三，已经知道病在哪里，就得开方给他，还要知道某种药材的性质，能治什么病；第四，怎样用药，若是那病人身体太弱，就要想个用药的方法，是打针呢，还是下补药呢？若是下药，是饭前呢，还是饭后呢？是每天一次呢还是两次呢？胡先生讲得很有道理，现在我们许多人也都知道医生治病短不了这几步。其实，诊治各种社会问题也就是这么几步，望闻问切，在《长舌夫》里，《掼"派头"》《说眼色》《说"亲自"》《说说"副手的担子"》《根须的品格》等都以独到的见解在诊治我们的社会，入情入理。

既然是"老中医"了，水良对这个社会的诸多人和事也是了如指掌，敏感得很，看得很准。集子里最早的文章发自于 20 世纪 80 年代初，而那个时候正是百废待兴之时，事情多，问题也多，这在每一个社会都非常正常，关键是我们应该以怎样的心态去看待，是牢骚满腹，还是苦口良药，这有一个个人素养和责任感的问题。在水良的文章里，谆谆式的文质彬彬的情理并重的说理处处可见，这不仅显现了他的责任，也足够体味他人生历练之成熟。应该说，写杂文的人一般都有一些正义感，往高处说是文章的品格，人的品格，因为不管怎样说你总是在挑刺，在某些领导干部眼里杂文是玫瑰，是不太受欢迎的，而没有一点品质，那是弄不得杂文的。

2006年9月16日，第21届全国杂文联谊会在杭州召开。在这个会议上，我见到了许多心仪已久的全国杂文名家，但都已是华发斑斑，即使如此，论起国事民生，他们仍然慷慨，仍然激情，我很佩服，他们以实践证明了自己的杂文人生。是的，选择杂文，就是选择承担责任，承担一种为社会为民生鼓与呼的责任，尽管有时人微言轻，但还是要呼。

我曾经在我的第一个杂文集《用肚皮思考》的后记中说道："我希望我的文章能接受时间的检验，但同时更希望这些文章速朽。一篇杂文，若干年后仍有强烈的针对性，对作者而言是幸事，对社会则显然是一种悲哀。"现在看来，这段文字也适用于此。的确是这样，《长舌夫》的许多文章，虽然相隔数十年，但有许多的篇章并没有过时，世易时移，还很有锋芒。不过，倒过来看，思想必依环境而生，环境变迁了，思想也一定要变迁的。因此，幸还是不幸，也不能就此武断，一是要以宽容的心态，二是整个社会的转型期也不是几年的事。

浮躁的社会更需要思想，更需要读书，易中天红了，我并不眼红，但能够说明一点，那就是读书为文已经是奢侈的事了，其实，《品三国》不如亲自读三国。所以我很想鼓励水良（也是自勉），如果可能的话，这个"老中医"还是当下去吧，尽管会被少数人骂作"长舌夫"，但不要理他！

（本文为陈水良著《长舌夫》序，中国戏剧出版社 2006 年版）

利人就是一种善

　　400 多年前，袁了凡将积了几十年的人生经历告诫儿子说，"命由我作，福自己求"。如果用积极的态度解释就是，命运掌握在自己手中，命运也是可以改变的，但有前提，那就是积善累德。

　　了凡 15 岁的时候，算了一次命，命中说他几岁考童生，得第几名，几岁府考，得第几名，几岁补廪，几岁到哪做官，做什么官，命中没有儿子，几岁去世，一一都安排好了。他前二十年的经历，无不得到准确的验证，于是他懈怠了，反正命运就这样。直到有一天，他遇见了云谷禅师。云谷告诉他，命运是由我们自己造作的，与别人不相关，福报是要自己去求来的。

了凡如雷贯耳。

云谷要求了凡记"功过格"，将自己的行为分别善恶，逐日记录，以考查功过，善言善行记"功格"，恶言恶行记"过格"。

"功"有准百功、准五十功、准三十功、准十功、准五功、准三功、准一功。其中"准一功"的具体内容是：赞一人善，掩一人恶，劝息一人争，见杀不食，闻杀不食，为己杀不食，阻人一非为事，葬一自死禽类，济一人饥，留无归人一宿，救一人寒，救一细微湿化之属命，作功课荐沉魂，放一生，散钱粟衣帛济人，施药一服，饶人债负，施行劝济人文书，还人遗物，诵经一卷，不义之财不取，礼忏百拜，代完纳债负，诵佛号千声，让地让产，讲演善法谕及十人，劝人出财做种种功德，兴事利及十人，拾得遗字一千，饭一僧，护持众僧一人，不拒乞人，接济人畜一时疲顿，见人有忧善为解慰，不负托财物，建仓平，修造路桥，疏河掘井，修置三宝寺院，造三宝尊像及施香烛灯油等物，施茶、施棺等一切方便事。下俱以百钱为一功。

"过"有准百过、准五十过、准三十过、准十过、准五过、准三过、准一过，其中"准一过"为：没人一善，役人畜不怜疲顿，唆人一斗，不告人取人一针一草，见人忧惊不慰，心中暗举恶意害人，遗弃字纸，助人为非一事，暴弃五谷天物，见人盗细物不阻，负一约，醉犯一人，见一人饥寒不救济，诵经差漏一字句，僧人乞食不与，拒一乞人，食肉五辛诵经登三宝地，食一报人之畜等肉及杀一细微湿化属命，覆巢破卵，背众受利伤用他钱，负贷，负遗，负寄托财物，因公恃势乞巧索取人一切财物，废坏三宝尊像及殿宇器用等物，小出大入，贩卖屠刀渔网等物。下俱以百钱为一过。

"功"和"过"中，虽然有一些已经不合时宜，但绝大部分都还是箴言。

"功"就是善。赞一人善，多在背后说人好话；葬一自死禽类，这样做不是能有效地防止传染病吗？还人遗物，就是拾金不昧；修造路桥，疏河掘井，就是在为大众做益事。

"过"的反面也是善。暴弃五谷天物，就是浪费；不负约，是说要诚信；覆巢破卵，是要我们保护动物；因公恃势乞巧索取，乃告诫公务人员要因公守法。

无论"功""过"，其实都不是什么大事，有些还非常细小，但它们讲究日积月累，善是一种品德，善更是一种坚持。

因此，我们是不能随随便便把那些促人向上向善的东西当成糟粕的，什么能做，什么不能做，善的判断标准并不会随着时间的迁移而失效。

袁了凡求福的动机和他的实际行动，藏着一个简单明白的善的道理，只要利人就会利己，不仅如此，最好让利人成为我们日常的生活方式。

迁善，改过，积义，利人，就是一种善。

（本文为夏烈主编《生命的常数：善文化唯美绘本Ⅲ》序，浙江文艺出版社2014年版）

水的颂歌

2014 年 11 月 27 日下午，桐庐，富春江芦茨慢生活区。

初冬的暖阳，特别舒适，我们在芦茨新村的后街步行，点评着街道两旁有些年份的老屋，宽敞，整齐，不少住户的大门框，都是藏着年轮的青条石，门前还有两个精致的小青石门珰。有人在饮茶，有人在聊天，金黄的番薯干，白色的番薯粉，暗红色或粉白色的番薯丝，人和物，都在静静地享受着冬日的阳光。

走进芦茨旅游乡村俱乐部，它由人民公社时代的大礼堂改造而成。礼堂四周的墙壁上，挂着许多幅以桐庐为背景的山水名画。伫立在李可染的《家家都在画屏中》前，王樟松为大家解说：瞧，这幅画，就是李可染的代表作了，他画的都是当年芦茨村的实景，这是富春江水电站大坝蓄水前的景色，为了建电站，整个村就移出来了，刚刚我们走的后街那些房子，就是当年迁移过来的。

有人玩笑接话茬问：那就是说，刚刚我们人人都在画屏中了？

是的，我们一直在画屏中徜徉。

《家家都在画屏中》，不看画，仅读题，就能让人无限想象。这是怎样一个地方啊，如画的风景，一定是有山，有水，山要险峻有层次，水要碧绿有深度，山要有父亲样的怀抱，水也要有母亲般的温婉。

我想象着。一滴滴重墨，在宽阔的宣纸上渐渐地延伸，墨色滋润，意象袭来，浓的成了富春山岭上的树，成了芦茨民居黛色的瓦片，成了渔民江上行走的小舟，成了农户院子里大丛的花朵；淡的化为富春山上险峻的岩石，化为澄碧静流的富春江水，化为民居灰白色的粉墙，化为富春江上的撑竿渔夫。李可染曾说，画家画画用方法，农民画画用感情，他也是用他的心，在表达深入观察独立思考到的深厚和凝重，芦茨村和李可染，都被载入了中国山水画的史册。

看着李大师的《圆通寺》，一下子又让我回忆起20世纪90年代的工作经历。

我以前工作过的桐庐县委宣传部，所在地是一所千年古寺，寺叫圆通寺。当然，我们不在寺里上班，寺没了，路还在，我们的通信地址是：圆通路5号，这个邮编，就是桐庐的中南海。

然而，1370 年的历史不是说抹掉就抹掉的。清乾隆二十一年（1756）编撰的《桐庐县志》上有一则官司很有意思。圆通寺当家和尚很喜欢种树，寺院内外，田头路边种了上万棵。附近老百姓担心树长高后，会妨碍田地日照，影响庄稼生长，于是将老僧告了。县老爷接状问僧：您看，这个事情怎么办呢？看来县官不糊涂。老僧也不说话，埋头写了四句诗：本不栽松待茯苓，只图山色镇长青。老僧他日不将去，留与桐庐作画屏。

桐庐县政府后来南迁了，圆通寺 5 号又变成了千年古寺。我曾进去过一次，昔日的部委办局都变成了殿堂经所，香火暴旺，很有些感慨。

古树森森，我不知道圆通寺的哪些树是那位老僧种的，但桐庐人在老僧种的大树下乘凉是无疑的。

在李可染的眼里，江南名胜之一的圆通寺，也自然是另外一幅画屏，人文的，含有丰富的文化积淀。

李可染的两幅画，只是王樟松《画中桐庐》数百幅作品中比较显眼的符号之一。自唐宋以来，一直到现在，数百位画家，都钟情桐庐的山，畅享桐庐的水，留下了大量的美丽图卷。

让我们继续徜徉，徜徉在历代著名画家带给我们的水的世界里。

黄公望，《富春山居图》，太有名了，我已经在《山居的本质》里有详细阐述（详见吴宏伟《公望富春》序言），这里不述。

和水有着千丝万缕的关系，最有名的应该是严光了，许多画家都画了他的垂钓图。任伯年的《严子陵五月披裘图》，我超级喜欢，以前在桐庐的居室里，挂着好几幅任伯年的作品，当然是仿的，挂他的作品是因为喜欢他的风格。五月的富春江，还是寒气逼人，严公戴着尖形斗笠，披着厚裘，背着长竿，深目，长须，似乎是在回望一天的钓鱼成果。看着毛茸茸的，笨拙的严公，我想，这件皮大衣，一定是他自制的，以他的经济条件，没有薪酬，没有外快，又不愿意接受馈赠，仅靠钓鱼，又能有多少积余呢？后面跟着的孩童，应该不会是他的仆童，没有必要也雇不起，极有可能是芦茨村里找他玩的小牧童，这样一个闲居的文化散人，看透尘世，与人无争，值得村人喜爱。

《画中桐庐》，有相当多以严子陵为题材的，倪田的《子陵归隐》，黄山寿的《子陵归钓图》，齐白石的《严子陵钓鱼图》，汪棣的《子陵执竿》，太多了。画富春山，画富春江，还有什么比严子陵更恰当的主题呢？严子陵是中国古典文化中隐士的典型代表，严公就是富春江的精神魂魄。

当然，有这么好的一江富春水，钓鱼的肯定不止严子陵一个人。

范仲淹看到了，诗兴大发，桐庐人真有福呢：江上往来人，但爱鲈鱼美。君看一叶舟，出没风波里。我家陆地同学刚上幼儿园不久，我们恰好租住在富春江边的马家埠，我们住三楼，每天早上起床，拉开窗帘，窗外就是富春江，有时，江雾升腾、烟波浩渺，恰有渔舟出没，观此情此景，教他念，"江上往来人"，大白话好懂；"但爱鲈鱼美"，什么叫"鲈鱼"啊？就是那种生活在富春江里的，胖胖的，很好吃的鱼；什么叫"但爱"啊？就是只喜欢吃鲈鱼！那我也要吃！嗯，让妈妈去菜场买！"君看一叶舟，出没风波里"，什么叫"君"呢？我哈哈大笑，你就是君啊；什么叫一叶舟？你仔细看，那江上的小船，是不是像一片树叶一样细长呢？幼儿园的时候，陆地同学管小船都叫一叶小舟。

这样的场景，一定也被石涛体验到了，这位六百年来才华最高的画家之一，他的《赠钓者》，宽阔的江面，极细的小舟，打鱼人好像在寒风中奋力，江旁大树，枯树伸向天空，树下矮屋草房。鲜美其实来之不易，人们喜欢吃的鲈鱼，也是渔民用艰辛换来的。

将无形画（诗）变成有形画的，不仅仅是石涛。

顾鹤庆的《桐庐碧水山》，立体长卷，就似乎是遵着韦庄的名句"钱塘江尽到桐庐，水碧水青画不如"而来，他在画作上题："每忆桐庐之游，碧水环门，青峦入户。"是的，富春江那一江碧水，就是画家们的画眼和创作的动力。

沈周、唐伯虎、董其昌、华岩、黄宾虹、刘海粟、潘天寿、张大千、傅抱石、陆俨少、吴冠中、叶浅予。

在浩瀚的绘画史料中，王樟松披星戴月，晨凤勤理，寻章摘句，甚至煮字疗饥，考据和描绘，翔实而周备。

历代画家们，被桐庐的水彻底征服和陶醉，将富春碧水化为灵动的墨意，以全新笔法，挥毫泼洒，桐庐水于是变得婀娜妩媚，诗意浓郁，精神气概顿现。

《画中桐庐》，桐庐如画。

富春江水流淌千年，画家们又将唱起新的颂歌。

（本文为王樟松著《桐庐书画》序，西泠印社 2015 年版）

花朵的理想

花朵的理想，应该从种子说起。

不知从纪元的哪一天开始，一只飞鸟，衔着一粒她喜欢的种子，来到了富春大地。盘旋中，她发现，此地，有山有水，连绵黛青山，碧绿澄澈水，于是，在一块肥沃的三角洲，她停了下来，她要为那颗种子，寻找合适的地方。她用长喙掘土，敲开种子坚硬的外壳，小心翼翼地将种子衔出，轻轻安放，细羽抚泥，种下了她的理想，然后期待。

不知沉睡了多少年的种子，没有辜负飞鸟的期望，在插根扁担也能长笋的富春大地，欣然露头，茂盛成长，竞相奔放，婀娜多姿。这颗种子，成了花的祖宗。从此之后，富春大地，花团锦簇中，此花鲜艳异常，别具风情，让人赏心悦目。她，是富春大地的文学之花，给人以精神的振奋，心灵的纯洁。

这样的种子，也储存在桐君老人茅屋墙上挂着的葫芦中，因得富春江水的沃灌，千百年来，不断绽放出艳丽的花朵。

孟红娟，就是一颗，从桐君老人葫芦里突杀出来的种子。

这是一个外表柔弱、内心刚强的江南姣女子。

柔弱和刚强，都在她的文字里开放。

她很爱家，从里到外，每一个角落。她母亲，她外婆，她兄妹，一个个笑着向我们走来。她的露台，是她的另一个王国，果蔬四季，花草掩映，是她文学种子成长的土壤。书房里，连夕阳射进来的光线，她都想捉住。当然，她最喜欢的是，夕阳的光，落在左手边的一本唐诗上，静静体味一千多年前的诗人们，在诗里诉说着羁旅之叹和隐居之乐。书架上，那一排排的书，在她眼里，就是一个个智者和朋友。她在中国古典的经史子集中贪婪汲取，她在世界名著的丛林中肆意摸爬。

她深爱家乡，从头爱到脚，爱到骨髓里，血液中。这种爱，从童年到少年，从青年到中年，从田野大地到锄头灶头。她也会淘气上房，放学后的劳作，村头的古树，邻居的人生，高山深坞里的清水塘，蔚青的茶园，红红的野生树莓，麦秆草扇，小时候的时光，老家的祖屋，箬叶裹着香粽，咬一口滋滋的冻米糖，都让她念念不忘。故乡的一切，都浸润在她头脑里，成了她笔下如锦的文字，如富春江，一泻百里。

她也多忧，忧人，忧事。她忧鸟窝，那些鸟儿，生活得还好吗？她甚至为百草忧春雨，那些草啊花啊，树啊木啊，她不忍心它们干着渴着。夜深了，人静了，泡一杯香茶，她就坐着发呆。她在哀叹，那位忠厚长者走了，是个多好的人啊，媒体上报道的那位普通人，也有自己的影子；那件事情，让她愤怒，这个社会，不应该出现这样的事啊，这些呆念，零零碎碎，时刻在她眼里，飘来飘去，晃来荡去，仿佛随时用手可以捕捉一样，不想清楚，一定睡不着觉。她会对一棵狗尾巴草歌唱，对一棵小草微笑，她从雪花中体味着快乐，她经常编织冬天里的童话。她居然，从沉睡在洗衣池下的小蜗牛家族，读出了春天的信息。书房里，一只七星小瓢虫，奋力地撞击着细密的纱窗，黑褐色的躯体，在夕照下通体发光。她也感叹，有时，我似乎觉得，她很有可能会像林黛玉一样，面对一夜雨后的落红，去一一拾捡，将花埋葬。

她还会把银杏叶，带进书房，夹进她喜欢的书页里。

我甚至都有点嫌她唠唠叨叨，看，那不过是一箱子旧物嘛，她却一件一件，如数家珍，她想将附着物上的那些念想抖落，可是，越抖，故事越多。她还常常做梦，居家梦、生活梦、阳台梦、花园梦，当然，文学梦最香。她的梦，稀奇古怪，但都带彩，五色斑斓。不过，我理解她，她这样叙述的笔调，很像一位母亲，总是骄傲地向人介绍她的子女，这儿有多好，那儿有多好，怎么看怎么顺眼，她的家乡，也是我的家乡，那种爱，那种自豪，几乎毫不掩饰，连带她的表情，一起送达对方。

她的思，她的悟，她的喜，她的悲，都如那些可爱的花朵，遇到合适的季节，迅速绽放。

她对文字的爱，也像月光一样，无论崇山峻岭，无论田野平畴，都细碎洒银。

看《风居住的街道》结尾：喜欢在微风细雨或阳光明媚的日子里，踩着湿漉漉的街面或阳光的碎金，独自行走在风居住的街上，或采集树上飘逝的落叶，或采集街上人物的故事，然后将故事和落叶一起编成文字。

因此，这是一个极易满足的女子，杏坛是她的圣地，她满足于家的温馨，内心极其平静，所以，她的字里行间，一如既往，深深藏着她经年的文学梦想，内心文学王国的城墙，日益强固。

花朵的理想，自然是盛开了。

我书房里，有一盆春兰，正盛开着，叶线浅窄，叶缘微齿，清晨，数十朵淡黄的花瓣上，甚至都沾着露水，圆润的小水珠，透着芬芳。

我阳台上，有一盆矮脚蜡梅，粗壮厚实，二月里已经盛开过，蜡梅的香，是"凌寒独自开"的那种暗香。花早谢，绿叶已绽，我给它浇了水，培了土，施了肥。我相信，今年的寒冬，它仍然会如期绽放。

孟红娟的《盛开》，却不会谢，她会永远存在于她的记忆中，不过，她的文学种子，仍然也要如花样精心培植，用工作和生活精心侍弄，用阅读和积累深度营养，且要，经狂风，历暴雨，如此，她的梦想之花，才会一次又一次地盛开。

期待她的下一次盛开。

是为序。

丙申春三月

杭州壹庐

（本文为孟红娟著《盛开》序，杭州出版社 2016 年版）

九十九篇诗反复述说着一个字

　　美国作家爱默生语重心长地启发我们：世界上最有价值的事物，便是一颗充满了生气的心灵，它是人人都有权力拥有的财富。

　　性情如阳光般灿烂的陈曼冬，便有这样一颗活跃的心灵。这些鲜活，都聚集在她新出版的诗歌评论随笔集《遍看繁花》里。

　　《遍看繁花》选了九十九首诗，是作者这些年来每口一诗的精选。这些年来，她一共选读了五百多首诗，古今中外，有名无名，反正，都是将她感动得不能自持的好诗。

　　一片云推动着一片云，一首诗自然也会影响一个人的灵魂。

　　看曼冬摘云三片。

第一片。

席慕蓉的《我的信仰》：

> 我相信　满树的花朵
>
> 只源于冰雪的一粒种子
>
> 我相信　三百篇诗
>
> 反复述说着的　也就只是
>
> 年少时没能说出的
>
> 那一个字。

这里是第二节。这三节小诗，让陈曼冬热泪盈眶。其实，我看她解析九十九首诗，好多时候都是眼里含着泪水的，要么眼泪要掉下来了，要么鼻子一下酸了，要么眼眶渐渐红了，总之，是诗触痛了她，将她心底的微澜激起，然后，一发不可收拾。

我还在做高中语文老师时，席诗人开始席卷大陆。我专门去县城买了席诗的磁带，课堂上，或者，兴趣小组活动时，经常放，简洁而又朦胧的诗句，加上两位播音员（忘记了姓名，不知道是不是乔榛、丁建华）充满磁性的嗓音，实在让人着迷，不仅我喜欢，学生们也无限欢喜。那个时候，并没有更多的音像制品，上课枯燥得很，弄几段录音，就已经很现代化了。这一首《我的信仰》，好多同学都会背，以至于我们还热烈地讨论过，年少时未能说出的那一个字，到底是个什么字呢？答案五花八门。

其实，到现在，这一个字的意义，我们也不能全部确定，爱情、亲情、友情、自然情，这一个字，实在博大无边，大部分人并没有理解它的真谛，有了不珍惜，没了乱着急。

第二片。

郑愁予的《错误》：

> 我打江南走过
>
> 那等在季节里的容颜如莲花的开落
>
> 东风不来，三月的柳絮不飞
>
> 你底心如小小的寂寞的城
>
> 恰若青石的街道向晚
>
> 跫音不响，三月的春帷不揭
>
> 你底心是小小的窗扉紧掩
>
> 我达达的马蹄是美丽的错误
>
> 我不是归人，是个过客……

2015年11月，在温州，我有幸和郑愁予先生相识相行数天。这位和我父亲同龄的著名诗人，黝红的脸庞，敦实健硕，背着个双肩旅行包，拿着相机，依然是年轻时旅人的模样。在乐清的一撮毛酒吧，他磁性的嗓音为我们放歌。和我碰杯时，我喝一小口，他却一下全干完，让我心生无限感叹。温州大学做讲座时，他自己高声朗诵《错误》，当那著名的"达达的马蹄"响起时，全场学子欢声雷动。我们仿佛又回到了烽火的岁月，虽然写的是思妇和浪子，但在江南三月的意境里，却充满了历史感和沧桑味。而且，十九岁的诗作者郑愁予和八十三岁的老诗人郑愁予，性格依然相像，他的诗情，他诗情里的豪放旷达，六十多年，一直未变。

陈曼冬对待《错误》，似乎有点胆怯，这样的经典，平时实在不敢轻易读出来。是怕亵渎经典？还是怕达达的马蹄？但她内心坚定地认为，三月，即便东风一时不来，春天终究还是来了，时光是无人能挡住的。

第三片。

松尾芭蕉的《俳句》：

> 秋深矣，
>
> 不知邻人做何事。

日本人的俳句，也算是一种创造，比我们古诗里的五言绝句还简约，一般的俳句是三句，可这个日本俳句的祖师却只用两句，如果去掉虚词，还不到十个字。但诗句里的意象呢？只能说意味无限。

在秋深的场景里，本来是可以做很多事的。果实成熟了，等你去采摘，你采摘时难道就没有丰收的喜悦吗？它凝聚了你多少个日夜的"晨兴理荒秽"啊！可你不太高兴，因为收成一般，隔墙老王家为什么仓库里堆也堆不下呢？更重要的事是，今秋虽然收成一般，但明年要好好规划呀，计划要提前，有些重要工作都要提前，此地不肥，那就另辟新地，种子不优，那就再去寻找，总之，秋深的时光，是为来年春天准备的，但这一切，你都漠不关心。那么，你在关心什么呢？邻家，邻家为什么比我家过得好？邻家的女人比我家漂亮，邻家的孩子比我家聪明，邻家的狗的叫声也比我家响亮！我就是想知道，邻家在做何事！

呵，许多时候，邻家其实和你八竿子打不着，那遥远的邻家呢？比如，国家的邻家，更是和你没关系了！

然而，我们不得不佩服松尾芭蕉，他这两行俳句，确实有无限的答案。

所以，曼冬认为，留白其实是最高明的，她最烦将简单的事弄得复杂，无限复杂，关心邻家干什么呢？那样会让人痛不欲生。

诗歌的云朵，仅摘三片，三生万物，你可以看到一个洁白如诗的世界。

你若得闲，就去欣赏一下《遍看繁花》吧，那里有九十九朵不同的云彩。九十九篇诗反复述说着一个字，什么字呢？我还是不说了，你自己去和曼冬作心灵交流吧。

（本文为陈曼冬著《遍看繁花》书评，中国出版集团、现代出版社 2016 年版）

扁舟归桐庐

　　一个电话打来，似乎有些忐忑：我是皇甫汉昌，我写了本关于桐庐隐士的书——《隐逸桐庐》，想请你写个序言。

　　之后是相互寒暄，目的明确，临了，他邀我：下次回老家，一定来我这儿坐坐，我现在住在瑶琳乡下，养花种菜，读书写作。

　　20世纪90年代，我在桐庐报社工作，隔壁就是汉昌先生的水利局，他是副局长，我是副总编，偶尔见面，点头寒暄，我知道，他喜欢文字，喜欢写古体诗词，在官员中，是有思想的一类，后来，他女儿高考，成了桐庐的文科状元，我们都很羡慕，这位有文化的老爹，培养出了才女。

　　汉昌先生，退休后，隐居瑶琳，简屋可

以蔽风雨，门前可以望云物，竹石环绕，门无客扰，乐而忘忧，坐卧研读，覃思古籍，尽展底蕴，突然捧出了沉甸甸的《隐逸桐庐》，委实让我有点惊喜。我经常和桐庐的作者说，要着眼我们脚下的土地，虽然有很多人写桐庐，但只要用心，是写不完的，汉昌从隐逸的角度开掘，几乎是一座新矿。

为什么要隐？综观《隐逸桐庐》，我大致分析了下，争与不争都有，但主要是争的结果。

这要占相当数量，也就是说，一些有识之士，为人为官正直，有自己的政治激情和抱负，但在官场上，竞争失败。失败的原因多种多样，但在人事的处理上一定还有欠缺，不肯同流，不愿合污，一不小心，就被对手攻击，无奈无何，只有落荒而隐。

人就是政治的动物，只要两人以上，就有政治。武则天晚年烦恼多多，有一天，宰相吉顼，这样向武皇帝劝谏：

吉顼问：水和土，各一杯，有竞争关系吗？

武则天答：没有竞争关系。

吉顼再问：将水和土，合之为泥，它们有竞争关系吗？

武则天答：没有竞争关系。

吉顼又问：将泥分别塑造为佛祖和天尊，他们有竞争关系吗？

武则天答：有竞争关系。

吉顼于是劝道：如果宗室（李氏）和外戚（武氏）

各守本分，则天下必安。如今太子已立，武氏仍旧为王，怎能没有纷争呢？

　　武则天叹道：朕明白了，但事已至此，也无可奈何。

　　竞争是什么引起的，吉顼已经讲得很明白，有利益，就要争。不肯争，或者不能争，那么，只有一条路可走，就是"隐"，严光不肯争，不屑争，他来富春山下，一叶扁舟，过他自己想过的日子。鸡鸣犬吠，阡陌相闻，皇帝同学来了，也不给面子。

　　桐庐，自桐君老人结庐桐下得名后，就如一座千年大草药房，人们纷纷闻香而来。《隐逸桐庐》，为我们打开了一扇隐士的大门，里面藏着好多隐逸之士，他们结庐炼丹，他们耕读传家，他们再也不与世争。

　　汉昌先生的居住地，瑶琳仙境，明朝时，沧江散人徐舫，晚年就隐居在那，瑶琳洞里的诗就是明证，现在，汉昌先生也在那隐着。他的姓氏，皇甫，历史上，还是有一些名人的，他的先祖们，皇甫规、皇甫嵩、皇甫谧、皇甫湜，都是响当当的名字，他也真是沾了些隐的气息。皇甫松，晚唐花间派诗人，他的《大隐赋》，我猜测，很可能就是汉昌写《隐逸桐庐》的原动力，也是他的精神榜样。

　　因此，桐庐的隐士，其实就在我们身边，好多都和我们有着亲密的关系。我回老家百江，一路都要穿过这些隐士的隐居地。

　　我以前工作过的毕浦中学，边上有个垂云洞，我在那教书时，洞还没有开发，洞边也隐着魏新之，他是南宋咸淳进士，宋亡后，归隐家乡杨家村，创办了垂云书院，元廷几次举荐，他都远而避之。分水柏山坞口，有徐凝的老家，他退休回家闲居，白居易还大老远地从洛阳赶来看他，可见徐诗人"二分无赖是扬州"，在当时的大唐还是很有些名气的。施肩吾在分水五云山上读书，我们很多人也在那读书，五云山顶的明月，照着施状元，也照着我们。施肩吾早就看透人生，先考个进士，证明一下自己，然后，就过自己的隐居生活去了。里湖，我到后来才知道，和范蠡有关系，这个"里"，其实是范蠡的"蠡"，范蠡不肯争，带着美女，到分水隐居，泛舟湖上，养鱼晒网，隐居中有他和西施快乐的爱情。

桐庐山水自古美，更因为严光富春山的隐，声噪天下，似乎，严光就是隐，隐就是严光，而隐，必须要来富春山。隐士的一大特点，就是心有所寄，对偶像崇拜得五体投地，因此，许多人的隐，是追着严光的脚步而来的。如果你不隐，面对严光，你都觉得不好意思，无名人士脸红了：君为利名隐，我为利名来。羞见先生面，黄昏过钓台。有名人士更难为情：巨舰只缘因利往，扁舟亦是为名来。往来有愧先生德，特地通宵过钓台（李清照《夜发严滩》）。范仲淹，要不是心忧天下，忧民忧君忧国，他也会来桐庐隐的，所以，他面对隐士的祖宗，只能赞叹：先生之风，山高水长。

方干：官无一身禄，名传千万里。

周朴：桐庐江水闲，终日对柴关。

严维：门前七里濑，早晚子陵过。（刘长卿《对酒寄严维》）

罗甫：罗隐之父，半年十度过严滩。

贯休：他在桐庐隐住三年，拜严光，与方干、周朴等人酬唱，留下了二十五首诗，涉茶，讲禅，理佛。

黄公望：陆坚，那也是真正的隐，而且，他还将隐发展到了一个新高度，也为我们留下了传世宝贝——《富春山居图》，山居，富春，桐庐山水可大隐。

这些隐士，面对桐庐的清丽江山，即便隐着，也并不闲着，他们还干了很多为桐庐文化增光添彩的事情。

汉昌先生饶有趣味地为我们展现了谢翱的汐社活动。

清代作家王士祯的笔记《池北偶谈》讲道，宋末，浦江的"月吟诗社"，以《春日田园杂兴》为题，举行了一次全国性的诗歌大奖赛，三个月时间，共收到 2735 卷诗，专家评出前 280 名，出版了一本集子叫《月泉吟社诗》。而谢翱等人组织的"汐社"，积极组织参加征文活动，成果显著，前 60 名的诗人中，桐庐（包括分水）诗人入选的就有十人之多。这不能不让人惊叹，宋末元初，桐庐的山水，养育了一大批有成就的诗人。

为什么要隐，是因为，隐能让我们的身心放松下来。

《列子》里讲到好几个隐士，其中一个，就是孔子在游学途中遇到的荣启期。

范县郊外。身穿鹿皮大衣，腰间懒散地用一根绳子系着，闭着眼摇着头，边唱边弹，当游泰山的孔子看见荣启期如此投入时，大吃一惊，世间还有这么快乐的人啊。

孔子一定要把这个问题弄清楚。他就问：隐士啊，您到底是为什么如此高兴呢？荣启期站起来，整整衣服，很潇洒地将长头发往后拢去，然后一二三地将原因讲给孔子听。

我呢，快乐的理由有很多啊。首先，天地间物类成千上万，其中人是最可贵的，而我有幸能成为一个人，你说我有多快乐啊，我比那些其他物类真的要快乐很多。其他物类有没有快乐也难说，反正我是有快乐的。而人呢，又分男人女人，男女是有区别的，我们这个社会，以男为贵，而我又有幸成为男人，男人的优势太多了，这个您也知道，不用我细说，不管怎么讲，是男人在管理着这个社会，一切女人都听命于男人，这是我快乐的第二个原因。人的寿命有长短，有的人一生下来就没有，有的人几十岁才没有，而我已经活到九十岁了，我见过太多的人情世故，经过了太多的大风大浪，像我这个年纪的人真是不多，因此，我非常快乐，我的许多日子都是赚来的，我已经活够了。这就是我第三个快乐的原因。听说您很有名，我这三个快乐的理由能说服您吗？

孔子很感慨：您能这样想，真是让我大开眼界，和您相比，我还远远没有达到您这样的境界。您如此宽慰自己，真是个快乐的人。

这大约就是理想中的"隐"了，可是，一般人做不到，一般的隐士也做不到，连名人孔子也做不到。

如此说来，真正的隐，是有难度的，他必须达到一种智慧的思想高度，如怀抱珍宝入山，彻底放弃一些东西。

在我看来，《隐逸桐庐》中的隐，不是消极人生，而是另一种积极抗争，在隐的时空里，他们将生命的长度拉长，将生命的广度拉深，以天地为大室，与山水共眠休，自食其力，并管理好自己，从不给社会添麻烦。每个人都在山水田园中有序生活，追求自然和原始，修炼更高的道德修养，这可能就是隐的积极意义。

现如今，终南山中，依然生活着大量的隐士。美国汉学家比尔·波特，用两年时间寻访，1991 年，他出版了《空谷幽兰》，这是一本写中国现代隐士的书，我读了，很震撼，隐逸的生活，仍然有很多人在追求，同时，也为"隐"注入了更多的现代理念。

时空转换千年，桐庐的青山绿水，以另一种姿态，迎接八方游人，来桐庐小住几日，将身心完全交给山水，再读读汉昌先生的《隐逸桐庐》，也是一种隐，小隐，桐庐的山水一定和你同隐。

岭上看白云，不如去桐庐，"清夜无尘，月色如银，酒斟时须满十分。作个闲人，背一张琴，一壶酒，一溪云"（苏轼《行香子》）。

扁舟归桐庐，春江碧水伴，归是回家，桐庐就是你的家。

是为序。

丙申夏月

杭州壹庐

（本文为皇甫汉昌著《隐逸桐庐》序，西泠印社 2017 年版）

穿行在分水儒学的殿堂里

2016 年 2 月 8 日，丙申年正月初一，上午十点，日光暴烈，真的是寒冬里的烈日，这一天的气象预报说，气温二十八摄氏度以上。

我和毛夏云、陆地一起，白日里去探春。

从白水村出发，往西南方向的冯家徒步。过银盘山，满山层次感极强的绿地毯，那是茶叶，虽无"春山半是茶的景致"，但茶叶在暖温下已经发春，无疑。到了铜桥湾，一潭碧水湾绕，驻足良久，走吊桥，观民宿，打石漂。过栈道山，并无栈道，只有危岩乱石，竹林茂森，杂树生花。又过广丰庵，自然，也没有庵了，我们小时候叫白夜庵（不知道是不是这样写，大人们都这么叫）。跨过罗佛溪，对面是赵家村，不是鲁迅小说里那个有名的赵家，那是在绍兴。

两个多小时，走走停停，绕了一大圈，带着一身汗水，到达广王岭，白水村对面。抬望白水，村后就是白水坞，山势递次推进，层峦叠嶂，烟树如水浩渺，颇似陆坚先生的山居图景。坞的最顶处，有白水尖，我和陆地说，那里，最高峰，有个飞机目标，我们少年时砍柴，常到那去，有时望得见天上的飞机，一去一回，要一整天，背着一根百多斤的实木柴，疲倦回家。

诸位，刚刚我徒步的路线，是沿着清光绪三十一年修订，次年刊行（1906）的《分水县地图》所标记的地名行进的。我所在的村，属于分水县的西乡，地理上都叫四管，范围极大，有好几个乡。四管的南和东，叫五管，和淳安、建德交界；四管的北和西，叫八管、九管。一百一十年后，人是物非，地名很多只存在于历史和人们的方言中了。

这张地图，就是王顺庆先生的新著，《分阳书画》第一卷里的一张普通地形图，繁体字，粗线条，山峦河流，村郭人家，似乎都跃然于发黄的宣纸上。

有人问我，如果穿越时空，最喜欢历史上的哪个朝代？我说最喜欢宋朝（其实好多人都喜欢）。好，现在，我仍要沿着这本书里的《南宋淳熙分水县地图》，去分水县儒学读书了。

这回，我坐船。

我家门口就可以坐船，就如同屈夫子（屈原）"朝发轫于天津兮，夕余至乎西极"样方便。往罗佛溪（也叫百江），走两百米不到，就是溪口。对面的广王庙，香火常年旺盛，香客来来往往，买舟行船，晨行暮达。

一路行得船来，两岸青山相对出，时而猿猴悲鸣，时面空山鸟飞，几十里水路，由罗佛溪转入天目溪，河面宽阔，水流平缓，往来船只频梭，不一会儿，就到了县城的桥口渡。

这里就是繁华的分水县城啊！

过朝京坊、阜民坊，阜民坊边有塔，七层，仰望，塔身坚实，檐飞铃脆，塔院里不时传来阵阵诵经声。经庆云寺，到庆云坊，就到达分水县的地标玉华楼了，这是南宋分水最豪华的酒楼，史载，孝宗帝曾御临此楼。王顺庆在他的《汾阳诗稿选赏》一书里，引了宋人黄铢的词《江城子·晚泊分水》，来形容南宋分水的繁荣，有词为证："秋风袅袅夕阳红。晚烟浓，著云重，万叠青山，山外叫孤鸿。独上高楼三百尺，凭玉楯，睇层空。人间日月去匆匆。碧梧桐，又西风。北去南来，销尽几英雄。掷下玉尊天外去，多少事，不言中。"此词如闲适风情画，逸笔虽草草，却尽状其妙处，高楼观世井，风景别样情。

我也是在一个秋后的傍晚到达分水的。我乃一介穷书生，靠着父亲微薄的薪金读书，没有多少闲心，欣赏酒楼的繁华，朱门酒肉香，三百尺高呢，不敢进去，我要去县学苦读，我的目标是，一百里地外的南宋都城临安，那里有中国最好的太学，那里有我日夜向往的锦衣玉食！不要笑我狭隘，大多数南宋的学子，都怀抱这样的理想。

终于到达县学。

现在，我要向你介绍一下我的读书环境了（参《康熙分水县志儒学图》）。

我们的学校，在县政府的正对面。整座分水城里，最显眼的建筑，就是县衙、儒学、书院、城隍庙和钟楼了。

学校有教谕衙，教育局长办公的地方，全分水县教育的首脑指挥中心，明伦堂、文庙、大成殿，这些学校的主要建筑，我们要在那里读书学习。我们住的馆舍，宽敞明亮，从一号楼到四号楼，每一座馆舍，都很精致，政府在教育方面肯投资。我们每天的任务，就是读书明理，交流讨论，节日祭典孔圣人。局长教育我们，将来要成为国家的栋梁，将金人赶回北方去，统一祖国，要发愤读书。

我们的学校，也是名人辈出（参见第二编《进士图像》）。

我校先前那些名人就不一一细说了，唐朝的进士施肩吾、徐凝、缪迁，那真是太有名了，他们是母校永远的荣光。

42位进士，一百多位举人，数百位贡生。就如宋代，我们学校就出了17位进士，王家教育如此成功，一门就有16位进士。

我们的图书馆，藏书量丰富，不仅有丰富的经史子集，更有各类家谱和校友们的经年妙品（参见第三编《宗谱图绘》、第四编《名家字画》、第五编《乡人书画》），许多作品，匠意高远，笔墨清润，元气淋漓，诗中有画，画中有诗，我们常常观赏临摹，学业大进。我们感知前辈锥骨刺股的苦学，我们体悟前辈卓越的艺术成就，我们被家族的整体荣誉感所激励，我们也将努力创造辉煌！

当然，还有一些大家，也经常会莅临我们学校指导。

举一个名人的例子，文徵明也来过我们学校。文先生，为什么来学校，有哪些人接待，我不知道，但我知道，他为"天尊观"题写了额匾。我想，这位先生，应该是在早春的二月，应某位文友之邀，说不定是来参加一个文学活动的，踏进分水的土地，清泥已萌兰芽，东风吹来温度适宜的煦风，也有细雨微斜，令其心情大佳，欣然题词。看看，他的字，骨气兼沉稳，散朗而多姿。

诸位，请不要笑我逻辑混乱，一会儿现实，一会儿穿越，这其实是我读王顺庆《分阳书画》的真实感受。王顺庆先生，沉浸在分水的历史里已多年，敝裘羸马，长途跋涉，上下一千三百多年的人和事，大略已参差胸中矣。他在替我们分水的千年历史着急，劳思焦心，我从内心尊敬他。

你也不妨深入书中，翻阅浏览，那么，分水的千年历史，一定会在你脑中，和现实的你，交错相映。

1980 年 7 月，分水中学文科复习班参加高考，有 16 位同学考上了本科和专科，一时全县轰动。我们读书的分水中学，就是今天的五云山，南宋的庆云书院。

人事虽已替，千载有余脉。此脉，即传承至今的分水悠久历史文化。王顺庆先生，是其中的一分子，也是热心接脉人。

尔后，分水文脉，仍将不绝而绵延！

是为序。

丙申春四月

杭州壹庐

（本文为王顺庆著《分阳书画》序，杭州出版社 2017 年版）

大世界，小世界

对于散文的概念，在代序里，已经说得比较明确，有文、有思、有趣，我们也将这几条，当作杂志的办刊方针。这里，只零碎记一点年选的编后散记。

一

先说几篇在构思和立意上都比较独特的。

苏沧桑的《德清是一个人》。

许多文化历史积淀都比较深厚的地方，被人写了又写，从古写到今，名作名篇众多，再要写出一点新意，不动点脑筋，即便是大名家，也都有相当难度。而苏沧桑，却独辟蹊径，反向思维，在充分拥有研究素材的基础上，从德清县名入手，将人文历史县，看成品德高清之人，拟人化的构思，使本来常见的素材，一下子活了起来，一个立意，全盘皆活。

杨邪的《如何从火灾现场逃生》。

初看，似乎是应用说明文，教给人们避害的方法。读完全文，才发觉，作者由儿子发问引发的一系列发散性思考，并不荒唐，极有可能在某一天突然发生。假如灾害发生，防盗的保笼，就成了逃生的另一道藩篱，在有限的时间里，要想破保笼逃生，可能性极小，但总要自救，若干年前的一个观察细节，打通了作者的思路，可以凿墙逃生，劣质的空心转，很容易凿通，且可以从一单元凿到二单元、三单元，总算找着了一种逃生方法。看似荒诞不经，却叙述俨然，一本正经，人与人的冷漠、无秩序的市场、消防意识的淡薄、工程质量的粗糙，言外之意，淋漓尽致。我非常喜欢这种冷幽默。

读完杨文，我脑海中出现了我们小区单元外的火灾场景。我们的小区，汽车将小区道路堵得只剩一条单行小道，且只容小车过。任何一幢楼，都有可能发生火灾，报警后，消防车只能停在小区门口，有时，连门口也到不了。对于消防水枪到达不了的高楼，怎么办呢？从技术角度看，我们这座城市，已经有了能伸七八十米高的消防梯，但前提是要进得去。我住小高层，忧心忡忡。

草白的《渡海记》。

历史和现实，地理时空和人文遗迹，这些都和作者的体验一一相关，化为自己有血有肉的文字，这应该是历史文化散文范文式的写作。这一类写作,最重要的是,要将自己放进去,不干巴巴转述,但又不是生硬地塞进一些材料片段,而是揉碎再揉碎,自然真实,增加在场感。《渡海记》,让人感觉在看一部时空转换的纪录片,干净,简洁,画面感极强。

蔚蓝的《辋川书简》。

作者对王维一定超级喜欢。熟悉大诗人的作品,体味他作品中的意境,将代表诗人的一些特定词汇,一一拾掇起来,塑造了另一个立体的王维。

二

以文学的视角,深度挖掘浙江各地的人文地理历史,这一类文章占主导。

张抗抗的《乌镇的倒影》。

作者虽以小说著名,散文也同样显现着另一种独特的精彩。以木心美术馆为坐标圆点,纵横勾画,站在世界和中国的角度,将木心先生的文学和人生做了全方位勾勒。

钟桂松的《茅盾故居随想》。

作者是茅盾研究专家,在茅盾先生诞辰 120 周年之际,以故居为视点,带领我们共享文学大家的人生经历,这其实也是一次很好的文学历练。

茅盾和木心,都是乌镇粗厚文脉结出的丰硕果实,承古今,通中外。一斑而窥全豹,由乌镇,到桐乡,到浙江,我们在为浙江现代文学大家迭出而自豪的同时,也应该深深反思眼下的当代文学,似乎缺少了点什么。少了点什么呢?

陈可乐的《湘师故地道化村》。

湘师是浙江许多读书人的记忆。她让我们想起创办者，教育家陶行知。陶的名言：吃自己的饭，流自己的汗，自己的事自己干。小学时我就将它当作激励自己的名言了。湘师自1928年建校起，也如浙江大学一样，抗战中免不了颠簸的命运，景宁道化村，就是她的一段珍贵经历。现在，湘师早已并入其他学校，它的原址，也已变成湘湖大片水面中的一处景点了。虽然没有读过湘师，但有湘师毕业的小学老师教过我。我一直不明白的是，湘湖师范学校，为什么有个湘字？去年到萧山采风，才算彻底搞清，原来，北宋著名哲学家、文学家杨时，曾经做过萧山知县，程门立雪的故事中，他就是主角之一。杨时来萧山做知县前，在湖南做官，到萧山后，率百姓筑湖保田，取名湘湖。

姜青青的《蔡襄的最后一战》、金惠春的《〈耕织图〉记》，呈现的都是宋代中国的一个个历史片段。

陆建立的《一座城的深度》，一座濒海古镇观海卫，千年历史，人事沧桑，朝夕相处，城的变化，就是历史的文化，文化的变化，城是母亲，城也是王者，一草一木，一砖一瓦，都在庇护着她的子民。

三

浙江美丽的山水，不断引发广大作家的深深乡恋、乡愁。

马叙的《在塘河上》、袁敏的《紫气东来指南村》、谢鲁渤的《西厢记》、卢文丽的《神龙川一夜听流水》、赖赛飞的

《春山如煮》、王寒的《最是天台杜鹃美》、汪群的《谁与你相约》、周天勇的《山樱桃》、孟红娟的《等你严陵坞》，等等，这些作品，都将关注点放到极具浙江特色的景和物上，这些景物，大多都有丰富的人文历史，比如严陵坞，它因严光隐居而出名，一个有两千年历史的小村庄，不禁令人向往。

干亚群的《剿佬的证书》，写了差不多已经消失的记忆。

老手艺，关乎人们的吃喝拉撒、婚丧嫁娶，手艺人穿村走巷，已成旧时不可缺少的风景。近年来，有许多写老手艺的作家，干亚群显然是比较优秀的一位。我注意到，除了她获第七届冰心散文奖的散文集《指上的村庄》外，去年她又在《花城》《散文》《散文选刊》《西湖》《西部》等杂志发表了系列老手艺散文，她的文字，细节生动，场景感强，文字里也倾注了大量的思想。

郑亚洪的《西去芙蓉》，写一座无人关注的村庄。

数年来，郑亚洪写了不少关于音乐的散文，他在音乐的流动里寻找，在光与影的叙事里寻找，在书与页码的滚动里寻找。他的这种寻找，也影响着其他文字。这一回，在被人遗忘的村庄里，他在寻找过去，在无人关注的小巷子里，他在寻找优雅，他用笔拨开时间的灰尘，在记忆的河流里慢板散行。

陈荣力的《替父亲去看看那块土地》，较好地处理了革命题材。

作者一改惯用的宏伟叙事，立足平凡小事，题材、语言、人物及形式，都力求平常，在探索解构此类题材散文审美趋同的同时，亦使文本更真切可信。

还有不少文章，将家乡的树、花、草和童年的美好记忆、生命中的一段特殊经历相串联，咏物抒怀，借景生情，也都很精彩。

四

在阅读中发现，善于从"小"字开拓，往往能给人留下比较深刻的印象，这大概也是写作的小诀窍之一吧。

这个"小"，主要是角度，有两层意思：一是写作的内容，落笔于小物件小人物，越小越好；二是写作的内容，作者的某种研究爱好，比较小众冷门，以此为题材，反而给人以极大的新鲜感。

前者如：

晓风的《一张京剧票的故事》，从一张票入手，全方位挖掘年少时的青葱记忆，而这种记忆，又带着深深的时代烙印。

周华诚的《与一株水稻对视》，农业科学专家，毕生都在和水稻打交道，一株水稻，借代他和这个群体的全部。

邹园的《列兵的故事》主要描写了哥哥和家人，知根知底，她拎出的一系列事情，只是家长里短式的碎事杂事，但正是这些亲切的日常，人物形象才如小说般鲜明。

徐贤林的《憨公之死》，一个差不多一生都与牛为伴的老光棍，为了一句"承诺"，突然死去，情节堪比小说，让人唏嘘或者疼痛，虽然少见，却也是另一种真实。

徐海蛟的《无法抵达》，这里是节选，他的长篇力作，首发《人民文学》，并获"第四届人民文学新人奖"。徐海蛟是浙江散文青年新锐，这部作品，写出了一种痛，社会转型期中，一些背井离乡者，他们有期盼，也有梦想，但大都活得艰辛，作为都市文明的异者，无法抵达自己栖息的精神之乡。徐文既有深深的怜悯，也有浅浅的批判。

后者如：

张巧慧的《印趣》，也是节选。她的长篇散文《金石永年》，一万七千余字的篇幅，首发在《人民文学》上。个人认为，编辑选中其的原因，是作者文学以外的爱好。她是位优秀的青年诗人，功底扎实，爱好广泛，尤其喜欢拓碑、刻印、古琴，而这些业余爱好，却是写作丰富的矿脉，甚至挖掘不尽。作家的某些专业爱好，也许没专家有深度，但我相信，作家的眼光总有和专家不一样的地方，她会在那些墓志墓砖中，草蛇灰线，读出墓中人别样的人生。同样，她的一刀一印，也如同写作，印中注入的是她对人生对文学的思考。

借张巧慧这个话题，我想对从事写作的朋友们说，花点时间，去做一些文学以外的事情，有时，反而会拓出另一片天地。当然，这些事，有你感兴趣的，也有你身不由己的。总之，如果功不唐捐，加上适当的运气，也许就会收获满满。要忠告的是，切忌打一个洞换个地方，耐烦，再耐烦！

五

还必须要说几句题外话。

本次散文精选，来稿众多，因以投稿自愿为原则，再囿于个人识见，一定还有遗珠之漏，只能抱歉。

选文既有大报大刊，也有小报小刊，一定还会挂一漏万，再次抱歉。

限于篇幅，不能一一点评，点评也不可能一一到位，那些写省外国外的篇章，有相当多也是角度独特，让人耳目一新的，比如写维和军人、写越南、写山西，但走马观花的文字，最忌流水，有时还需要挖掘一些厚重的历史文化，但切忌生硬。

如果用心作文，你文字里所映照的世界，无论大世界，小世界，都会发出各色不同的光芒。

好文字，有情怀。

2017，期待能阅读到更多内容新颖、独具个性的佳作。

（本文为《2016 浙江散文精选》后记，浙江文艺出版社2017 年版）

慢时光里的庆元

一

鲁晓敏的魂，一定丢在了庆元。

我在庆元的几天里，和他有过多次交流，每次谈到庆元，他都如数家珍，我和柏田都奇怪，你一个松阳人，对庆元这么熟悉，你和庆元有什么关系吗？或者，庆元的什么东西吸引了你，或者，是你的魂掉在了庆元？

晓敏笑笑：是庆元的廊桥吸引了我，当然，庆元的女子也吸引我。说后一句的时候，他脸上泛着一点坏笑，有点难为情的那种笑。

我自然要先寻晓敏君的庆元魂。收进本集子的四篇，几乎都是写廊桥的。我似乎看到了一个古桥爱好者，不远百里，起早贪黑，在庆元的乡间出没，钻进钻出，扑上扑下，目测手测线测，访东问西，然后，又趴在故纸堆里，寻图穷迹，为了廊桥，为了古村落，他把业余时间都搭上了。

我问过晓敏，为什么这么喜欢古建筑？为什么这么喜欢古村落？

他给我讲了两个小故事。

一个故事。他读小学时很顽皮，不太爱读书，有天，应该是犯了比较大的错误，被父母关进书房，闭门思过。百无聊赖中，他将父亲书架上的一本中国古代建筑一百例之类的书拿下来看，一看就迷上了，直到整本书看完，他又向搞建筑的父亲要来了其他书。古建筑的书，越读越多，于是对古建筑涉及的风水、地理、人文、历史等也统统关注。关于地理风水之类，晓敏走到哪都是权威，我们膜拜，他说起来写起来都是一套一套的。

另一个故事。去年年底，他邀我去松阳讲座，他陪我去了卯山脚下的松阳的古村落。在山下阳村斑驳的泥墙下，他向我讲述了原因。他在供电局工作，最开始的工作就是抄电表，挨家挨户地抄，串村走巷，走得多了，一些村里的老牌坊、青石门楣，老房子里的厅柱、匾额，许多破败的元素，将他脑子里已存的古建筑知识纷纷激活。我在松阳的黄家大院，就充分领略了晓敏对古建筑的造诣，他边走边为我讲解，引经据典，条理清晰，历史年份，细小数据，一一确凿，还不时加上自己的见解，我觉得，写出来，就是一篇极好的文章。

现在，我阅读他写庆元的这些文章，终于知道，他为什么会将魂掉在庆元了，这里有他的至爱，梦中的情人，中国独一无二的廊桥。

二

除了鲁晓敏以专业的眼光，将廊桥王国解构拆卸，让人全方位了解庆元以及中国廊桥发展的历程外，本书中的其他作家们，也纷纷在庆元的廊桥上寻梦。

赵柏田，闲谈山水，是他一贯的风格，一袭晚明士大夫的长衫，摇着把草蒲扇，慢条斯理地给你讲古论今，不知不觉中营造了令人向往的庆元慢时光。

苏沧桑，一改以往的抒怀美意，篇幅虽短，却精到准确，场景历历，将廊桥的沧桑和归乡思乡的情景一并融会。我想，她将那些美好的寓意，都注入廊桥下缓缓而行的溪流中了。

复达，好兴致以寻找梦中女子为线索，将整个廊桥文化勾连相通，神奇曲折，引人注目，如诗如画，诗画皆美。

马晓丽，廊桥听雨，听的是古今的交响曲。这一个东北女子，她对江南廊桥的古久、构建的精致，对生活在廊桥边的人家，都充满着好奇。她闲闲地坐在廊桥上，若无其事地看着雨滴从桥沿上滴下，滚入溪中，她要从好奇中剥出廊桥的精神内核，梳理出江南悠久的文化。

马叙，从西洋殿写到香菇寮。

嵇亦工，激情走读百山祖。

黄咏梅，盛赞庆元。

施立松，等你在庆元。

……

所有的吉光片羽，都片片闪金。

三

在庆元的几天时间里，我一直在想一个问题，就是，如梦般的庆元，为什么会保持到现今这个模样？仅仅用交通不便或者落后，并不能完全解释。当今中国，有远比庆元交通不便和落后的，但都不及庆元。

在大济进士村，我似乎找到了答案，这就是，文化传承的力量。文化的传承，犹如杂草的种子，历百年千年而不枯，纵然一时枯萎，但只要有合适的土壤和适宜的气候，即使过了数百年，它也会勃发突起，渐而茁壮成长。

百山祖的千年冷杉，悠古高亘，枝叶绵绵。它上接天露，下扎肥土，塑造出自己独特的遗传结构，向世人讲述着充满哲理的寓言故事。

以深山硬木为基础原料的香菇，也不是一般的菇，菇中的珍味，"让一只松鼠在它的边上咬一口，它都会尖叫一声"（梭罗语），而吴三公则捋着长须，在一边哈哈大笑。

庆元的独特，还有很多。

文化还有一种明显的好处，能让人的心舒缓，慢下来。悠久的文化传承，加上明显优于别个地方的山水，这也许是焦虑郁闷忙碌时代人们的一种强烈向往，也许是一种最好的放松选择。而庆元，几乎都满足了人们这样的需求。

在西川高山古村，我们一行人，绕着那些断墙残壁，小心地行走，石阶上的杂草肆意横长，大部分的屋子，门窗紧闭，少有人烟，间或有声，也是留守老人发出的，苍老的咳嗽里透着荒凉。

然而，我内心却十分平静，甚至都有一种想住下来的感觉，不是我矫情，而是确实找到了那种满身平稳的感觉，在这里，内心不急躁。面对云雾缭绕的大山，我不恰时宜地接了一个电话，甚至都推掉了电话里的一个比较重要的活动邀约，我觉得，是应该放弃一些东西的时候了，咱过的是自己的生活，舍和得，这个时候，忽然有了另外一层的体会，且这种体会完全发自内心，自觉，坚定。对方的不理解，我只能连声抱歉。

庆元有别的地方没有的东西，这些东西既实实在在，又飘飘然然，一个不留神，就会如庆元话中的"鳅滑"，一瞬间就滑进了广袤的深山，烦躁的都市生活所带来的那种不安和忙乱，到了庆元，瞬间就无影无踪了。我们是在大雨过后的傍晚到达山城庆元的，下车后，许多人都显示出了莫名的亢奋，这种感觉，被来过庆元的作家们，表现得淋漓尽致。本书里的几十位作家，如诗人张巧慧一样，将庆元的山水都化为水灵灵的篇章。

千古月，四时花，云无心，水自闲。

这需要三十分的才情，才能够将庆元写出，可惜我不能。

四

我在做阅读讲座的时候，喜欢先问三个问题：你能说出你姓氏的来历吗？你能列出家族中五代人的姓名和关系吗？你能向人流利地介绍你所在的城市吗？

现在，我将问题中的姓氏、家族、所在地三个关键词，统统改成庆元，这三个问题，是用来问庆元人的。我相信，许多庆元人一定如数家珍，头头是道，甚至还要添油加醋。母亲是自己的好，儿子也是自己的好。不过，庆元确实值得庆元人问，值得去过庆元的人问，也值得想去庆元的人问。

读完这本书后，庆元就在你的心里打下了深深的烙印，你一定向往。

我还有个向往：月山村，有个"月山春晚"，相当于中央电视台年年举办的春晚，遗憾的是，我没有看到这台节目，据说十分热闹。于是我想象，这台春晚，这台慢时光里的春晚，节目不可能有多精彩的，但无所谓，我只是想看看，那些上下台的村民演员们，特别是第一次上台的男女老少们，怎么手忙脚乱，怎么慌慌张张，怎么串台跑调。举溪哗哗的流水，伴着不那么悦耳的音乐，不时响起的爆竹。温暖的礼堂里，一村人，当然还有外村人，济济一堂的笑声，那一定是世界上最爽朗和开心的。

群木高，百草静，万物此时归宁。

庆元的慢时光，廊桥上的梦，一切，都那么意隽。

权作序。

丁酉三月

杭州壹庐

（本文系庆元县文联主编《菇乡寻梦》的序言，浙江人民出版社 2017 年版）

春水行舟　如坐天上

一

八十几年前，这样的场景，在杭州至桐庐的富春江沿线应该是常见的镜头：

汽笛长鸣数声，轮船缓缓靠近某个码头，船舷一触岸，有人迫不及待往下走，心急的上船者，则挤挤挨挨跳上船。上上下下，来来往往，马达突突，水激船身，喊声混杂，一派繁忙景象。

富春江上除了客运，也有不少小型游船在穿梭。

咸丰十年（1860）五月二十五日，这一天的早饭前后，有五位读书人坐的游船，到了桐君山脚下。看山上林木葱茏，五人心痒，很想上山，可惜未果（估计没有找到合适的码头）。他们是江苏宝山人蒋纯甫、杭州人华弃疾、富阳人胡叔节、江苏震泽人孔吟父、江苏苏州人王韬。二十三日傍晚，五人在胡叔节家门口上了船，沿着富春江，一路慢游到桐庐，他们要去和精神偶像严光做深度交流（见《富春江游览志》引王韬《严子陵钓台游记》）。

媒体人以记录为天则，作为曾经做过《桐庐报》总编辑的周天放，一直深爱着他的家乡，他总想让更多的人来领略富春江异常丰富的历史人文和天下独绝的风光，于是就为人们设计了两个时段的游览日程，一个是四十八天的深度游，一个是五天的短期游。他将自己扮成一个尽责的导游，以钓台、桐庐、富阳为三个游览圈，结合丰富的文史资料和自己的解读，并附详细的交通住宿攻略，简洁而全面地描绘了一条立体的富春江。这本《富春江游览志》，是八十多年前的实用游览攻略，今天读来，依旧新鲜，一册在手，富春江人文历史全有。

现在，我来谈谈阅读本书的一些散杂体会。

<h2 style="text-align:center">二</h2>

先说美好记忆中的交通航线。

杭州到桐庐，船从南星桥开出，拐一个大弯，经萧山闻堰、三江口，再转富阳的渔山、里山、灵桥、富阳、中埠、场口、东梓关，就到了桐庐的窄溪，桐庐东门外码头是终点站。

1981 年的暑假，我和徐松泉、魏一媚一起，先从金华坐火车到杭州，再从南星桥坐船回桐庐。应松泉之邀，我们先在富阳下船，去江岸边的春江公社松泉老家住了一晚。具体的细节已经模糊，只是感觉那时的生活节奏像江中的行船一般，好慢。船不疾不徐地开，我们回家也慢悠悠的，一点也不着急。松泉哥在啤酒厂工作，松泉妈妈热情接待了我们，晚餐有江鲜，还喝了啤酒。

那时，我从金华的浙江师范学院回一趟百江老家，差不多要两天时间。印象中，我还和林国华、路峰、王迪三位同学一起从兰溪坐船到桐庐，经过梅城时，仰望那座古城，心生许多敬意，因为以前我的老家都属严州府，梅城可是当时的政治经济文化中心，梅城还有一座严州师范学校，当时也挺有名气的。船过富春江大坝，闸门打开，船被吊在空中运过去，很是神奇，以后坐船，再也没有过穿大坝的经历。

但周天放那个时代，他们坐的船，却可以直达钓台。那时，富春江还是一川激流。

钓台是整条富春江的精神核心。

王韬是清末杰出的思想家、政论家，周天放极喜欢王韬那篇游记，他大段引用，以此表达他对严光的尊敬。一个细节，跃然纸上：

> 遥见前山苍莽中矗一峰，峰脊二石壁，东西并峙。一怪石陡起，露亭角一。顶上小松十数，大松圆如盖。舟人呼曰："至矣，至矣！"山中闻画眉鸟一声，脩然意远。余语诸君："此严先生青鸟使来迎嘉客，吾曹幸不俗，宜一志屏虑，然后敢见先生。"语已，至祠下，舣舟于石。

钓台是富春山这一幅自然大画中的眼睛。咸丰十年五月的那个下午，蒋纯甫等五人去拜见严先生（蒋为宝山人，晚清作家，被誉为"海上三奇士"之一），山水也静默，忽闻一声画眉，意境深远，因为在作者王韬眼里，这只画眉乃是严先生派来的青鸟使者。这是一群卓尔不凡的人，才会有如此礼遇，而去拜见先生，必须专心专一，摒弃人间的污浊和烦躁。反过来，也只有放空的心境，才会将这一只普通的画眉，当作青鸟使者。

在桐庐，还有另一条航线，其曾经相当发达。

周天放观察，别的地方的船，生意都不是特别好，因为公路已经开通，客运班车开始在公路上跑了。但桐庐至分水的航线，生意却独好，这样的生意，成本高，利润薄，大轮船公司不愿意做。凌晨五时，船从桐庐出发，下午六时，船才到达分水。而从分水到桐庐，顺水行舟，上午八点出发，下午三点就可到达。

为什么从桐庐到分水的船要走长达十三个小时？因为要过十八滩。

从桐庐到分水的十八滩是：饭箩、旧县、牛厄、临源、茆渚、郭渚、马浦、盛渚、浪石、虎跑、潮逆、袁阉、洪石、四公、派溪、椒山、金潭、冻等。这些滩，水甚浅，舟行牵挽极艰。

这些滩名，大部分我都不知道，我只知道旧县、浪石、洪石、椒山等。大学毕业，我在毕浦中学教书七年。夏天时，一帮年轻教师在游宏的带领下，常去天目溪里游泳。当地人叫毕浦为浦头，我将其理解为毕浦码头的简称，这一带，水极深，那时就常听说，以前这里的船只来往得很多，但终究没看到过航船。不过，后来，旅游公司搞起了天目溪漂流，那是旅游项目，一群人坐在竹排上，撑着伞，顺着水下，装装样子在航行。

三

富春江两岸，有着极为丰富的人文和历史，周天放花了功夫努力打捞：

簰门山，是某兄弟率民兵两千抗击金兵的古战场。

放马洲，旧有寺。我十分好奇，我的想象是，这个小岛上，应该是有建筑的。

俞赵村，有孝子泉，康有为曾买山数亩，欲造告老归隐的房子而最终没成。康有为是怎么来的呢？这里面一定有故事。

旧县，西有宁国寺，系南齐刘裕的孙子刘元琇的故宅，代代皆为名刹。旧县还有罗氏肖园，为江南名园，我看过桐庐老作家周逢先写过的一篇文章，里面有该园的描述——极为铺张豪华。

横村，有龙伏村。像龙一样埋伏，谁是龙？光武帝刘秀，曾隐于此。横村有白水湖，光武号白水真人。看来，因为严光的原因，桐庐和刘秀还真有不解之缘。

九姓渔民，它的真相，竟然是伎船，如果有这一层历史，那么，将九姓渔民当作品牌营销的地方，就要好好审视一下了。

大源，这个地方的竹纸——元书纸，曾经名噪天下。今年年初，浙江省散文学会去大源采风，我看到了元书纸的几位传人在绝地挣扎，手工造纸，要传承下去很是艰难。

1931 年至 1934 年，富阳人郁达夫两次到桐庐，他去了钓台，两上桐君山，在中国文学史上留下了两个散文名篇。

他在《钓台的春昼》中如此向往：

> 尚使我若能在这样的地方结屋读书，颐养天年，那还要什么的高官厚禄，还要什么的浮名虚誉哩？

他两上桐君山后，在《桐君山的再到》中竟然痴想：

> 想几时去弄一笔整款来，把我的全家，我的破书和酒壶等都搬上这桐庐县的东西乡，或是桐君山，或是钓台山的附近去。

还要怎样去形容富春江的美和好呢？郁达夫八十多年前就替她做了极好的广告。

四

《富春江游览志》还有一个亮点，就是叶浅予先生的配图。

叶先生此时虽只有 26 岁，却早已成名，他已经是上海《时代画报》的主编。而长他 12 岁的周天放，此时恰好在叶手下做编辑。据周天放的侄孙周华新（本书重版的策划者）了解，周天放写了书后，请叶指教，叶万分激动，并多方联系，帮助寻找出版机会。叶还拜摄影前辈郎静山为师，专门为

《富春江游览志》摄影配图，他约了画友黄苗子、同事陆志庠共游桐庐，拍摄了大量的图片，既有风情地理，也有人文古迹。我甚至揣测，这是他日后创作《富春山居新图》最早的一次完整采风，这一次，富春江两岸的景色，像烙印一样烙在他的心里。

有文，再加上叶浅予的 45 幅照片，整条富春江就生动无比了。

叶先生的照片，以鱼和江系列居多。

是的，这条母亲河，满目所及，都是赖她生存的两岸子民的日常生活和劳作，叶先生只是撷取了一些瞬间的时光片段。

看几个片段。

老翁垂钓图。

它被选作书的封面，应该是比较得意的一张了。戴笠，穿蓑，长须，钓翁稳坐船头，远山绽放着深蓝的青色，阳光晴好，半避着光的脸，虽然沧桑，却仍然显出一脸的满足。身边还有一双布鞋，显然，他是赤脚盘腿而踞。老翁举着渔竿，目视前方，静心等候鱼的到来。

这不就是严光吗？我欣赏过不少严子陵披裘垂钓图，心目中的严光，就是这个模样，心无旁骛，世事俗事，要远离就索性彻底远离，眼前富春江，背后富春山，天上人间，唯我独处。

完全没有摆拍的迹象，老翁对着叶浅予的镜头，也只是露出了平常的微笑而已，虽然相机是个新鲜事物，但他仍然只钓自己的鱼。

鱼系列还有许多：

鲥鱼图。憨厚的渔民，提举着一条刚出水的鲥鱼，鱼身白而柔软，目测至少五斤以上。这个尤物，已经绝迹，它只存在于桐庐人的记忆中。

渔妇舟中烹鱼图。挽髻，布衫，略带着满足的笑容，渔妇开始了日常午餐的准备，这不，刚刚捕上来的足鱼，有一斤多呢，加料，煮汤，可佐三碗米饭。

农夫摸鱼图。背着鱼篓，黝黑的身子，抬头一张笑脸，双手也没闲着。刚刚干完田里的活，中午的菜嘛，就在富春江里储着呢，螺蛳、黄蚬、泥鳅、土步鱼、鲫鱼，哪一种都鲜得让人掉眼珠子。这大江就是个菜篮子，随便什么时候来都有收获。

鸬鹚图。这里只显示小舟的一角，五只鸬鹚，各显神态，或者是捕鱼归来，鸬鹚们正以各自的方式休息；或者是鸬鹚们正要出发，这几天养足了精神，消除了疲劳，可以好好去大江里活动活动筋骨了。

除了鱼系列，叶浅予先生的照片，还有不少展现了富春江两岸的风光人文，严子陵钓台，圆通寺，遍地的野花，桃林，卵石，行船中之村妇，逆水行舟与顺水行船，细细体会，都有别样的风情，不一一细说。

说最后一幅，浣衣村妇。

这幅图和老翁垂钓，有异曲同工之妙。老翁是正面，浣衣女是背影。有的时候，背影更给人以无限的想象，因为它具备让你想象的空间。大辫子是本图的闪光点。每个年代都有不同的审美特点，朴素，健康，大眼，粗粝，旧中国农村的典型女孩。三月三日天气新，长安水边多丽人，那是文人眼中王公贵族女子在搞派对，而富春江边，依江而生的女孩儿们，也有自己的审美方式，上无片瓦，我不怪你的，下无寸土，我自己情愿的。我们不怕，我们有这取之不竭的富春江呢，"官人"啊，你若先回家，就先歇歇脚，等着我，这一篮子衣服洗完，马上回家给你做饭！呵，浣衣女面前的那一圈圈涟漪波纹，正将这一消息捎给她的"官人"呢。

五

循着周天放、叶浅予游览志的踪迹，以崇拜，或敬仰的方式，抵达富春江的灵魂深处。

春水行舟，如坐天上。

余下的章节，亲爱的读者君，全靠你自己去想象体验啰！

是为序。

丁酉初夏

杭州壹庐

（本文为周天放、叶浅予著《富春江游览志》重版序，上海文艺出版社2017年版）

自我深处的芳香

古印度哲人曾这样告诫我们：人应该把中年以后的岁月，全部用来自觉和思索，以便寻找自我最深处的芳香。

陈章寿不是印度人，但似乎很自觉地践行着这样的训诫，他将中年以后的各种思索，写成了五花八门的文字，一个从小到大的农家子弟，毫无保留地自我解剖，真诚，憨厚，活泼泼。

我读到了他文字深处的自我，闻到了他内心自我深处的芳香。

陈章寿的童年，和别人相比，并没有多大的特别，却是个明事理、极能干的孩子。他放学回家，会干各种农活，会挖笋，闲时会滚铁圈，当然，捉泥鳅之类的更擅长。他卖完泥鳅，得到一块一毛七分钱，应该是巨款了，然后，大方地花六分钱买了两根油条，又花三分钱买了一根冰棒。我仿佛看见这个少年，就站在昨天的街头，脸上露出童真的微笑，那种惬意，是辛劳后的快活，满溢脸上。

陈章寿曾经在学海里苦苦挣扎，他读的是商业中专，和石油打了半辈子交道。从中专出来，他非常渴望能上大学，在"刊授大学"里，他有一段辛酸的故事，但有这样的决心，一定可以得到更多的机会深造，虽然曲折，但毕竟圆了大学梦，或许，他今天呈现给我们的这些文字，也和他的大学经历有关。

陈章寿在文字里，自觉思索。

《算盘》，太正常不过了，相信当初的商业学校，也离不开算盘，会打算盘，算盘打得好，那是会计的基本功。然而，正是这个算盘，正是他数十年的社会和人生阅历，悟得了算盘和盘算之外的关系。算盘里有国民性，这种国民性，甚至数千年都没怎么变。我看过许多几个世纪前的外国传教士写中国的一些书，里头对中国人最多的评价就是，中国人聪明，算盘打得精，这方面世界上没有人能和中国人比。这样的评价，褒贬都在了。我没有到过北京的东岳庙，陈章寿在文章的结尾让我们开了眼界，也敲响了警钟：东岳庙速报司中，挂着两把大算盘。这里不是算盘博物馆，这么大两把算盘，干什么用呢？不是算财物，而是给人算功过的。你这一生，做了多少善事坏事，在这两把算盘前，拨弄两下就一清二楚了，后果其实自己也知道，这里是速报司，现世现报，不是不报，时间一到，一切都报。所以，就人生来说，算盘打得精，是好事，也是坏事。

这样的思索，在他的文字里，处处可见。

《看见昨天》中，由到朝鲜边境目睹的一些场景，引发了他诸多思绪，这种思绪，有从今天我们所处的现实引发的，也有他心里满满的善意触动的，一切都显得自然。

《花短裤说起》里，这种善意在深入。四川"五·一二"大地震，什邡妇保大楼成了危楼，边上的罗汉寺就成了临时安置点，一个关键环节，产妇生孩子，住持用禅凳做产床，搬用护马祖像的棚子遮雨，虽有些僧人不理解，怕血光之灾，但罗汉寺僧人的行为，却很好地诠释了佛教的精义，爱护生命，胜造浮屠。

而《外婆的闹钟》，似乎更像一幕生活喜剧。外婆因被借走了闹钟，半夜都没有睡意，还来闹钟，不一会就有呼噜了。虽情趣横生，但同时表明，习惯的力量是多么的顽固，人们其实都不知不觉地生活在一个习惯的世界里。

初见陈章寿，人憨厚，质朴，操着浓浓的诸暨普通话，似乎大大咧咧，但他的内心，极其细腻。我认为，他的那些少年青春萌动，犹如路边恣意盛开的野花，惹人喜爱，也是文章的一大亮点。向往爱情，向往美好的爱情，是人的天性，他的这种天性，大部分时候，都笨拙可笑，但我相信是他内心真实的写照。

《麦草扇》中，他讲完了母亲编麦草扇，姐姐编麦草扇，母亲用麦草扇的故事后，闲笔一转，就讲了一个久藏在内心深处的细节：比他大两岁的同村姑娘"囡"，夜色中，摇着把麦草扇，穿着无袖的白底绿花露胸套衫，将衣服往腰里一塞，麦草扇往背后一插，就摘起桃子来，毛茸茸的桃子，不断往她的胸间塞，以至于桃子一个个从裤腰里跑了出去。

少年羞怯的情愫，暗暗地饱含在他的记忆深处。

这种羞怯，数次出现在他少年青春萌动中专读书的时候。《水池》中，女孩一跤倒在他怀里的场景，成了他内心始终无法忘怀的遗憾；《磐陀石的秘密》中，女同学从石头上飞下，他被撞倒压下，不小心碰到了她身上的敏感部位，他也是幻想连篇。在今天看来，这些都是遗憾，也是所有少年的遗憾，但正是这种笑料式的遗憾和冲动，才构成了我们多彩而真实的青春。

陈章寿虽不是专业写作者，但他对文字的认真程度让人敬佩，谋篇布局，遣词造句，一如他的为人，认真踏实，正因为他的努力，加上对文字的喜好，除前面提到的一些篇幅外，还有如《入汉》《捉盐》《甲鱼》《与李白擦肩而过》等，都相当精彩。

往事如烟，那些烟都已成风景。

往事如云，那些云也都酿成了甘露。

风景和甘露，皆为一切人生成长之必备。

写给陈章寿，也写给我们大家。

是为序。

（本文为陈章寿著《兰馨竹韵》序，中国文联出版社2018年版）

生活中的平凡哲学

一个业余写作者，利用她有限的空余时间，在她喜欢的文字田园里，哼哧哼哧，一直耒耜勤耕，经年累月，竟也积得数十万字。她忽然抬头，伸起老腰，看着身后那一片花花绿绿，竟然是她少年、青年、中年的各个影像，影像里有辛酸，有闲愁，有欢笑，也有哲思。

喻慧敏的《半生记》，看书名就知道她的用意了，这本书，是她半生来的记忆，半生来的小结。

少年时考上学校，完成了身份的转移，毕业分配到单位，循规蹈矩地工作，为人女，为人妻，为人母，这实在是一个平常的江南女子。

看这女子半生的一些片段，并没有惊天动地的大事，不过是抒发了一些乡情，记录了一些琐事，自然，还有她到过的有限的一些地方。她就是在这些乡情和琐事中，完成了她的前半生。

然而，正是《半生记》中的这些平常事，我却读出了蕴含着的平凡人生哲学。这种哲学，用以下两种人生常态为强力支撑：

第一，平淡，一切生活的本源。

所有的绚烂，激情过后，都会归于平淡，吃喝拉撒睡，油盐酱醋茶，是平淡人生之常态。《半生记》所记录的，就是这种平淡。

比如，写家里的《母亲的床》《床背后》。她家里的老床，那张床，她们睡了半个世纪，母亲睡过，她也在那张床上出生，这床就是她和她家生活中的另一个重要成员。小时候，她会盯着床围栏上的各种画看，这些画太熟悉了，每一幅，每一个细节，梅兰竹菊的每一片叶子，都浸入她的脑髓，浸入她的血液，她也常常在画的梦中睡去。我肯定，她最初的文学梦想，一定是那些画，那些并不精致出自乡村油漆匠之手的画，它们将她的文学意象激活。

比如，《原始与繁华》。她走进了一个平常的村庄，蹲在墙角晒太阳的老人，慵懒地躺在路中间的黄狗，剥落的泥墙，破旧的梁柱，荒芜的田地，疯长的杂草，几乎所有的景象都显示，村庄很孤独，几近没落，但她却在村庄里发现了生机，种番薯的日常细节让人心里顿生暖意：

一对年过六旬的老夫妇,各自挑着一担沉重的番薯,一前一后往山顶上走去。挑一段路,就得用一根小棍子挂着扁担中央歇一会儿。一只白土狗蹦蹦跳跳地跟随在左右,追上了前一个,又停下来瞧着等着后一个。到了地里,他们跪倒在松软的土上,将一个个保存得完好的番薯埋进泥土中,虔诚地等待着生命的重新萌芽。

老夫妇生活平淡,却很从容。我们赖以生存的土地上,仍然有人在坚守,栽下了种子,就栽下了希望,这一对老夫妻,还有那一只白狗,就是生动生命细节。作者要告诉我们的是,土地,永远是我们的命,土地充满生机,人类才会鲜活。

第二,真实,伟大的生活导师。

真实的生活不用雕琢,也经不起雕琢。每个人都在生活中真实存在,人的一辈子绝不会一帆风顺,光鲜的背后极有可能是惨不忍睹的千疮百孔,每个人都会面临各式各样的坎坷和苦难,只是大小程度不同而已。但苦难有时也会被夸大,只有良好的心态,才会化解苦难。

比如《钓水》。作者遇到的"钓水"女子,我也是第一次听到,但我瞬间明白,这是一个哲人,看她无所事事地,闲闲地,举着根钓竿,面对大海,她其实是在和大海对话,和她的一切对手对话,波涛惊与不惊,都影响不了她的心情,这样的人,困苦难不倒她。

比如《关于死亡》。作者由公公的病说开去,谈到了死亡这个终极话题。不知生,焉知死,生和死,极其真实,不会和人来半点虚情逶迤。事实上,几乎所有人,都恐惧死亡。"死

亡同太阳一样，让人无法正视。"（拉罗什富科）

肉体消失，我们都想极力否认，但又义无反顾地奔向健忘，愚蠢地陶醉于占有钱财带来的肤浅感受，我们不断赞美医学的进步，不断赞美各种形式的长寿。同时，我们还会努力寻找那些能拯救死亡的各种仙方，巫师道士们，长生不老的许诺，总令历代皇帝们神往，并为之竭尽全力。

哲学家们却很清醒。蒙田直言：探讨哲学，就是学习死亡。换句话说，预先思考死亡，等于提前谋划自由，再通俗一点讲就是，不懂好好死的人，也不会好好活。

关于死亡，其实是一个博大的话题。作为一个写作者，思考一定比不思考要深刻。

所以，面对《深山众生》，队伍庞大的蚊群，自身拥有致命武器的黄蜂，铜钱般大小匆匆赶路的小山蟹，崖壁上翠绿的蛇，这一切生命，在作者眼里，都那么的活生生，它们都生活在这座大山中，它们和人类一样，也有生老病死，但正是这样的真实，才符合生生不息的自然天道。两相比照，深山里的众生，其实就是人类另一种真实的存在。

另外，《半生记》中，作者也处处感知生活中的疼痛，揭出病苦根源，《猫的昨日和今天》《狗事》《绝命天堂》，都充分体现了她对众生的怜悯。有人说，那些墓地里的猫，它们在逝者中穿梭，从一个祭台跳到另一个祭台，它们不是在扰乱墓地的宁静，反而构成了宁静的一部分。是的，狗猫的人生，小癞蛤蟆的人生，它们都有自己的运行规则，哪怕尘埃。

同是 20 世纪 60 年代生人，我读喻慧敏的《半生记》，仿佛也读出了自己的人生，我肯定，这种感觉绝对不仅仅我有。

又想，大千世界，其实也并没有什么圣人之类的，大多是庸常之徒，平凡的生活，平凡的理想，纵然有人想把自己扮成一只出洞散步的螃蟹，张牙舞爪一回，说不定瞬间会被人一网兜进，这就是真实的人生。

我以为，平淡和真实，生活中的平凡哲学，它们是一种境界，也是人生的基本法则，这一些，都写在了《半生记》中。

是为序。

丁酉六月

杭州壹庐

（本文为喻慧敏著《半生记》序，文汇出版社 2017 年版）

在异域寻找星空的璀璨

熟背《古文观止》,《唐诗三百首》张口就来,一有空就会将所游所思构成自己的文字,几十年来,温州作家张绍光,写下了数百万字的各类散文随笔。

这一回,张绍光将目光对准了异域。

我读着他的文字,跟着他一个国家一个国家地游览,大开了眼界。他很有耐心,带着你,观风景,说人文,谈历史,讲体验,他用独特的眼光,将异域天空那一片璀璨的思想星光都摘下给你,让你身临其境,感同身受。

世界文明古今璀璨,中国历史悠久,异域同样精彩。

莎士比亚故居、温莎古堡、巴黎名人墓

地、柏林墙、莱茵河传奇、布拉格黄昏、日本红叶、布鲁塞尔的"撒尿小孩"、巴黎圣母院的钟楼、马赛的小岛、卢浮宫的蒙娜丽莎、比萨的斜塔、罗马的大街小巷、夏威夷的色彩，无论亚洲、欧洲或是美洲，所有的所有，每一处，都已固定成独特的文化符号，它们不仅是世界文化经典，同时也散发出极强的文学光芒。

张绍光异域的脚步一直伸向远方，有许多我是第一次听说。

比如，印度北部的克拉久霍性庙，被联合国教科文组织列入世界文化自然遗产保护名录。几十座神庙中有大量的性爱雕刻，囊括了80多种性爱动作，结构之复杂，意象之奇崛，雕刻之精湛，描绘之大胆，令人叹为观止。但它们是了解中世纪印度人世俗生活的窗口，不能和黄色淫秽的色情画廊相等同。张绍光还详细介绍了印度文学史上有重要地位的《欲经》，犊子氏的这部书，不仅说明性爱是对生活的美妙享受，更强调了性爱与人的职责和社会义务之间的关系，只有对情和欲进行引导升华，有节有度，才能使人的品格得到有益的培养与发展。

比如，和希腊隔海相望的特洛伊古城遗址。古城虽然多次修建，但又多次毁损，在地底下清晰可见九层墙基，只剩下城墙、寺庙和剧院坍塌的石柱，横卧在凌乱的岩石上。作者在残壁断垣中穿行，有一种长远而神秘的感觉。我的脑中也马上闪出了殷墟安阳古城、西安古城、洛阳古城等，世界文明遗迹好多都是毁了建，建了毁，而正是这拉锯式渐进，才使人类文明一步步向前发展。

当然，张绍光更会关注在外的中国人，特别是拼搏在外的温州人。

看《马六甲的中国味》。

永乐三年（1405），朱棣的心腹，太监郑和，怀揣他的明令和暗令，带着大型联合船队，开始了西洋之旅。

对于这次航行的目的，众说纷纭，不过，明暗两令，都言之有理：明令，诏书上写得明明白白：扬我天朝国威，让四方蛮夷归服。暗令，《明史·郑和传》上似乎也明白得很："成祖疑惠帝亡海外，欲览踪迹。"就是说，"靖难之役"后，小朱皇帝，国内遍寻不着，是不是跑到海外去了？红色追捕，跑到海外也要找到他！

集两种目的于一船，郑和下西洋，就有了最好的理由。

郑和一路鼓帆南行，一路留下标记，西沙群岛，就叫永乐群岛吧，我们是永乐的先锋队，我们是大明的探索者。印度西海岸的古里，郑和第一次下西洋到达过那里，石碑的铭文上刻着：去中国十万余里，民物咸若，熙暤同风，刻石于兹，永示万世！张绍光写道：郑和下西洋，曾五次经过马六甲城，大明公主曾下嫁马六甲的苏丹，马六甲有中国山、三保山，马六甲有三分之一是华人，马六甲处处都是中国元素。

再看《柬埔寨的温州商人》。

张绍光既写了一个群体，被称为"中国的犹太人"的温州商人，又重墨写了他熟悉的朋友，一个在柬埔寨创业的温州人。胡金林的不凡经历，张绍光娓娓叙来，我们仿佛看见一个普通中国商人，起早摸黑，用汗水，用智慧，用情怀，创下了自己的一片天地。但我却从张绍光的笔下读出，胡金杯的经历，启示更多于赞赏，他启发我们，不屈不挠的勇气，再加上勤奋和智慧，在哪里都有成功的可能，胡金林是在异域创业的千万中国人之优秀代表。

张绍光的文字，也使我回忆起了自己游历异域的一些场景。

他去威尼斯，将"贡朵拉"模型带回到书案上，而我去威尼斯，却直奔圣马可广场。

广场上很多人在喂鸽子，手臂上，肩膀上，头顶上，一只，一只，一只，一人身上，多的有十几只，只要你手上有足够的鸽食，那些鸽子，训练有素，甚至会和镜头互动，停在你掌心，小脑袋滑溜溜转，挺立四望，振翅欲飞，似乎在辨人，白的，黄的，黑的，男的，女的，嘿，它们是有记忆力的，超强，它们仿佛在寻找熟悉的脸孔。

网络与网络之间的绿蓝色海水，在安静地流动，网络与网络之间的行人游客，却热闹非凡。这好像是一个巨大移动的格子岛，建筑物的影子，帆影，人影，时而被"贡朵拉"刺成碎影。

出圣马可大教堂，夹着川流的人群，往北大约 400 米，曲里拐弯，终于找到了马可·波罗故居，这是我去威尼斯的主要目的。

这座三层黄色院落，现在是私人住宅，但里面并不是他的后人居住着，完全不像其他名人故居那样完整修葺保留。院落的一边，夹杂着餐厅、酒吧、旅店，都以"百万"命名，导游介绍说，《马可·波罗游记》，意大利文的译名就是《百万》，一种说法是，在游记中，马可·波罗常常用"百万这个、百万那个"的口头禅来形容他见到的繁华，人们于是称马可·波罗为"百万先生"。在我看来，这个故居只是一个符号，更多的是商业写真，这个符号仅表示，马可·波罗一家曾经在这里居住过。

马可·波罗故居虽简陋，临水的墙上，颜色斑驳，有些黄色的小砖块已经掉落，但并不妨碍想象，我的思维在元蒙历史的时空里充分驰骋。

1275 年，17 岁的小马，与他父亲和叔叔，一群威尼斯商人，带着罗马教皇写给元朝皇帝的亲笔信，从威尼斯的这座小院出发，沿着陆上丝绸之路，经过四年的艰辛辗转，到达了元朝首都北京。在元朝的 17 年时间里，小马从年轻的威尼斯商人，变成了一个相当有主见的元朝官员，忽必烈极其看重他，常派他到全国各地处理重要事情，有时甚至派他出访邻国，当友好使者。外国人在中国的朝廷里做官，历史上并不罕见。忽必烈，蒙古大帝，马可·波罗，欧洲商人，似乎天生就有亲近感，强者，智者，能说到一块，也不是什么奇怪事。

离开马可·波罗故居，沿着马可·波罗桥返回码头，抬望眼，我似乎看到了 17 岁的马可·波罗正站在桥上，在和一群人挥手告别，他要去远方，他要去古老的东方中国。

我去的异域，远不及张绍光十之二三，即便在威尼斯，他也跑得比我多，体验比我深。他在异域穿街走巷，将新奇和感受一一展现于笔下，在文明社会里体验文明，也寻找不足，在落后和贫穷的国度里发现亮点，游记文字朴实，视野广阔，不乏睿智，犹如他的为人，诚实憨厚，却时不时给人以温暖和哲思。

正如张绍光的书名，《美丽并不遥远》序，是的，他笔下的异域就是个璀璨的百宝箱，一旦打开，你一定会流连忘返。

是为序。

丁酉六月

杭州壹庐

（本书为张绍光著《美丽并不遥远》序，安徽文艺出版社2017年版）

在自由的血脉里贲张

读完施方的《蒋智由传》，一个民国著名人物的身影，从模糊逐渐清晰。

诸暨人蒋智由的血脉里，一直跃动着自由活泼的因子。

十岁时，行六十里山路，从诸暨到绍兴，为的是买一本大书——《资治通鉴》。这个不寻常的举动，极好地证明了一条颠扑不破的真理，阅读，改变无知和贫穷。他必须先从思想上实现自由，插上理想的翅膀，才能飞得更高更远。

果然，山东曲阜知县，外人看来既可光宗耀祖又能实现财富自由的职位，他果断地鄙弃。在他看来，这个腐败的政府，已近没落，自由的思想已在他心里扎根发芽，蒋智由成了康梁变法的骨干中坚。

维新虽只有百余日，新思想却在旧制度腐朽的养料中茁壮成长。蒋智由的《卢骚》诗，作为新诗的典范，他发出强有力的自由声音，成为沉闷的中华大地旷野上的长音：

> 世人皆欲杀，法国一卢骚。
>
> 民约倡新义，君威扫旧骄。
>
> 力填平等路，血灌自由苗。
>
> 文字收功日，全球革命潮。

我看见了，诗中饱含着巨大的抱负、高远的追求，一种莫大的激情，在号召人们：平等自由，不会自己来到，必须要打破旧制度，平等民主自由的大树，要用鲜血来浇灌！

施方笔下，蒋智由的这一段经历，相当重要。1902 年冬，作为新党的他，避地日本，这也算另一种自由飞翔，他与康有为、梁启超等一起，想寻找一条道路，筑起心中自由的梦想。1907 年，康、梁、蒋等人发起成立了政闻社，办《政论》杂志，蒋智由任主编，杂志的中心话题是，倡导君主立宪。

统治阶级愚民的最基本手段，是禁锢人们的思想，必须让百姓老老实实做顺民，服从他们的意志，因此，他们往往视新思想为异端，切齿要将新思想消灭在萌芽状态。确实如此，思想一旦激活，就像埋下的种子，会爆发出强大的力量，然后迅速疯长，直到掀翻旧有的一切。

1902 年前后，为追求新思想，实现技术报国，一大批有志青年踏上了日本求学的道路。陈寅恪、陈独秀、廖仲恺，等等，当然，浙江人更多，王国维、鲁迅、蒋百里。而蒋智由的儿子蒋百器，却早他父亲两年去了日本，儿子学的是军事。这个儿子，同样优秀，章太炎曾誉赞：浙江二蒋，倾国倾城。这二蒋是海宁人蒋百里和诸暨人蒋百器，他们相貌英俊，才华横溢，都是民国历史上的重量级人物。

以新兴崛起的日本，来观照腐朽的清王朝，这一群留学青年，个个摩拳擦掌，他们要向民众宣传新思想，要让自由思想之火在中国古老大地上燃烧。

思想家、编辑家蒋智由，不仅博学，文学成就也同样令人瞩目。

他的诗，与黄遵宪、夏穗卿一起，被梁启超赞为"近世诗界三杰"。梁启超的名著《饮冰室诗话》，这样评价蒋诗："近观云以其四长篇见观，读竟，如枯肠得洒洒，圆满欣美!"什么样的文字，什么样的力量，能像入枯肠的酒一样啊，如久旱逢甘露般让人过瘾!

传记后，有附录，列举了蒋的数首代表诗歌，我略读了一些，总体感觉是，诗里行间，蒋的革命激情始终高涨，无不散发出对自由的诉求。

我对鲁迅经常上门拜访蒋的场景，极感兴趣，但只能读到一些并不完整的信息，我相信，材料的找寻有难度，需要详细梳理。

在鲁迅眼里，蒋是长辈，经历丰富，思想新锐，也是维新的主导者，蒋的身上，有着多种他需要的东西。而鲁迅早就洞察到一切，在学日语的预科期间，他看不起那些不争气的同学：整天把地板踩得咚咚响，尘土飞扬地学跳舞，不遵守排队洗澡的规矩，还把水溅得到处都是。同胞不成器的丑态，日本人轻蔑的眼光，让鲁迅愤怒：一个人乏到了自己打自己的嘴巴，也就难保别人不来打你的嘴巴。

心气和眼界都极高的鲁迅，要让他折服，人和事，都有难度，但蒋是他常见的人之一，我想，除了蒋百器和鲁迅是同学、老乡外，重要的是，蒋的为人、思想和学识都让年轻的鲁迅佩服。

蒋还有一个决定，没有几个人能做得到，就是坚决不做北京大学的校长。

"五四"运动后，蔡元培三辞北大校长，表示对北洋军政府的抗议。北洋政府一面假意挽留，一面却找蒋智由接任，蒋却毫不犹豫，坚决拒绝。原因有二：蒋和蔡是好朋友，蒋不想和北洋政府同流合污。中国最著名大学的校长，莫大的名望和身份的象征，蒋断然拒绝，正直和骨气，令人肃然起敬。

施方笔下，蒋智由几乎是全才。他编的《蒋著修身教科书》，以情、智、意为主线，强调意志自由，深受各界喜爱。若干年里，一版再版，他的自由种子，在最大范围内播撒。

探寻一个人的思想历程，且要比较准确做出分析，有很大的难度，因为，我们能看到的材料非常有限，即便看到的材料，也有良莠之分，不能全部采信。

施方在后记里，说了她写这本传记前后的一些思想和写作状态，我相信是真实的。对一个民国风云人物，不能只了解他的自身，而应该将其放在大背景中考察，蒋智由的一生和时代紧密相连，因此，施方一定经历了诸多的痛苦，她要在传主事迹的草蛇灰线中，寻找出清晰的脉络，逐一梳理，并要深入他的内心，和他对话，和他交往的各式人物对话。

现在，呈现在我们眼前的蒋智由，篇幅虽然不长，但叙事简洁，逻辑清楚，血肉丰满。以此看，施方的痛苦是值得的，她为蒋智由塑的像，立体形象，在诸暨人文历史的群像中，这一尊像，一定会发出独特的光芒。

个人认为，如果能将蒋智由的思想波动过程（中间有保守保皇的转变），放到更大的环境中去剖析和进行细节描述，或许更能反映蒋智由真实的人生。

无论如何，蒋智由，都是一个值得作传的人物，编报纸、办教育、搞革命、钻学术，他的一生都在为自由而战，他的身上，写满了整部民国风云。

是为序。

丁酉初月

杭州壹庐

（本文为施方著《蒋智由传》序，浙江工商大学出版社2018年版）

永康的细节

一

永康是由诸多细节组成的。

吕纯儿的《十四村》，就展现了千年永康的若干生动细节。

文楼村少年程正谊，因为家贫而遭遇退婚，正在他苦恼的时候，好运气也来了，后塘弄村的吴员外却看中了少年程的潜质，认为他日后一定会发达，他将夫人花房里的二十四位姑娘全部送到少年面前，让他看中谁选谁。

这天上掉下来的馅饼，并没有将少年程砸晕，他自有他的择偶标准，弄了把扫帚当道具，二十三位如花似玉的姑娘，款款从他面前走过，对那把故意横倒的扫帚视而不

· 324 ·

见，第二十四位姑娘来了，只见她自然先弯下腰，将扫帚扶好，拿到合适的地方放好，极其从容。这最后一位姑娘，正是吴员外的女儿，虽然貌没有如花，却成了少年程的妻子。

少年程选妻子，真有点像现代外企选人才，冷不丁来一下，等题目揭晓，大多数人如梦初醒，这也算测试？对，细节决定成败，一切都在细节中！

少年程果真没有让吴员外失望，官一直做到了"大京兆尹"。

当少年程变成官员程、老年程的时候，他对子孙有个交代：以后，每年的正月初一，你们都要到后塘弄村的外婆家拜年，要一直拜下去。于是每年的大年初一，文楼村的程氏后人，便浩浩荡荡来到后塘弄村拜年，第二天，后塘弄村的吴氏后人，又浩浩荡荡地到文楼村回拜，场面壮观。

我问吕纯儿：现在，这两个村的风俗还是这样吗？

吕纯儿笑着说：还是这样，每逢春节，很热闹。

这样的细节，已经不是细节了，它早就凝聚成为一种感恩报德的精神，这种精神，一直推动着中华民族的发展。

我一下子想起历代传奇中那些类似的故事，或者感恩报德，让人感动得泪流满面；或者忘恩负义，让人痛恨得咬牙切齿。好多故事，其实都是演绎和捕风，掺水又掺水，但这一个，"二十四姑"扶扫帚，却活生生，就在我们身边，她一直存活到现在。

二

数年来，吕纯儿一直在寻找永康的细节，精神的，现实的，孜孜不倦。

比如，诗文之村金城川。那里有传承数百年的"枫崖书屋"，这书屋仅仅只是一个读书之地，明清以来，金城川的读书之地还有：鼓涛书院，高士书院，芪清轩、怡如轩、友竹轩、琴鹤轩、漱芳轩、静怡轩、培桂轩、临清轩，十松书馆，耘思义塾，环清书屋，万卷山房，等等，这么多可以读书的地方，且是一个村，村小书屋多，这是中国传统文化中晴耕雨读的典型，着实让人神往，我宁愿在这样的村里生活！一个爱书人、读书人，从三个字或四个字的枯燥书院名称中，完全能想象出书院的场景，它是我们心灵和身体成长的地方，在那里启航，就有可能走向理想的远方。

比如，清渭街的匠人。铁匠、铜匠、锡匠，应树德堂、应兰顺妇科、陶月仙馄饨、胡岩金肉麦饼、孔传叨打铁，反正，这个村，就是由这些能工巧匠和百年品牌组成的。两县古道，千年老街，这里的繁荣，一直延续到今天。吕纯儿有些痴迷地站在打铁匠张传叨的身旁，听他讲打铁经："一炉二炭三钢四铁，当数手艺第一。"打铁六十七年，有着十几万小时的经验，这样的铁匠，我不敢说是中国之最，但至少也是中国传统打铁工艺界的翘楚。

其实，整个永康，就是个能工巧匠之乡。

吕纯儿在《芝英》一章写道：在"十八恭"的年代，芝英还有一个"百工汇"。春秋两季都有几个集市日例行聚会。如每年农历的正月初八、正月十三，各地手艺人自发汇聚于芝英集市，徒弟找师傅、师傅找徒弟、各行各业的人出门做手艺、生意所需要的工具和材料等，一般也都可以通过"百工汇"。

可以这样说，永康五金在全球的名气，其源头就是明清时期走街串巷的各类手艺人，他们和现今，一脉相承。

吕纯儿经常会回到自己的出生地寻找细节，那是她魂牵梦绕的地方。她说，她从小就在父亲制作缸的现场，耳濡目染。她自己也会绣花，我惊奇，一个出生在 20 世纪 70 年代中后期的年轻女子，也会这样传统的手工细活？她说，她们村，好多人都会。

三

《十四村》，以一种平实而简洁的写法，将永康的细节一一展现。

吕纯儿的文字，相当节制和果断，几乎没有拖泥带水，也恰如她的为人交际，腼腆寡言。这种行文风格，应该和她的记者职业有关。我完全想象得出她在永康田野奔跑的形象，带着采访本，在老村古村里，匆匆行走，永康的七百多个村，她都想跑。田间那些水灵灵的植物，飘香的瓜果，村头蹲着晒太阳的老人，随着她跑东跑西的狗狗，这一切，都会牵动她敏感的神经，她对大地的感情，对故乡的眷恋，都凝结成了简洁的文字。

我笑着对吕纯儿说，你的《十四村》，写得有些节制，下回，应该可以有些散淡淡的拖泥带水，再加些柔情蜜意，《十四村》应该是充满人间烟火味的鲜活存在。

你爱《十四村》，《十四村》也爱你。

全球人都希望永康。

我们都爱永康。

是为序。

（本文为吕纯儿著《十四村》序，浙江人民出版社2018年版）

我坐在春风里沐浴

一

陆生作发来《有故事的蔬菜》《有故事的虫子》两部书稿，嘱托我在前面写点什么。我边读边想，脑子里长久浮现的一个词是：如坐春风。

我不知道，为什么这个词如此顽固地占据着我的头脑，读完书，想明白了，他这两部书，有知识，有故事，有传说，有童话，更有作者的亲历和体验，而所有这些元素，大都能调动起我的情绪，我的思绪一直跟着他的文字在游走。

仿佛，此刻，晴朗的夜空，我们就坐在家门口，沐着三月的春风，面对宽阔的田野，听他娓娓讲述季节里的蔬菜，从马兰头、竹笋、蕨菜、香椿、南瓜、黄瓜、丝瓜，讲到茄子、番薯、冬瓜、大蒜、萝卜，这些蔬菜，都带着魂灵。刚刚耙过的稻田里，青蛙呱呱叫个不停，陆生作又从眼前的蛙，讲到蜻蜓、蝉、蜈蚣，讲到蜜蜂、蚯蚓、蚕，这些虫子，都伴着我们成长。从立春讲到立冬，陆生作把我们日常的蔬菜，身边的虫子，细腻而生动地讲了一遍，我有些着迷。

无论蔬菜，无论虫子，它们都是我们亲密的朋友，是至亲，任何时候，我们都离不开它们，它们是永远的朋友。

<h2 style="text-align:center">二</h2>

陆生作蔬菜和虫子的故事，也打开了我尘封已久的少年记忆。

拣竹笋说一下。

我们白水村的山后面，以及后面的后面，山连着山，岭接着岭，到处都有竹林，大竹林、小竹林，一望无际。春天伴着第一响的雷声后，那些竹林就渐渐热闹起来了。生产队里那些毛竹林，就会有黑黑的毛茸茸的笋尖钻出，只需要几天时间，就出落得有模有样了，那些粗壮的笋小伙，绝对不能挖，生产队会派林管员，严加看守，因为要将它们培养成毛竹林，生产队里每年都要用大量的毛竹，农活中需要许多的竹篾制品，甚至还要拿毛竹卖钱，这也算是一宗比较大的收入了吧。但管理即便如此严格，也仍然会有人偷偷地挖几根，春毛笋炖咸肉的味道实在太诱人了。

拔野笋，是农村小孩的必修课。野笋长的地方太多了，田间地头，只要有几棵小竹子，就一定有笋可拔，随便几个地方转下来，就有一小袋了。但要想拔到更多的笋，就一定要去较远的深山，那些野笋和那些野茶一样，都需要付出一定的艰辛和努力才会拔到。现在，我的左手掌心里，还有一道隐约的小疤痕，那是放学后拔笋，不小心被竹尖深深刺中留下的。

拔回野笋，尚有大量工作要做。必须连夜剥开，否则容易老掉。剥笋这个活，其实还是有一定技术含量的。我们的方法是，用手抓住笋壳的苗尖，来回搓软，将笋壳左右两边分开，再将披开的笋壳用手指绕几圈，用力一扯，半边笋肉就完全露出来了，用同样的方法，左右两下，一支鲜笋就剥好。然而，剥笋会造成手指的损伤，时间一长，手指就痛得受不了，但笋必须剥完。剥完一部分后，马上就要煮，加上适量的盐，一锅锅煮，然后再一根根摊到竹箦上或团箕里，晒干就可收藏了。

味道鲜美的野笋干，几乎成了农村家家户户的必备。

野青笋干、油焖春笋之类，只是大自然春天的代表作品，其实，说竹笋，还必须言及冬笋。冬笋具有一种别样的美味，杜甫就有诗句：远传冬笋味，更觉彩衣春。他以通感的方法写出了冬笋的别致，同时也表明，咱们的前辈吃冬笋的历史很有些年头了。

冬笋藏在竹林里地底下，不像春笋，冒出头，直接挖下就是了。冬笋往往藏得很隐秘，寻找它不仅要靠力气，更要靠眼力。依据老爸的掘笋经验，挖冬笋，必须注意两点：一是要看毛竹长什么样，长冬笋的竹一定粗壮健康，勃勃生机；二是竹林里的泥土，一定要肥而厚，贫瘠之地，长毛都困难，别说冬笋了。

中国人向来讲食药同源，所以，笋也是一种良药。

《名医别录》云笋：主消渴，利水道，益气，可久食。

《本草纲目拾遗》又云笋：利九窍，通血脉，化痰涎，消食胀。

难怪，中国人说起笋，总是没完没了的。

三

再说虫子。

虫子就是动物，只不过是小型的，关于动物，我写过一本《笔记中的动物》，谈得比较多，我仍然持"我们和动物在同一现场"的观点，意思就是我们和动物，谁也离不开谁。

研究者认为，人类只是自然的一部分，人类和动物植物并没有太大的区别，老鼠和人类有 99% 相同的骨骼结构，人类跟黑猩猩有 98.5% 的基因是一样的，人类和西红柿也有 60% 的基因相同。而且，很多动物都有感情和情绪，它们也有严密的社会组织，如虎，如狗，如蚁，如猴。人类和动物的区别，大概只有文化和历史，人会思考，会质疑，会直立行走，有不断进化的大脑。

只是，人类掌握着对动物们的生杀大权，人类会将各种动物弄死，并用它们的尸骨当药，来替自己疗伤。人类还在无休止地消费动物，一条蚕一辈子只活短暂的 28 天，一生吐的丝却有千米长。

明朝作家谢肇淛的《五杂俎·卷之十一》，对动物的灵性如此总结：

> 虾蟆于端午日知人取之，必四远逃遁。麝知人欲得香，辄自抉其脐。蛤蚧为人所捕，辄自断其尾。蚺蛇胆曾经割取者，见人则坦腹呈创。

麝知道人要取麝香，在被追得走投无路时，会自己将麝香挖出丢给追赶者；那蚺蛇也一样，人类要割的是它的胆，被追得穷途末路时，会将肚子上的伤口露给人看，闹，别害我了，我的胆已经被你们割走了。这样才会逃过一劫。

几百年前，智者尼采，在大街上，曾经抱着一匹马的头失声痛哭：我苦难的兄弟啊！虽然被人送进疯人院，但尼采并没有疯，在他心里，也许，他认为"人类是我唯一非常恐惧的动物"（萧伯纳语），恐惧人，是因为人类的快乐，常常是以牺牲另一个动物的生命为前提的。

蜜蜂有多重要？爱因斯坦曾预言：如果蜜蜂从世界上消失，人类也将仅仅剩下四年的光阴！是的，在人类利用的一千三百多种作物中，有一千余种需要蜜蜂授粉。

四

虫子和人类的关系，前面我已经说得够多了，陆生作在两部书里也不时地有善意提醒，于是，我在想，人类到底该如何与蔬菜和虫子们相处呢？

恰好有一个答案可以解释。

前几天，我在看［美］贝里著的《经典素食名人厨房》，有一节讲印度耆那教的创立者大雄的故事饶有趣味。大雄在成长过程中，父母不允许他食用胡萝卜、大头菜、防风草根之类的球根类蔬菜，为什么呢？因为昆虫及其他许多有机体都依赖蔬菜的根部维生，拔除这些蔬菜的根，会对数以百万计的微小生物带来极大的痛苦及灭绝。

此外，大雄及家人们在喝水前，会先用一张特殊的布来过滤，为的是滤出水中的昆虫及其微小的水生动物。大雄本人，还有他的双亲、姐妹及哥哥，还会一丝不苟地依照戒律，在日落前吃晚餐，以免火光引来带翅的昆虫，使其落到食物上或不小心飞入口中。大雄"尊崇生命"还以这样的方式体现：在静坐冥想时，他会让昆虫、爬虫类的小动物叮咬他而丝毫不动一根寒毛。今天，世界上大约有 400 万的耆那教教徒。

他们这样做的前提，达尔文的进化论可以解释：所有的生命形式都来自同一源头，所以，不论是鱼还是哲学家都是有血缘关系的同类。

虽然是教徒，但足以给我们其他所有人提醒。

五

忽然想到了美国作家菲利普·斯蒂德的一个小童话，《阿莫的生病日》：

有一天，动物管理员阿莫生病了，他平日里温柔照顾过的动物们，纷纷坐着公交车去看望他，这些动物有大象、犀牛、乌龟、企鹅、猫头鹰，等等。

情节简单，场面却万分温馨，我想，人和虫子、蔬菜之间的关系，他已经说得很明白了。

我坐在春风里沐浴，春风不仅是我的，也是蔬菜和虫子们的。

是为序。

丁酉初夏

杭州壹庐

（本文为陆生作著《有故事的蔬菜》《有故事的虫子》序，化学工业出版社 2018 年 3 月出版）

以低到尘埃里的姿态

我欣喜地阅读着鬼鬼的文字。

这个外表刚强内心却无限柔软的江南女子，为我们提供了一个尽情抒发内心的新文本。

无尘，整个世界一片干净，众人向往。

无尘的前提，应该是有尘。这个世界，并不处在真空里，太多的尘，遮蔽了世人的双眼。地老天荒的盟誓和始乱终弃的游戏同台上演；白字黑字的条约和欺瞒骗诈的商战整日较量。日光和人心一样，都不能直视。

故此，每个人或多或少都会有一些尘，除非他是神。

有尘，就需要去除。

除不掉别人的尘，我除自己内心。

鬼鬼的除尘方式，常常是一个突然的决定，背包已经和她一起在去往除尘的征途上了。她喜欢奔向那些人烟稀少的边远地界，那里可以放空或者填满，放空所有的烦恼和不悦，填满山水和人世的温暖。远的如云南、贵州、四川、重庆、内蒙古，近的如遂昌、景宁、龙游，有自驾，也有徒步，反正，对鬼鬼来说，除松阳外，都是他乡，她在他乡除尘，在旅途中不断净化自己的心灵。

于是，她的那些独特体验，就变成了鲜活而真实的文字，现在，我们大家和她一起分享。我知道，她的这些文字，远远不及她背包生涯的十分之一，甚至百分之一。就如人们一直想知道马可·波罗那本中国游记的真实性时，老马说：我所见的远不及我所说的十分之一。

当然，我看到更多的场景是，她开着车，或者徒着步，行走在松阳故乡云端上的那些古村落里。那里，有她的童年，或者，有她父辈的记忆。她以诗性的语句，将所见所思，一一编织在她率真而简洁的文字里，织得多了，竟成了长串的美珠，犹如漂亮的风铃，在微风中发出悦耳的叮当声。

我喜欢她这样的文字：

金色的草垛，疏疏朗朗的一堆堆排列在梯田上，太阳映照着，闪着金色的光，果树林中村舍点缀，炊烟袅袅，飘过红墙、绿树、红枫、银杏；敏捷的小孩在山路上奔跑，可以听见在池旁洗衣的农妇们的快活的闲谈和农民们在院子里修理犁耙的斧声；庄子里，家家户户的窗户跟前，房檐底下，挂着一串一串的红辣椒，一嘟噜一嘟噜的玉米，一挂一挂的捞汤菜，一个被时光眷顾的小村，像一个真正的鸟巢悬贴在那里，这里是故土，这里是归乡。（《枫红西坑》）

我在字里行间看见，旅者鬼鬼，常常独自徜徉于乡间，缓慢地行着，若有所思的样子，双手端着相机，贪婪地想将眼前这一切都记录下来，面对阳光下梯田里那些稻草垛，她的思绪似乎又回到了安徒生的童话里，草垛会变成稻草人吗？小矮人会从草垛里冒出头来吗？那些收割时落下来的谷子，来年会长成什么样子？这时，鬼鬼的脸上会现出一种莫名的微笑，在旁人看来，也许有些痴傻的笑。我知道，这个时候，她的内心已经纯洁无尘。这边，发黄的泥墙上，一串串的红辣椒，又触动了她心底的弦，这些小东西，多么可爱呀，生活应该丰富多彩、多味，那些不愉快的碎事，寡淡，乏味，灰暗，怎么能和这些红红的小辣椒比呢，一个指头也比不上。

鬼鬼的作品中，有大量这样的场面，你自己读吧。

《无尘》一路读下来，打动我的，不仅仅是她旅行时闪出的各种场面，各种心情，还有她颇具个人印记的鲜活文字。

鬼鬼的文字，一直比较简省，我以为这是她行文的最大特点，也是她低到尘埃里姿态写作的自觉行为。

　　简洁而明白的文字，是需要功夫的。博大的胸怀装得下你要面对的山川，还要对所观察的事物了然于心，仅此还远远不够，以往的累积，才是打通所有的关键，知道要什么，不要什么，这些都是简省的前提。

　　另外，鬼鬼在散文的叙事中，也有不少诗句的表达，这是作为诗人鬼鬼能做到文字简省的重要前提。我曾经说过，散文需要诗性表达，散文的本质，其实就是诗性表达，也就是通过好的文字，表达出作者的独特感受，言人之未言。鬼鬼用诗作开篇，或者串章，都极好地体现了这种功能。

　　如果从简省的角度来看鬼鬼的另一些驴友活动，似乎有些繁碎，但仔细阅读，也有一种趣味，我们会从她那唠唠叨叨的述说中，读出一些无聊，一些无奈，一些仓促，一些搞笑，也许，生活有时就是如此吧，锦绣光鲜只是外表，更多的时候是衣衫褴褛的本真。

　　鬼鬼给我们提出了一个古老而又新鲜的命题，无尘，值得每个人思索。

　　没有哪一滴雨，会认为自己造成了洪灾，也没有哪一粒（或一片？一瓣？一颗？我不知道怎样准确形容尘埃）尘埃，承认自己损害了人的健康，因此，我们要防尘，不要去怪尘，尘有自己的存在方式，我们需要去除的，是毒害人身心健康的那种尘。

　　有人说，尘埃也有好处，大自然如果没有尘埃，我们就看不到朝晖晚霞、彩虹日晕，还有那些闲云迷雾了。

　　是的，《无尘》，只是鬼鬼告勉自己的心灵书而已，身心不能有尘。

　　然而，又然而——

　　你以为呢？

　　是为序。

　　　　　　　　　　　　　　丁酉初冬

　　　　　　　　　　　　　　杭州壹庐

　　（本文为鬼鬼著《无尘》序，文汇出版社 2018 年版）

肆

四点意思

寻找杂文可能的表达方式

各位领导、各位前辈、各位文友,大家好:

组委会要我做一个关于杂文的主题发言,我很惶恐,无论从什么角度,好像我都没有资格做这样的发言,我有自知之明,我这里说的,只是平时在写作实践中的一些个人想法而已,不妥之处,敬请各位前辈和同行谅解。

想从以下三个角度表达我的主题。

一　如何认识时代特点

有人很形象地概括我们这个时代是焦虑、郁闷、忙碌的时代,在这样的时代,我们大家都有各种体会，不用我细说，大家都懂的。

这个时代就是这么的五彩斑斓。为了使我的发言更生动些，我想引用一些微博式的段子来举例说明。

（1）我有钱！时下拍合影照时最流行的微笑口型语。它的出现使我们以前的"茄子""田七"都黯然失色。

（2）找关系，找的就是体制的漏洞和缺陷。人人都要找关系，人人都会找关系，有的时候是细节决定成败，很多时候却是关系决定成败。现代社会三大关系：同学、战友、亲戚（可以无限制地扩大延伸，古代也一样：同年、外戚、宦官）。

（3）上顿陪，下顿陪，终于陪出胃下垂。喜剧演员范伟的语录。这是讲中国人最难治理的公款消费问题，所谓几十个文件管不住一张嘴。

（4）两种人无法出人头地：不会按上级指示办事的人，只会按上级指示办事的人。这是许多过来人总结的职场经验。

（5）我梦想有一天，所有的中国人都遵守《小学生守则》。这是某个大学的教授在新生入学后的第一节课上发出的感叹。

（6）所谓浪漫，就是把时间慢慢地浪费掉。某高校教师劝诫那些沉浸在爱河里的学生要珍惜时间。错位的现象很多：该读书的时候他谈恋爱，该谈恋爱的时候他读书，因为书没读好，被逼的。

（7）我上铺的兄弟，前天晚上你是昨天早上回来的，昨天晚上你是今天早上回来的，如果今天晚上你再在明天早上回来的话，你会在明天早上发现我今天晚上已经锁门而不再等你。——某大学男生宿舍下铺给同床上铺的留言。

这样的段子可以举出一本书，甚至几本书，今后也还会不断产生。那么，该怎么来看待这些给我们的零星信息呢？

中国社会的现状，集中起来有这么一些：教育问题、就业问题、生态能源问题、三农问题、社会保障问题、安全问题、腐败问题、科学发展观问题、和谐社会问题。

有几点我们必须明确：所有的问题都是行进中产生的问题，有问题是正常的，没有问题才是不正常的；所有的矛盾也都是发展中产生的矛盾，有矛盾是正常的，没有矛盾才是不正常的。

如何选择和看待这些问题呢？我比较多的是从以下几个角度分析：

（1）实事求是地琢磨各类社会问题；

（2）摆脱个人狭隘的情绪、经验与偏爱，客观地表达各种发现（比如小区停车现象）；

（3）保持陌生人观点；

（4）保持价值中立观点；

（5）避免地方性观念。把世界作为整体来看待（比如环境的整体观念、生态补偿机制、浙江千岛湖和安徽相连，如果安徽水土保持得好，浙江就相应补偿安徽）；

（6）任何事物或现象都有一个从量变到质变的过程（99个因素和第一百个关键因素）。

海明威曾经说过：最好的写作注定是你最爱的时候。我把这句话的外延再扩大一些，就是说，你必须带着一种爱的心态才能有良好的表现。真正的杂文家，并不是痛恨这个世界，而是爱之切，痛之心，相反，对这个世界抱有强烈的热爱和无限的悲悯之心，努力发现现实世界中的病灶，并试图开出有用的药方。因此，我一直在努力寻找我们这个时代杂文创作的可能性：以爱察今，以心为文。新时期的杂文不一定非要像匕首和投枪，杂文也可以表现得很温柔，我们需要的是心态沉静而澄明，在讥讽和鞭挞不良社会现象的同时，心怀善意。

二　如何选择我们所要表达的内容

前面说了，"焦郁碌时代"的纷繁复杂，给我们的信息也是杂乱无章的，我们必须要有自己的思考，你思考了才会得出自己的结论。

就我的写作来说，我并不代表谁，平民，百姓，我只是其中的一员，我的写作只是我的一种内心需要，我对这些现象有自己的看法，我要选择其中对我感触比较深的内容下笔。

因此，我往往会选择比较小的切口来说事，关注社会中那些丰富的细枝末节。在这些细枝末节里，有普通人的嬉笑怒骂，也有悲欢离合，油盐酱醋茶，生旦净末丑，宏大叙事我没有把握说深说透，但这些细枝末节，因为和自己息息相关，也有很多的各种体验，因此往往说得顺口，论得到位。《病了的字母》目前已经印刷三次，我认为读者并不是喜欢我，而是关注社会。

胡适先生的社会病理分析法，我觉得非常管用。他说，研究社会问题可以用治病的方法来形容：第一，要知道病在什么地方；第二要知道病是怎样起的，它的原因在哪里；第三，已经知道病在哪里，就得开方给他，还要知道某种药材的性质，能治什么病；第四，怎样用药，若是那病人身体太弱，就要想个用药的方法，是打针呢，还是下补药呢？若是下药，是饭前呢，还是饭后呢？是每天一次呢还是两次呢？

每个人的知识都是极其有限的，懂得越多，不知道的事情也越多，因此，圣人也很心烦，怎么没有全知全能的呢？其实，全能的人是不可能有的，即使非常博学的人，也只是相对全能而已，除非是神。因此，我们面对多如乱麻的信息必须要有自己的选择，而我的经验是，选择自己比较熟悉、相对熟悉的话题和内容入手。

比如教育问题，我做过老师；比如政治一类的现象，我做过干部；比如环境问题，我们大家都处在同一个环境中，应该有想说的话；比如还有很多切身体会的现象，像住房问题、医疗问题、就业问题，等等，这些话题，因为我们每个人都要碰到，都会碰到，有的时候还非常头疼，于是，作为一个写杂文的人，你必须去关注、去思考。

有了大方向，那么我的选择就相对比较固定，我的习惯是，我不会去碰那些自己认为不太有把握的话题（比如经济类型的文章我写得很少，要写也是非常通俗，因为我的理解只能到此）。还有，有一些话题的事件虽然很新鲜，但没有多少纵深度，也就是没有多少开掘度，我也不会去写（比如这几天的高铁和动车事件）。

另外，限于我个人知识积累和个人体验，我比较关注历史和哲学。今年 4 月 23 日，在杭州市第五届西湖读书节的电视晚会上，我就向观众推荐了柏杨先生的《中国人史纲》，我认为它是目前为止最好读的中国通史。

所以我会经常读各类历史书，包括各类野史笔记，从中汲取我认为有用的内容，我在《文艺报》《中国经济时报》《辽沈晚报》上的专栏，也有不少篇幅是写这些方面的。

前几天，我在看《太平广记》的时候，读到一则小笔记很经典：唐朝的时候，滕王婴、蒋王恽都不能廉洁自律。皇帝赏赐各位诸侯的时候，召来了五王，但并没有赏赐滕蒋二王，皇帝说：你们两位，自有生财之道，不需要我的赏赐，我把一些麻线给你们，作为钱贯！二王于是非常惭愧，朝臣们都以此自励，都以贪污受贿为耻。我就写了篇《腐败的麻线》。刘基的《郁离子》读完，我在《文艺报》上一连写了三篇。

三　如何表达我们的个性表达

著名作家林斤澜在谈写作的时候说：作家干活如同砌墙，如同瓦工石匠。学这行手艺要分三步走：一是说中国话，二是说好中国话，三是说你的中国话。

一　好看的表达方式

就我个人的写作经验而言，不管什么写作也就是六个字：写什么和怎么写。我会关注别人怎么写，如果拿到这个材料，我会怎么写。我们一定记得李敖曾经吹过的牛：五十年以来，五百年以后，中国白话散文写得最好的前三名就是：李敖！李敖！李敖！而且，每一个说李敖吹牛的人，心里都供着李敖的牌位。去年年底，东方卫视《可凡倾听》电视栏目组专程赴台北采访李敖。曹可凡就问李敖为什么这么说？李敖说：我的表达方法很清楚的。我说我最好！这个不精彩！我说我第一也不精彩！不是第一！前三名都是我！第一名第二名第三名都是我！大家一听，这小子吹牛！恨他！可是他不会忘掉我的表达方法！很具体地，告诉你什么是活生生的语言。我常常用这个方法表达，也讲给别人听。用具体来表达抽象，才是好的表达方法。反过来说，抽象不是好的表达方法。听了李敖这段解释，我觉得我们以前都错解李敖了。他原来只是想用一种别具一格的表达方式让人记住他。所以，我们说，这是红颜，这是白发，就是好的中文；如果说这个是女孩子，这个是老头子，这就是坏的中文。

好看的表达方式有两点：

一是好看的文字。

杂文最忌讳的就是用教训人的语言，而我们往往不知不觉就用上了，唯恐这些道理读者不懂，而要翻来覆去地重复。大家都知道要说理，最好是一种带着智慧和洞察的循循善诱，好像和人聊天，这样就会有好看的文字，精彩的文字。

这里我想说一下形式和内容的关系。

美国学者斯坦利菲什写了一本叫《如何写一个句子以及如何读句子》，他传授的是造句的技巧。有些观点对我很有启发。他说，你应该把自己绑在形式上，形式会把你放开。美国西北大学教授爱泼斯坦评论说：最好忽略一些已有的句子形式，如果一种形式是可以模仿的，也许它已经老掉牙了，因此最好加以避免。好的作家不搜寻旧的形式，他们自己创造形式。

从这些角度说，形式太固定了，就会遭到嘲笑。

微博的出现，将杂文碎片化了，这是一种真正的由形式创造而来的文体。前面开头我举的一些小段子，其实也是这样。140 字，你就会很珍惜，你要想人家关注你，转发你，拥有更多的粉丝，你必须做到如何在这有限的字数里将你的观点有趣地传递给人家。

而有趣的事实，有时往往和活泼的语言相通。这方面儿童语言的作用特别大，不要觉得儿童语言幼稚，对我们成人有时启发还是蛮大的。于丹在 7 月 15 日《解放日报》上谈家庭教育，里面就谈到了女儿有趣的场景：

> 有一次女儿坐在床上看唐诗，正好那个标题的字她都认识——《九月九日忆山东兄弟》，她像见到老朋友似的点点头说："哦，这也是王维的。"我就教她念，"独在异乡为异客，每逢佳节倍思亲。"讲到一半，她说："王维

的诗，也不是都好。"我说："怎么不好了？"她说："不押韵。"我一看，还真是不押韵。到了晚上，我正在漱口，她突然摇头晃脑地感慨："李白这个人，写诗还是可以的。"我一口水差点喷出来！我问她为什么，她说："起码比王维押韵。"我后来一想，李白的诗不管多么清浅通俗，还真都押韵。我发现她能讲出一些我没想到的道理，因为我讲诗词讲了那么多年，对大家难免心怀敬畏，却也失去了一个小孩子对诗词的遴选标准。

我们的报纸有则热线网上聊《大妈，您放过大姐吧》，挺有意思：

黑色手套：今天坐车回家，一大姐给一大妈让座，大妈坐了三站路，非常亲热地问了那位大姐 N 多个问题，问得我们旁边的人都想笑。

都市快报：都问了什么问题？

黑色手套："你到哪下啊？""我也住在总管塘，你住哪里？""你什么公司的啊？""什么服装公司？在哪里？""你工资多少啊？（答 1800 元）"

"你是不是大学生？上次有个小伙子说工资只有 600 元，我还说太低了，后来他说是 600 美金。"

"你们有没有加班工资？"

"你们老总叫什么名字？哦，有很多老总啊，那一般谁负责？"

"你们公司有几辆车？（问到这，很多乘客实在憋不住，笑了）"

"你们公司没给你宿舍？我们单位的保安工资有 950 元，待遇不错的……"

我只记得这么多了，大妈差不多问了 50 多个问题。

都市快报：晕，健谈的。

黑色手套：相当健谈，而且对别人家的隐私很感兴趣。

都市快报：呵呵，那位让座的大姐回答了吗？

黑色手套：有问必答，但表情非常尴尬。怕怕，看来下次我让完座要逃得远点，天天坐这车，说不定哪天给我遇上了。希望下次能聊点大家感兴趣的话题，哪怕是说说天气呢，不要问得那么深入啊。

都市快报：几路公交车上啊？

黑色手套：14 路，大妈从总管塘前面三站打开话匣子的。

前外交部部长李肇星写过一篇《儿子三岁》的散文：他回忆儿子三岁时自问自答的情景：吃包子时包子为什么流泪？对不起，是我把它咬了，它哭了；为什么雨点往下掉，不往上掉？因为往下掉有地面接着，地面是他们的妈妈；汽车的四个轮子赛跑，谁是冠军？往前跑，前面的轮子是冠军，往后倒，后面的轮子是冠军。

二　精致的结构

好的杂文随笔，并不是完全按着论点论据来完成一板一眼的论证的，而是根据材料，根据时势，从而安排一个让读者在愉快中接受的结构。我们常见的是比较固定的议和论。有时太固定了，反而吸引不了读者。

海明威甚至说，一个作家可以向作曲家学习，学习和声与对位法的效果很明显。

第一，相同中求不同。

意见性表达应该是杂文这种文体的最明显特点，这也就是说，我们要对一些事情做一个比较清晰的理性判断，这事儿，我怎么看，你得说出别人没听过的道理才管用。思想的进步可能就孕育在不同之中，而相同只能让我们停留在原地。从这个角度讲，好杂文是很难看到的。我们看到的更多的相同的东西。

第二，把道理磨碎了讲。

你一个思想，我一个思想，交换一下，两人都有了两个思想。

所以，在一篇文章中，除了文章的语言有趣、结构的精致以外，还有文章的立意，这代表了你文章的高度。严格地说，只要有10%的新意，就是上面讲的"不同"，你的文章就不得了，有思想的东西是很难产生的，特别是在我们这个比较浮躁的时代，要出一个思想家就更不容易了。

讲理的时候，我常用的方法，是把理磨碎了讲。

庄子说，上下四方为宇，古往今来为宙，他说的一是时空问题，一是时间问题，把目前阶段放到人类历史文明发展的长河中考察和分析，你就会得到许多很客观的想法。还有，我们可以借鉴的国学经典中，有许多关于人生的问答，即便是各类宗教经典，也都会给我们以无限的启发，所有的这些，都是把道理磨碎讲的基础。

佛教故事中有一则很有名的《是身如丘井》，非常有意思：

> 从前有一人获罪于王，畏罪潜逃，国王命令一只醉象
> 追他，这个人惊慌之中，堕入枯井，身体悬在半空时，他
> 发现井底有凶恶的龙，吐出毒汁，旁边还有五条毒蛇。于
> 是他抓住一把草不放，免于坠井。可偏巧此时有黑、白二
> 只老鼠啃他手中的草，草就要被啃断；醉象在头上，时刻
> 准备用鼻子袭击他。就在恐怖万状时，又有了新情况，他
> 头顶上有一棵树，树上有蜂窝，蜂蜜滴滴答答落到这个人
> 的口中，甘甜清爽，使他暂忘危险处境。

比喻什么呢？这个譬喻巧妙地以井喻生死，以醉象喻无
常，以毒龙喻恶道，以五毒蛇比喻五阴，以腐草比喻命根，以
黑白二鼠比喻黑月与白月，以蜜滴比喻五欲之乐，以罪人得蜜
滴而忘危险处境比喻众生得五欲之乐而不畏诸苦。佛教义
理——生死、无常、欲、乐等——被赋予十分形象的阐释。读
后或许仍然不理解佛教概念，但一定能理解这些概念所表达的
精神实质。

我认为这样讲道理的方式，我们杂文也是可以学的。刘基
的《郁离子》，188 则寓言，我们完全可以把它看成杂文。

总结起来，我写作的动机基本有三个，一是愤怒，二是荒
谬，三是有趣。前面两点都好理解，我相信在座的先生们也基
本上是出于这样的动机，第三点有趣，我有时会关注得更多
些，我会从一些有趣的事实中发现一些冷幽默式的东西，我觉

得这些东西，读者反而更能愉悦地接受。

话说回来，任何关于杂文多种形式表达的探索都是有适度的，它必须遵行内容和形式不能偏颇的原则，但是，我总认为，这个千姿百态的社会，应该有与之相适应的表达方式，只是我们没有找到而已，有的时候，我们为拟出了一个好标题而欣喜若狂，为想出了一本好书名而欢欣鼓舞，其实道理是一样的，诸多事实中，一定也存在着五彩缤纷的表达方式，就如每年的诺贝尔奖一样，它总是颁给那些发现新元素、新材料、新理论的发明者。

还有，我想说的是，不要让杂文承载太多的社会责任，事实上杂文也承担不了这么繁多而沉重的责任，任何一种文学类型都承载不了的，我们要面对现实，这样也许我们在写作中会得到一些快乐，不至于写杂文将身体写出毛病来。

附带做个小广告：下个月20日上海书展上，上海文艺出版集团将会推出我的一本关于实验杂文的小集子，书名叫《新子不语》，分成怪力乱神四类，封面上有一个小标记，NEW 杂文，这也是我近十年的杂文创作中比较偏重表达方式的一个探索。

胡言乱语，杂七杂八，敬请各位先生多多包涵。

谢谢大家！

2011 年 7 月 23 日于银川

（本文为宁夏第二十五届全国杂文联谊会上的演讲）

阅读是为了活着

一　对题目的理解

大家上午好。

今天周末，早上我出来的时候，天气很坏，正在下雨，这样的天气来听我的讲座，是要有一点勇气的，因为这个时候很多人都在睡懒觉，因此我非常感谢大家。

我们都喜欢阅读，为了阅读的事情，互相探讨交流一下，是很有必要的，我有时也会去听别人的讲座。刚才省作协的郑晓林书记把我介绍得太好了，我有自知之明，去年获得鲁奖，也是偶然，运气好。

阅读本来是一个很私人化的话题。一个作家曾这样说，他从来不和人家谈阅读，就是说自己想读什么怎么读，都是他内心很私人化的事情。

今天讲阅读，我也没有去准备一些 PPT 的课件，演讲的题目外面海报上都有。阅读是为了活着，这句话其实不是我的原创，等一下我会讲。4 月 23 日，晓风书店搞了一个浙江知名作家捐书活动，请我留言，我也写了这么一句话。

我先讲昨天看到的一条关于阅读的新闻。

《中国教育报》上有一个材料，是零到八岁儿童阅读的数据解读，总主题是，早期阅读要谨防功利化，零到八岁儿童阅读数据当中，我们可以得到一些启发。上一周《钱江晚报·阅读周刊》的专题是六一儿童节，其中有几个孩子的藏书不得了，有个十岁不到的孩子，已经有一千多册了，最少的也有一百多本，这些都是七八岁左右的孩子。这些孩子的阅读，和我们的家长是紧密联系在一起的。2010 年，我国零到八岁的孩子，平均阅读量为 4.78 本，读书还是非常少的，很多在座年轻人的子女肯定会超过这个数。然而，从这个数据中我们可以得到几个启发：第一，培养家长自身的阅读兴趣是做好阅读指导的第一步。在座的很多是家长，也有爷爷奶奶，孩子阅读习惯的养成和阅读兴趣的培养，一定程度上取决于家长。第二，家长要因材施教，尽早引导儿童阅读。第三，儿童阅读中，家长不能缺席，这个大家都有体会。第四，早期阅读应该注意兴趣培养，功利性引导方式不可取。也就是说，你现在教他读书，包括你自己读书，不要设定宏大目标，郑渊洁小学都没有毕业，他现在却是头号童话大王；还有，不要让他现在开始设定目标，北京大学或者美国哈佛，这些都太功利。

这是我的开场白。开场白的四个结论其实跟我后面讲到的是异曲同工。所以我的讲座还有个副题，一种让人安身立命的精神行动，阅读就是一种很好的精神行动。

英国作家王尔德曾经说过，书的一半是作者写的，一半是读者读的。一本书写完出版，作者其实只完成了一半的工作。

阅读是为了活着，怎么理解？这是法国著名作家福楼拜1857年写给《致尚特皮小姐》信中的一句话。按照我的理解，有四个层次。

第一，阅读如同氧气，氧气是我们生命的必需品，也就是说不阅读你就会死亡，就像平原地区的人到了高原，含氧量只有百分之七十、百分之六十，甚至百分之五十，你就会头痛欲裂，身体好的人更加如此。我就有恐高症，九寨沟头都晕。这是第一个理解，阅读是人类精神生活不可缺少的氧气。

第二，阅读如同水，这个水也是生命的必需品。离开氧气不能活，离开水照样不能活，有水没有食物据说能活七天以上，有食物没有水据说很难活过三天。

第三，阅读是精神食物。人活着必须要有思想，否则就如行尸走肉，阅读是帮你产生思想的最好食物。

第四，阅读如同____，这个可以填空，你加上自己的感觉，阅读如同什么，填空里都是我们人和生命生活中的必需品。我们常说的一句话，让阅读或者让学习成为我们的生活方式，所谓生活方式就必须是连续的经年养成的一点都不可缺少的。

回到本义。大部分人一生都会不同程度地读很多书，但是我们都很忙，没有多少时间读书。中国人的阅读，我刚才讲了，儿童阅读是 4.78 本，其实这个数字很接近成人数字，最新的成人阅读数字是每人年读书 4.5 本，最多的是以色列，每人年读书达到 40 本。所以在座的人都很欣慰，你们的阅读肯定不止 4.5 本，至少十本二十本三十本，甚至更多。

那些读书多的人怎么个多法？看三个人。一是毛泽东读书，他读书超过十万卷，虽然一卷并不是一本的概念，但大家可以想象一下，毛泽东的智慧和读书的关系。二是钱锺书读书。他的《管锥篇》，著作的索引就超过了上万种，从索引中可以看到他读书的广泛和海量。三是胡适先生。他有一本书《一日一首诗》，这个书就是他每天上厕所时的副产品，他每天如厕的时候，看一首选注一首。我讲这几个例子说明什么呢，说明读书的时间，大部分是挤出来的，工作以后，没有人给你规定读书时间，大部分人只有挤。

所以，我很惶恐，我也没有读过多少书，我相信在座很多人读书都超过我，那么每个人都可以讲讲自己的阅读感受，所以我只是在这里和大家分享一下，我所谓对阅读的理解和对阅读的感受。

今天这个讲座内容大致有三个，一个是我对阅读的基本理解，一个是我的一些阅读体会，第三是阅读如何和写作相结合。

二 阅读的基本含义

阅读一定是多形式和多层次的。

广义说来，天文学家在寂静的夜晚，仰望星空，他可能在阅读一张不复存在的星空图。房地产商拿到一块地，交给设计师的时候，设计师研究这块地，也是在阅读，他要在这块地上写出最美的文章。动物学家研究森林中动物的痕迹，他要找出动物的生活规律，也是在阅读。我们打牌的时候，甚至都会阅读对方的眼睛，你的牌友，给你一个暗示，一个手势，你心领神会就是阅读。我们看舞蹈表演的时候，对舞者在舞台上展现的各种动作，也会充分联想。看京剧的时候，演员手一挥，鞭一扬，我们也知道他的意思，这些都是阅读。弹琴的人对着乐谱是阅读，农民阅读天空里的天气，他就说这段时间这种天气适宜干什么，渔民把手伸入海中，他在阅读海流。所有的这些，都是阅读，有阅读才有判断，这是毋庸赘言的。

阅读无处不在，因此阅读并没有多少神秘感，阅读就是我们的基本功能，我们每天都在阅读，无时无刻不在阅读。这当然说的是广义的阅读。

狭义阅读，那就是纸质书，或者说将有形的纸质书弄到电子产品上的电子书，还可以变成声音的 DVD 什么的。

我今天讲的阅读，偏重于有文字或有图形的，当然也包括新技术带来的新产品阅读，比如网络阅读、电子图书等。

一个有趣的现象，中国人阅读跟潮流跟得很紧，快餐化、低俗化很厉害。你到书店里去看，那些畅销书的行列里面，比如《明朝的那些事》出来后，后面什么朝那些事，太多了。《水煮三国》市面上红了以后，马上有《水煮水浒》什么的，仔细数数，不会少于十本二十本，太多了。这说明现在很多的阅读就是在快餐化、低俗化。

发达国家的网络技术远比我们发达，他们在看什么书呢？我看过一个资料，仍然有很多人在坚守着他们的各类经典，也就是说他们只是改变了一种阅读方式而已，阅读的内容没有怎么大变。机场里，经常会看到某个外国人捧着一本厚厚的书在认真地读，许多是经典，但我们中国人很多都在低头在玩手机，特别是年轻人，基本上在玩手机和平板电脑。这就是一个区别。我刚才讲这个意思，其实就是提醒我们阅读的时候要有自己的选择。

4月23日，世界阅读日，杭州市的西湖读书节在这个时候开幕，今年是第五届了。在开幕式的晚会上，我推荐了一本书，台湾著名作家柏杨先生的《中国人史纲》，我认为它有思想，文字又很好看，八十万字，可以说是目前写得最好的中国通史。节目中，我谈了我的读书观点：弱水三千只取一瓢饮。这句话原先是形容人们如何选择对象的，我借来一用，意思有三层。一个就是选择，我们现在所处互联网和信息爆炸时代，就书来说，每年中国出版的新书不下数十万种，这还是保守的数字，但一个很悲哀的数据是，新华书店里，百分之九十九是绝版书，印过一次以后，基本上不会印第二次，而且很多书的印量很少，超过五千册上就是比较好的了。每年除了几十万种新书，还有古今中外的各类著作，就是名著你也来不及读，更不要说读其他的书。扳起指头算一下，一天读一本书，假如你活一百年，一天不拉，从一生下来就开始读，你能读三万六千多本书。李白有诗说：三万六千日，夜夜当秉烛。但这毕竟是个宏愿，真正这样读书的人很少，一个人读书如果要破万卷的话，每年必须读一百五十本以上，两天一本书，我想大部分人做不到的。所以必须要选择，时间有限，你的生命有限，你又有这么多的书要看，必须要选择。

如何选择？前面讲儿童读书的时候，讲了最重要的是兴趣。这一层的意思很简单，既然时间有限，我们不可能读很多书，那我们只能读自己感兴趣的书，但每个人的兴趣不一样。有次《辽沈晚报》记者采访我，问我读书有什么特别的偏好，我就说，有一种观点不知道对不对，从某种程度说，读书越偏越好，越偏越能出成果。这样说其实是有所指的，每个人的爱好兴趣都不一样，你有很偏僻的爱好，然后你把这一类的书都找来看过研究过以后，就很容易做出成绩来。这个是跑偏，当然，跑偏更需要技术。

当然，读书还需要快乐，需要兴趣，兴趣的支撑点就是快乐，你读书感觉到不快乐，你就坚持不下去。但快乐和兴趣也是要培养的。就譬如说我们听音乐，熟悉的旋律来了之后，你心情就非常舒缓，脑子不由自主地跟着它。很多的音乐，一开始很陌生，但旋律很好，你不断地听，反复地听，听熟会哼以后，就是一种享受。读书也是一样的道理。

除了选择、兴趣以外，第三个我认为需要阅读经典。经典作品至少有两个条件，一个是良好的品质，一是良好的声誉。我们不遗余力地说要读经典，是因为经典作品里有微言大义，还因为经典作品有现实意义。人生太短，好书太多，我们只有去阅读经典。经典有哪一些呢？通常意义上的经典一般是指文学哲学历史以及一些艺术作品。高校人文学科中，很多都是以这个为基础的。我们有些搞理工科的同志为什么也要读这些呢？因为它是基础，它可以帮我们固基，但我们正远离经典。

复旦大学做过一个调查，现在的大学生阅读本专业的经典著作只有百分之十五。其实每个专业都有很多的经典，为什么只有百分之十五呢？美国大学生平均每周的阅读量要超过五百页。有人很幽默地说，我们这个社会的特征用三个字可以概括：焦虑，郁闷，忙碌。就是说，大部分人都在这种状态之下工作和生活，于是，都选择热门的专业，经济、金融、IT，大学也将就业率作为唯一的指标。我们报社在招聘记者的时候，以往都强调要新闻专业毕业。从 2004 年开始，我就提倡，我们所需要的人才，需要在某一专业有精深独到的研究，并不一定要正规新闻专业，你学法律学化学什么都没有关系，我们甚至有好几个妇科医生。所以，太功利了，什么事情也做不好，现在很多大学就像一所职业学院一样，表面是对接社会，其实狭隘得很，这样是走不远的。

2009 年 9 月 3 日，哈佛大学在新学期开学的时候，推出了一个通识教育方案。这个方案被认为是适应新时代的崭新的培养方案。方案有八大类，一类是美学与阐释性理解，第二是文化与信仰，第三是经验与数学推理，第四是伦理推理，第五是生命系统的科学，第六是物质宇宙的科学，第七是国际社会，第八是世界中的美国。美学与阐释性理解、文化与信仰、国际社会、世界中的美国、伦理推理，这些我认为都具有很强的人文科学基础。他们认为，哈佛大学明确强调人文教育，并非与现实生活脱节，而是通向现实生活的一座桥梁。这就是我们为什么还要去重视文史哲的最强有力的理由。不要认为你孩子读哲学没什么用，工作都找不到，不是这样的，人文教育就是一座很重要的桥梁，至于这座桥能不能走得通，那是你自己的事情。

世界不是一成不变的，学习是一种应对，学习是一种变化，学习是一种思维能力，这才是大学所赋予我们最重要的价值。我们大学毕业二十多年，回想一下，现在还剩下什么？什么也没有了，有的只是一些模糊的印象。回到前面，弱水三千只取一瓢饮，就是要选择有兴趣的经典读。我对阅读的理解简单讲就是这九个字。下面还要在体会中重点进行解说。

三　两点阅读体会

应该说每个人都有自己的阅读经验和体会，这种经验是你长期积累而成，因而也是独特的，如果不是十分的歪门邪道，我希望你能保持自己的经验，我相信这种经验一定非常合适你，当然人家的经验也要吸取。比如你今天听了我的讲座之后，觉得有一点启发，你就可以借鉴，我也是这样，但大部分时间我会坚持自己的阅读方式，否则，你今天去看这个模特走路，非常好，明天看另一个模特走路，也非常好，你今天走这个明天走那个，最后你路肯定不会走了。

1. 兴趣是最好的老师

阅读体会最深的一点其实刚才也说了，兴趣是最好的老师。

　　元朝的诗人白朴说：从来好事天生俭，自古瓜儿苦后甜。读书也是如此。起先的读书肯定没有打麻将、郊游、美食、蹦迪，等等有乐趣，特别是一些经典，你不要以为经典就很好读了，其实最不好读的就是经典。我们的国学经典有一些是很艰深的古文，会让你味同嚼蜡，但是你一旦读进去，读透了，养成了这种兴趣，你就会其乐无穷。

　　宋代西昆派的领袖钱惟演曾经说：平生唯好读书，坐则读经史，卧则读小说，上厕则阅小辞。这种人读书是无时无刻不在读。

　　南宋四大诗人中有一个叫尤袤（mao），他就说：吾所抄书若干卷，将汇而目之，饥读之当肉。饿的时候读他自己抄来的经书，就好像吃肉一样，寒读之当裘，冷的时候读起书来，就好像身上披了棉衣一样，孤寂而读之当友，孤独寂寞的时候读这个书籍，就是朋友来了。

　　苏东坡，曾经一遍又一遍地读《汉书》，抄《汉书》。

　　这些例子可以看到，许多人都有自己的一些阅读偏好，这种偏好就是兴趣。这一点我们现代人远远不如古人，也不如那些读过四书五经的老先生，因为从小熟读，老了还能够张口就来。

　　我前段时间读曾国藩。他读书很有意思，他把陶渊明诗歌里面有关闲适的诗句全部抄出来，再把杜甫的、韦庄的、苏东坡的、陆游的，这些诗人关于闲适的诗全部抄在一起，编成一本，然后朝夕读诵，用以洗涤名利争胜之心。他读书，就是为了使自己的心灵能够得到安宁。曾国藩应该是一个立德立言立功比较完美的人。他喜欢陶渊明，回想一下陶渊明吧，种豆南山下，草盛豆苗稀。务农的水平不太高，结果是，草很盛，豆苗很稀。如果豆盛草稀，那收成一定很好，那有可能就不是陶渊明了噢。

还可以举一些例子。

西班牙作家塞万提斯，他甚至连街道上的碎纸片都会捡来读。

法国有一个叫约翰逊的博士，读起书十分猛，好像要把书本吞没，他的念书方式是这样，把一本书包在桌布内，搁在大腿上，一本书快看完，另一本要随时准备好，就像狗一边吃着丢在它眼前的食物，脚掌还抓着一根骨头，预备着。我儿子在美国哥伦比亚大学读书，我问他中国的课程跟美国的课程最大的区别在哪里，他说美国一门课顶中国十门课。为什么？因为阅读量太大了，老师今天上完课以后，至少数百页的阅读量，你读不完，到了半夜两点钟还在读，你必须要把它读完。美国很多大学是宽进严出，就阅读来说，要求快而多。

希特勒也很喜欢读书。他曾经在一本书里写道：我过去常常秉烛苦读他，他是一个作家，或者月光下借着一个巨大的放大镜的帮助读他。希特勒读谁呢，他读冒险作家卡尔迈的作品，结果卡尔迈就倒霉了，卡尔迈的书因为希特勒喜欢，所以全面查禁，当然后来也不查禁他了。这个理解是不对的，不是说希特勒喜欢的书，就要把它禁掉，希特勒也是人，他也要读书。

从兴趣的角度讲，每一个人读书都是不一样的。接下去我想以鲁迅和卡夫卡为例。

先说鲁迅。去年年底的时候，看过许广平新出的《鲁迅回忆录》，许广平写，周海婴修订。有一章写鲁迅北京时期的生活和读书，我举两节。

1913 年，鲁迅所看的书相当广泛，哪些书？比如说诗话、杂著、画谱、杂集、丛书、尺牍、史书、汇刊、汉书补、墓志、碑帖，这些书大约就是博览的性质，因为很多都是古籍阅读，所以他自己又是晚上抽时间，从事校订。一边读，一边校，读完了，一本书就做成了。以前很多书都是这样弄成的，名教授读一本书，不白读，读一遍就算校订了，鲁迅也是这样。他在百无聊赖的时候，抄书消愁，后来抄碑帖，抄碑帖大概是练书法。1914 年的前四个月，他在读什么呢，读诗稿、作家文集、丛书、佛书、小学（就是文字学的小学）、辨正论、居士传、碑帖，到下面的八个月他就转向佛学，他看的佛书有《三教平心论》《释迦如来应化事迹》《华严经决疑论》《大乘法界无差别论疏》《金刚般若经》《金刚心经略疏》《唐高僧传》《阿育王经》等等甚多。

鲁迅为什么读这么多的佛经？应该是喜欢吧，估计是学它的思想方法。

我去年也看过《金刚经》《心经》和《坛经》。有一次开个比较无聊的会，就偷看《心经》。边上有一位女士，她说你在看什么，我说看《心经》，《心经》啊，她就背给我听，262个字，背得很流畅。我很好奇，我说我是第一次看《心经》，你怎么都会背了？她说《心经》已经很流行了，这是一个宾馆的总经理。她说她也是偶然的，在圈子里发现有人在背《心经》，感觉非常通俗，然后就背，背熟以后，没事的时候，经常默念《心经》，常常是念完两遍以后，心里的烦躁感就没有了。

我觉得，如果经典能够让我们内心达到宁静的程度，有助于我们的修养，应该都是有益的。有些东西你不是很理解，那没关系，时间长了，可能十年以后，那一句话就忽然理解了。所以我们不能一概而论地，把佛教等宗教都当成另类的东西，所有促人向上向善的都是好东西。你看那些苦行僧，衣衫不整，满身灰尘，在外人眼里，好像是不可理解，其实，你仔细观察一下，他们有坚定的眼神，自信的微笑，因为信仰就是他们的全部，任何与物质有关的苦痛都太微小了，这里的信仰也是兴趣所在。从这个角度说，我们不如他们，我们在他们眼里也许显得非常可笑。

再说卡夫卡。

为什么说他？因为他是文学领域内大师的大师。他是比较另类的，有自己的读书观，他只读会咬啮刺痛心灵的书，如果不能让人有如棒喝般的震撼，何必浪费时间去读呢。人们真正需要的书是读后令人有如遭到晴天霹雳般的打击，像失去至亲至爱；或让人有如放逐于野外的大森林里，面对不见人烟的孤寂，就会自杀身亡。

卡夫卡读的正是这样一些书，这个比喻非常好，令人有如遭到晴天霹雳般的打击。

那卡夫卡平时读哪些书？从传记中可以看到，小时候他比较喜欢童话故事，他也看福尔摩斯的侦探小说，还看一些异国游记，长大后他广泛涉猎的是歌德、狄更斯、福楼拜、陀思妥耶夫斯基等人的作品。从他的阅读书单上看，我并没有看出有什么特别的地方，但就是这么一个作家，现在世界上研究卡夫卡的文献，各种语言加起来据说已经超过一万五千种了。如果你现在要研究卡夫卡，那是比较麻烦的，一万五千种书里面，代表作如果是几百种，也够你忙的，你要通览，否则你研究什么卡夫卡？你必须站在别人研究的肩膀上。所以现在那些学问家，很博学，我非常钦佩，为什么，不管怎么说，他们都读了很多很多的书。

前面两个是作家，我们再讲其他的，比如到我们浙江大学来讲学过的邱成桐。

《新华文摘》上转载过一篇文章，说数学家邱成桐把阅读和数学研究结合起来，邱认为感情的培养是做大学问的最重要的一部分。邱说，四十多年来，他有空就看《红楼梦》，想象作者的胸怀和澎湃丰富的感情，也常常想象在数学中如果能够创作同样的结构，是怎样伟大的事情。简洁有力的定理使人喜悦，就如读《诗经》和《论语》一样，言短而意深。曹雪芹不是说过吗，字字读来皆是血，十年辛苦不寻常。所以邱大师说，好的数学也应当能接触到大自然中各种不同的现象，这样才能够深入，才能够传世。

前面的例子，已经充分说明，只有兴趣，才能将我们的阅读持续下去。

1915 年 2 月 18 日，胡适先生在日记里给自己规定，任重而道远，不可不早为之计：第一，须有健全之身体；第二，须有不挠不屈之精神；第三，须有博大高深之学问。然后他就反省了近一段时间的不积极，提出三点改进意见。其中第三点就是读书、勤学，每日至少读六时之书，读书以哲学为中坚，而以政治、宗教、文学、科学为辅，主客既明，轻重自别。不要反客为主，须擒贼擒王。这是他的读书方式。

唐德刚的《胡适口述录》里，有很多是胡适谈他自己读书，爱书如命。人家说美国的博士很难拿，中国学生有人用十六年时间拿到美国的博士，而他只用了五年。可见胡博士读书实在厉害。

刚刚看完一本雍正写的书，他把康熙在日常生活中对诸皇子的训诫记录下来，叫作《康熙庭训格言》，一共有二百四十六条。

这本书里面有几大类，比如说读书、修身、为政、待人、敬老、尽孝、驭下（就是怎么管理下面的人）。康熙认为做人的首要任务是读书和修养自身。关于读书，我在这本书里就看到康熙有很多切身的体会，他认为记载书籍的文字乃是天下的宝贝：朕自幼读书，间有一字未明，必加寻绎，方是得书真味。翻译起来怎么说呢，我自小读书，中间有一个字如果不明白的话，我一定要去弄明白，这样才能尝到读书的真正味道。康熙这种习惯真是太好了，我们谁有这样的习惯，十有八九会有成就，还会有大成就。所以康熙又说，刚刚开始学习的时候，可贵的是有坚定不移的意志，还要有勇猛精进的决心，尤其是有忠贞永不退却的信念，如果这样，任何技艺没有学不成的。

所以我说皇帝也是很辛苦的。不知道大家有没有看过《万历十五年》，有一次弘治皇帝读书读得晚了，到凌晨才睡，结果宫里头又失火，他爬起来救火，折腾来折腾去，上早朝的时间到了，实在是起不了床啊，他就跟那个大学士央求，今天早朝我能不能请假啊？不行，按规矩，一定要上的，国家首脑机构怎么能不运作呢？不过，大学士们看皇帝实在可怜，勉强同意免朝。

著名画家陆俨少，虽然画画，对读书却有心得。

陆说，画画是这样，四分读书，三分写字，三分画画。三个项目中还是读书权重最大。我们现在有很多人书法或者画画得不错，但很缺少文化，原因就在这里，底子没有，也许他们的兴趣不在读书，而在赚钱，但是，这样的人往往赚不了大钱，没有阅读，注定走不远。从这一点来说，我非常佩服李敖，有人说李敖是话痨，随便给他一个字，随便给他一个话题，他都能给你讲两个小时。他能将所有的话题都有机地串起来，古今中外，鸡毛蒜皮，什么事情都能寻根究底，这就是读书的好处。如果他不读这么多的书，他能知道多少？

2. 必须要有选择

兴趣是长久阅读的动因，但要读得好，读出成果来，还必须要有选择。

我平时读书，也是非常杂和乱的。有两类最喜欢，一类是历史，一类是哲学，这也是我的选择。因为历史是昨天的今天，今天马上就会变成昨天的，你站在今天看昨天，往往让人明智。哲学呢，前面讲过，不能让我们发财，但它能告诉我们解决问题和分析问题的一些方法，它可以告诉我们在哪里发财，我觉得哲学有这个功能。你看杭州房产界有好几个大佬，如宋卫平等人，都是学历史的。

前面讲柏杨的《中国人史纲》很让人喜欢，因为它通俗，建议家里有孩子读高中以上的，可以看这个书。我有白寿彝主编的《中国通史》，二十二卷本，但它很枯燥，有时候，这一段历史你可能不熟悉，或者看野史看到一段非常有趣，可以去查查看，对照一下。

再举一个例子。比如司马光，他的《资治通鉴》我很喜欢，但这个人我不喜欢，他非常守旧。

北宋已经有很多问题了，必须要改革。在王安石变法之前，范仲淹做宰相的时候已经开始在变，但范总理只是做了一个小动作，反响就不得了，什么小动作？比如说他淘汰了少数官员，当时北宋有一个制度叫作荫子，就是你父亲当官的，儿子可以继承，那么高级官员的小孩子不经过学校考试就可以当官，有一些甚至是怀抱中的婴儿都当上官了。这肯定不合理。范仲淹于是做了一个规定，官员必须确实要有儿子（这说明没有儿子弄个儿子来当官的舞弊现象也存在），儿子必须年满十五岁才可以做官，就是这么一个小小的限制，引来了司马光等守旧派极大的反对，他们认为，祖宗传下来的东西绝对不能变。

比如说有一个很小的细节，以前给皇帝上课的时候，老师是站着的，皇帝是坐着的，改革派认为，你既然尊孔尊儒，老师可不可以坐下来给皇帝上课呢？应该是可以坐着的，但司马光他们认为这是大逆不道，弄得范仲淹只好辞职。王安石的改革力度，要比范仲淹强一百倍，所以王安石改革最后失败就成注定了，司马光重新掌权的时候，将新法全部翻倒。但他的《资治通鉴》倒是编得很客观。所以，读书你可以天马行空，自己怎么想怎么分析都可以。

我平时比较喜欢野史笔记，它和正史可以参照着读，有些东西尽管不是很真实，但我想，既然这一段野史是那个时候产生的，可能就不是空穴来风。我的《病了的字母》里面，有一篇《拍马屁的老虎》，我没有去写人怎么拍马屁，而是写一只老虎怎么拍马屁，这样比正面表达有趣多了。像这种例子还有很多，古书中要多少有多少。

我刚才说读书喜欢历史和哲学，在这里我再推荐一下冯友兰的哲学书，他有一本《中国哲学简史》，大家也可以读一下。这本书是用英文写的，它是给外国人讲中国哲学的，所以通俗，高中生比较合适读这种，《中国人史纲》和《中国哲学简史》，你读了就可以对中国哲学和中国历史有个大概的了解。

因为时间关系，我不展开，接下去我讲第三个问题，阅读如何与写作结合？

四 阅读是写作之母

写作虽是一个很大的话题，但没有阅读便没有写作。

前一段时间，我刚在浙江传媒学院做过一个关于写作的讲座，主题是《写作是一种内心需要》。我对写作的理解简单说来只有六个字，就是感受、思考和表达。三者之间是相辅相成的，有的时候互为因果。所以阅读与写作结合，最重要的一点就是要有自己的思考。

1. 要有自己的思考

谁都说要有自己的思考，要思考就是要有疑问，你读书不要迷信书，孟子也说过，尽信书则不如无书。现在写书的人太多了，出一本书是一件非常简单的事情。那些网络写手，一年要写上百万字。所以你要大胆地怀疑，读书如果不思考，即便你把地球上的书全部读完，那也只是一本活词典而已。

比如说我前面讲的胡适，胡适对《易经》曾经下过很多的功夫，他读《易经》最大的收获就是认识到事物是渐变的，不是突变的。这个结论很简单，事物就是慢慢变化的。他说世界上的事世界上的人没有一样东西是不变的，但只能是渐变，没有突变的事，因为那种看来是突变的事也是慢慢渐变来的。胡适八九十年前就讲这个观点了，到现在仍然有些新意。

我们来运用一下。

当一个事情发生了，我们怎么去看待这个事情呢？比如说后天就高考，今天很多人就在猜高考题目，我认为是猜不到的，我随便出一个题目，你都猜不到，如果猜到，那只是碰巧。但万变不离其宗，你掌握了分析问题的方法后，什么题目都可以猜。就我个人的经验说，高考作文好差，如果不是特别好或者特别差，基本分辨不出来。

《南方周末》做过一个很详细的调查，高考作文里面百分之七八十的作文都在四十分左右，九十秒钟定生死。一个阅卷老师看你的作文只有九十秒钟，如果 AB 两个老师，相差分数太大，必须要第三个老师来决定，那就更麻烦了。这么多卷子一下子怎么可能看完？必然是头一看尾一看，中间再瞄一下，大致就这样吧，九十秒能够把一篇作文很准确地判出来吗？你说这是二十五分、五十分还是四十分？没有这么简单，所以，大部分给的都是三十五分到四十分，就是这么一个规律。要不写得很好，四十五分或五十分，要不写得很差，狗屁不通，惹恼了老师，两个都惹恼了，他就给你二十分，大部分考生只要规规矩矩，标题写好了，字写好了，然后你再引用几句话，某某作家讲的，即便写昨天作家陆春祥讲的一句什么话都没有关系，只要不去写大家都写的鲁迅啊老舍啊什么的就好，那些典型人物太老了，太老了就成了套话。很多老师在押题，太费事，也没用，还不如教学生重点掌握方法论，分析问题的方式方法都掌握好就行了。

一个问题一件事情发生之后，我们如何分析它？

假设有一百个原因的话，也就是说一百个因素具备了才会发生这样的事情，好，你分析，把一百个因素全部排出来，排出来之后你会发现里面有一个是关键因素，关键因素可能就是那第九十九个或者第一百个，第一百个因素不到的时候，它不会发生，往往一个很偶然的事件，就突然发生了，有人说很偶然，但从哲学角度说偶然的事情是必然的。就像胡适讲《易经》，事物的发生都是渐变的，癌症不是一天长成的，我们每一个人身上都有癌细胞，它最后为什么会变成癌呢，有很多很多原因。比如，人不能愤怒，经常愤怒，他就会感情郁结，郁结就会心情不好，就会产生什么什么。

胡适有一个学生很有名的，就是著名的历史学家顾颉刚。顾颉刚毕业的时候，手头很紧，胡先生就安排他去做古书校订，给他一本《古今伪书考》，胡适以为一两个星期就能干完活，哪知他校了半年还没有校完。原来，顾颉刚对每一条索引的书，都去翻查原书，仔细校对，注明出处，注明删节之处，顾颉刚后来对胡老师说，这本书不要印了，他要编一部疑古的《辨伪丛刊》，看看，做学问就是这样做出来的。光是校订，顾颉刚就编出一部大书来。就这个例子看，你能分得清他是在阅读还是在写作吗？

再看《水浒传》。

很多人都看《水浒传》，你们有没有思考过，《水浒传》为什么这么吸引人？其实就是转球式结构在起作用。这个结构滚动发展，然后转进下一个球，这个人的故事暂停，下一个人的故事马上开始。比如武松，它这个球是让宋江给转出来的。第二十二回里，宋江把阎婆惜杀掉以后，他和弟弟宋清一起避难到柴进的庄园里。宋江在廊下误踩了武松，武松生病，在烤火，他一下子火起来，险些把宋江打了。这个时候，就开始写他们认识了，柴进说这个是武二，这个是宋江，于是，情节自然就展开了。《水浒传》几乎所有的故事都以转球的形式一路转下去。这种结构也贯穿明清时期很多的传奇小说，比如《三言二拍》。这样的结构，环环相扣，引人入胜，这就是章回小说的基本结构，但很少有人会去想结构。但有人想了，动起笔来也简单。我听说过这样一件事：一个机关单位的司机，很喜欢看武侠小说，他每次在等领导的时候，都在读小说，你想想，领导往往一开会就是一天，司机不是很无聊嘛，他不无聊，读得多了，久病成良医，他自己也写了好几部武侠小说。

2. 关注和感受现实

除思考以外，第二个就是要关注和感受现实。这也是将阅读和写作结合的一个重要的环节。

我对边缘是比较关注的，我跟人家聊天的时候，很喜欢朋友给我讲一些稀奇古怪的事情，有些事情完全出乎我们的意料之外，很生动很现实，不用去雕饰，就是很好的文章。从写作角度来说，我们要走进生活，然后走出生活，走出生活就是从文学角度，再将它提高一点。

怎么来关注和感受现实？每个人都有自己的看法，比如吃肉骂娘的心态，有一些不是很客观，人家在破口大骂的时候，你不要随声去附和，你要想一下，你是不是由衷的？我的表达、我的积累、我的一些以往的实践是不是容许我说这样的话，这么想过之后，你就会形成自己的表达方式，人家对这个社会怎么看，那是人家的看法，你必须要有自己的想法，这样你的生活和工作才不会盲目。

我看一些明清的小品，他们也经常说当下的社会太浮躁。不仅是明朝清朝，唐朝的时候，作家们也说当下社会很浮躁，哪一个社会不浮躁，浮躁就是社会的通病，古今中外都差不多的。那怎么去表达呢？无论什么文学形式，都只是表达方式不同而已。我是写杂文和散文随笔的，表达比较直接。小说家也是在表达。韩寒的小说《1988》，主要的情节是，一个落魄男人开了一辆破车，然后到路边去住宿，然后一个妓女上来了，然后跟一个妓女睡了一个晚上，而且这个妓女还是怀孕的妓女。他写了这样一些场景和心理活动，你能说这不是中国的现实吗？但这只能是说中国现实的一部分，极常见的一小部分。

大家有时候会看一些电视剧，这个时候脑子就要有判断，此剧是不是太胡编乱造了，太假了，为什么？因为它远离了你的生活，跟你的生活完全不一样。

前两天我看凤凰卫视的《问答神州》，吴小莉主持的，那天刚好是访问贵州省委书记栗战书。栗战书谈贵州贫穷，贫穷到什么程度？我们现在的贫困线是 1182 元，按照这个标准，贵州有五百万贫困人口。"十二五"期间，我们要把贫困线标准提高到一千五，栗战书说，如果一提高，贵州的贫困人口将会增加一倍。贵州一共有两千多万人，却有一千多万人生活在贫困线上。我们形容一户人家很穷，叫它家徒四壁，栗说，贵州有的老百姓连四壁也没有，房子就是几块木板搭起来的，全部家当也就一两百块钱，一个铁锅，一张床，床上还有破烂的棉絮。栗书记还举了一个例子，有一次，他看到一户农家大门上面有三个字，刘但青，他以为这家主人可能叫刘但青，仔细一看，刘但青旁边还有几个小字，有一个取，有一个汗，有一个照，他们后来一研究，这应该是文天祥有名的那句诗，留取丹心照汗青，但七个字只写对了两个。说明什么呢？这个地方的教育也很成问题，贫穷和教育往往是连在一起的。

去年年底，著名作家、山东作协主席张炜写了一本很厚很厚的小说《你在高原》，有十卷，四百五十万字，我估计明年要得茅盾文学奖，这么长谁写得出来啊。张炜说到这样一个素材：一位远近闻名的大企业家，红着脖子大拍桌子，骂一个惹了他的当地官员，企业家骂得很有趣，他说，刚披上大氅就觉得自己是个鸟儿了？也不是什么好鸟，假惺惺跟他爹一模一样，出门两天半回了家，还跟儿媳妇握手呢，一把攥住手说"你好你好"，好个鸟！咱该用烙铁烙烙他的蛋子！自己觉得算个人物了，其实是个臭要饭的……这是 1998 年 11 月 12 日，张炜从山地返回平原途中遇到的，企业家在骂当地的官员，他就记下来了。我的意思是说，作家关注现实，就是因为现实中有很多很多的好材料。

写作还有一个重要话题就是表达，这个话题太大，以后有机会再和大家聊，这里时间不允许。

五　几个小习惯

马上要结束讲座，现在再和大家交流一下自己读书的几个小习惯。

1. 巧做阅读笔记

阅读笔记怎么做呢？其实每一个人都会做阅读笔记。我买的书一般都会做眉批，随时记下感受，一本书看完，我就丢在一边，过一段时间，读过的书有个十来本，再抽时间整理一下，目的是回顾加深印象。同时我认为的精华，包括当时阅读时产生的火花，都会记下来。以前我用的是文摘卡，新华书店有卖的，大的小的都有，几分钱一张，非常实用，现在有电脑，你可以在那上面做各种文件保存资料，手机也可以随时上网，但我仍然喜欢这些纸质的东西。现在我用一些小的本本，最喜欢宣纸做的那种，分类记下我的感受。我包里随身都会带上一本，你们看，像我手上这种，小小的，我把它们统统取名为"细碎200912"，这是 2009 年 12 月开始用的本子，以后一查就知道。

今天随便带了一刀老的文摘卡，举几个例子。

这一张，2000 年 5 月 1 日摘的，这是讲胡适的，胡适说："我常对翻译班的学生说，你们宁可少进一年学堂，千万省下几个钱来买一部好字典。那是你们的真先生，终身可以跟你们跑。胡适还编了一首《劝善歌》，少花几个钱，多卖几亩田，千万买部好字典！它跟你到天边，只要你常常请教它，包管你少丢几次脸！"这是要你用词典，所以我的床头也有好几本词典，随时翻，前面讲了康熙皇帝的读书习惯，遇到不懂的字绝对不放过，虽然麻烦些，但你翻了以后你就会记牢。

这一张，关于书的比喻，1999 年 11 月 19 日的卡片。正面：当时读到 1955 年 4 月自传体小说《高玉宝》出版，一个月就畅销一百万册，这个二十九岁的军队作家多年家贫，只读过一个月的书，许多字不会写，只好用别的字和符号代替。《周扒皮半夜鸡叫》，家喻户晓的故事，就是高玉宝写出来的，字都不会写，这没有关系，可以学嘛。反面：1903 年 5 月，号称是中国的人权宣言的邹容的《革命军》出版，销量一百一十万册，成为第一本畅销书，黑市价炒到十两银子一本。这是我随时记下来的。

再一张，还是关于书的，1998 年 8 月 19 日的卡片。正面：青年无藏书，这是《中国青年报》上的一篇文章，中国青年研究中心调查，北京、上海、广州等九个省市，调查了4654 名青年的读书情况，有百分之四十的人除了课本外，再没有其他藏书。我估计这个情况现在还没有质的变化。

我以前大概做过几千张的读书卡片，分门别类，查起来还是很方便的。但现在也不用了，只用小本本和电脑。

2. 整理翻阅旧书也是阅读的过程

我的书没有仔细数过，应该在三千册偏上一点，虽不多，但经常整理。前些天，儿子问我书架上有没有《明朝那些事》，我说没有，但有《万历十五年》，然后我就说到哪一个书架哪一排可以找到，他问我你怎么记得这么牢，我说书架上的书基本上都知道，不用记的。有的时候，很无聊，什么事也不想干，你就可以站在书房里，凝视那一排排的书架，就像将军检阅士兵。看看这本书，这本书是 1995 年出差时在哪里买的，可能有故事，里面可能还有张纸条夹在那里呢。

我的书房叫作"问为斋"，就是取朱熹诗句"问渠哪得清如许，为有源头活水来"的头两个字，问为。我这样勉励自己，无论你做学问写文章，要使你的文章常写常有新意，你的学问常做常有新意，就一定要把这个源头抓住，源头就是读书，读书了才有活水。

3. 倒着翻翻也可以读

一般人都有无聊的时候，读书也会有无聊的感觉。这个时候，就可以倒着翻书。不是很重要的书，买来看一看，倒着翻翻，一个小时就翻完了。倒着翻，我认为也是一种读书方法，但不能经常用，比如你读小说，倒着翻的时候，结尾就看到了，再倒回去看，有的时候也觉得没意思。

还有另一种倒着翻。我爱人常常几个电视剧一起看，这个频道放广告了，马上换一个频道看其他剧，那些广告商要知道了这是一种普遍现象，我想他们投广告的激情就要减少许多。有时候，我也会偶尔看一集，她弄不明白就问我，我说你已经看了这么长时间，还问我？为什么她要经常问我，因为我会推理，我虽然没写过剧本，但推理总会一点吧，我会从前面的情节推出后面的，也会从后面的情节往前面推，往往推个八九不离十，有时候她说，电视剧还不如你推得好听呢。而她呢？几个电视剧一起看，很容易看混。

4. 买书是阅读的重要细节

大概每隔两个月，我会去一趟书店，这是我的习惯。我的稿费大部分是用来买书的。书是要淘的，很多民营小书店里，五块钱一本，也有非常好的书。三年前五年前出版的，对人家来说过期，对你却不过期。社科类的书，20 世纪 90 年代出版的我还在买，为什么？它只出了一版，你找不到，但它研究的内容刚好又是你需要的，那当然要买。可以这样说，现在的人做学问没有以前的人做得扎实，以前的作者几十年写一本书，现在是一年写几本书。

买书还要学会看版本，我买书的时候一般要看出版社，有名气的老牌的重点关注，前言后记都要看一下，甚至版权页也不能放过，那些重印的书，还有印多次的书，都是你买书的有效依据。

买外国书也要注意下它的译本。比如《安娜·卡列尼娜》，它是从俄语译过来的，还是从英语译过来的，不一样，很多是从英语译过来的，英语译过来的书肯定没有俄语译过来的好，二道贩子，文本文意一定会走样。中国有一个很有名的不懂外语的翻译家，林纾林琴南，林琴南翻译过 186 本书，找三五个懂外文的学生讲故事给他听，他就在那里写，写到兴致高的时候，肯定是想当然发挥了，所以不能全信，离原文原意还差好大一截呢。

5. 早读和晚读

虽然工作比较忙，但我给自己的要求是，每天要保证两个小时左右的阅读时间，早晚各一个小时。晚上十点上床，十一点睡觉，最迟不超过十一点半，这一个多小时就可以读很多书。人到中年，睡眠也不是很好，六点多醒来，这个时间是可以利用的，七点半之前起床，有一个多小时可以看书。

早晚读书各有侧重，早上我看的大部分是古代经典类的，这一段时间在看《列子》董仲舒的《春秋繁露》、刘基《郁离子》等，早上安静，不贪多，静静地看，甚至不用起床，就在被窝里看。晚上则可以随意些，书也看，杂志也翻。

结束讲座前，想用昨天《中国经济时报》我专栏文章的标题送给大家，这个题目叫作《功不唐捐》，功是指功夫，唐是指徒然，白白的，捐是指舍弃，这原来是《法华经》里面的一个词语，意思是说，世界上所有的工夫与努力都不会白白地付出，必然有回报，也就是说，你花在阅读上的工夫也是不会白费的。延伸开来，还有两层意思，一个是坚持，阅读最需要的就是坚持，如果你能坚持五年十年，那一定会有收获，我保证；另一个就是积累，坚持和积累是相辅相成的，互为因果，你一定要在积累中学会思考，让思考也成为你的生活方式。这样的话，你就会越来越快乐，你就不断会有新发现，每一次新的发现都会让你激动不已。一点一滴的努力，满仓满屋的收成，喜欢读书，把生活中无聊的寂寞的时光都换成我们巨大的享受的时刻，不仅使我们的内心坚定而充实，同样也延长了我们的生命！

感谢大家来听讲座，谢谢大家。

2011 年 6 月 11 日

于浙江图书馆

（本文为浙江图书馆文澜讲坛第 239 期讲稿，浙江图书馆根据讲演录音整理，有删节）

有意思的评论员

（后记）

2001 年 10 月，杭州日报老大楼的四楼，我在编辑室开始做起了评论员。

这个岗位，第一是写评论，各式各样的，有署名的，有不署名的，有配评，有短评；第二是编稿子，杭州日报一版有吴山晨话，下午版副刊有蒺藜园，短的，长的，言论，杂文，都是我一个人编。

做自己喜欢的事情，总体来说，还是比较快乐的，但也有不开心的时候，记忆最深刻的是一次重写"本报评论员"文章。

某次，市里某重要大会开完，什么大会，我已经完全记不起来。按惯例，要"本报评论员"评一下。吃透精神后，开始动笔，三下五除二，没有太难。不想，晚上送上级审核时，没有通过，退回重写。这下我急了，领导也急了，时间很紧了，急忙将本报老评论员喊来会诊，怎么回事？我们的老评论员，是一位久经沙场、经验十分丰富的专家，他一看我的稿子，就知道毛病在什么地方了：你的稿子，自己的语言太多，要用领导的语言，将领导的语言作纲，再用领导的语言，展开，专题阐述一下就可以，另外，要段落分明，语言简洁明白，不要太多的修辞。我好像一下子领悟了，于是，按他这个思路，将领导的主要观点做主标，再将这个主标分三个层次展开，加入了一些高亢激扬的话。没有花多少精力，上级说，这样才可以，通过！

事后，狠狠地总结了一下。自己写的文章，好像没被打回过，这是第一回呢，一定要认真总结经验教训，特别是向老同志学习，学习他们成功通过评论员文章的经验，学习他们常用的套路。那个时候，最佩服《人民日报》评论部主任老米，米博华，评论写得好，有主见，有理论，几乎是所有评论员的学习典范。评论员文章，用意是什么？不就是鼓动人民的干劲吗？那不是代表你个人的，花里胡哨的语言，肯定不行。

此后，碰到要写的本报评论员，一般都按这个套路来，好像没有被打回过。

有一次，我和《长江日报》的评论员刘洪波一起聊天，我们都写评论，业余时间弄杂文。我问他，做评论员，最不开心的是什么？他说，就是写"本报评论员"文章，这完全不是他想要说的话，但是，没办法，要是你说了自己想说的话，那一定通不过！还有更痛苦的，就是连续评论，一论二论三论四论五论，有的甚至六论七论八论，甚至九论十论，最多的有十七论十八论！

我真是太高兴了，我说，洪波啊，你怎么不早说，我也有这样的苦恼，我以为是我笨，不适合做"本报评论员"呢。

2002 年 6 月，我们的下午版，要改成新的报纸，《每日商报》，总编辑孙军很重视评论，要我去那做了评论部主任。不久，又做了新闻部主任，但评论和评论版，还是兼着的。

这是一段非常繁忙且充实的日子。

评论版，头条评论常常自己操刀，还约了全国名家鄢烈山、朽木、刘洪波、潘多拉、苏中杰等，开专栏。另外，商报的头版，又设了个"举手发言"评论栏，对重大事件或者读者感兴趣的话题，进行即时评论。当时，我约了徐迅雷、许春华、戎国彭，以布衣为总名，陆布衣、凡布衣、许布衣、戎布衣，一时间，布衣们的身影很活跃。而我的习惯是，每天晚饭后，休息十几分钟，就开始"举手发言"，一个小时后，再开始编头版二版的新闻稿子，十一点开始，再拼版，清样下印刷厂后，才能关机，回家常常是凌晨三点钟了，有时第二天上午九点，还要赶到宣传部开会。

本书里的《一点意思》，就是这一时期的急就章。这些章节，很短，有很多是商报刊发后，新浪网等马上转载的，我记得，《报刊文摘》也摘过几回。

2003 年年底，我又回到了《杭州日报》。这个时候，日报已经开设了评论的新栏目——"吴山时评"，这是学习《北京青年报》《南方都市报》一类的署名评论，署名文章，评论员的风格可以显现，话题以本市本省为主，当然，也有面向全国的公共话题。弄这个，我是得心应手的，话题可以自由选，语言可以自由发挥，而且，更重要的是，这个时候，我有其他的工作要做，评论员已经是兼职，业余，没有具体的考评任务，密集的时候，也只需要每周一篇。

本书中的《两点意思》，收的就是这时候的一些作品。当然，发表的也不仅是在本报，《工人日报》《新快报》《中国经济时报》《南方周末》，很多外地报刊也用过。

把十几年前的东西拿出来献丑，是需要一点勇气的，之所以敢拿出来，是因为回头审视这些篇章，既是时代的印证，大部分现象也仍然存在。

从旁观者的角度，评论人和事，是一件极有意思的事，它需要足够的智慧，否则，一不小心，就会成为别人的爹妈，光教训人，没人听你的。

此后，我一直是兼职评论员的身份，偶尔写写，到后来，基本不写评论了。原因很简单，业余时间有限，而很多评论话题，我都已经写过，没多大兴趣再去弄这个时评了，即便很多约稿，还是推掉，因为有很多的后起之秀，已经开始在全国的评论圈中猛烈冲杀，他们什么话题都敢写，甚至你让他写正面就正面，写反面就写反面，无所畏惧，勇往直前。

所以，读者从《三点意思》（他序）和《四点意思》（讲演）中，可以看出我这一时期的写作，如果一定要和评论挂钩，那应该是我的后评论员时期。

　　这个时候，我的重心已经在散文（杂文、随笔）上了。但说实话，我要谋生，本职工作是主要的，写作是兴趣爱好，主次还是要分明。因此，我的产量也不多，最少的年份，只有十几篇。想想看，一年写十几篇文章，而这些文章又不太长，这是什么节奏啊！

　　这虽然表明了我的一些价值观，但我的用意其实已经很明确了，我是在为自己狡辩，我的写作只是业余时间，主业和业余并不矛盾，有时业余还会促进主业。

　　只是，时间对每个人都是公平的，只有二十四小时，那只有挤了，时间真是海绵，挤挤真是有的，方法得当，一天你就有二十五小时，三十小时，你就会延长生命，你就会一辈子活成两辈子。

　　我不太相信那种二十四小时都在为国家工作的人，那种人是有，但不真实，不人性，大多数人也做不到，国家也不提倡。

　　现在，我仍然可以用本报评论员的名字写文章，感谢报社给我这个荣誉。

　　评论员，思想者，将会永远融进我生命的血液里、骨髓中。

2014 年 7 月 19 日定稿

2017 年 10 月 5 日再改

杭州壹庐